Aquí unos amigos

Aquí unos amigos

JOSE RAMÓN DE LA MORENA

Prólogo de Fernando Lázaro Carreter

EL PAIS
AGUILAR

© De esta edición:
1998, Grupo Santillana de Ediciones, S. A.
Ediciones El País, S. A.
Torrelaguna, 60. 28043 Madrid
Teléfono (91) 744 90 60
Telefax (91) 744 90 93

• Aguilar, Altea, Taurus, Alfaguara, S. A.
Beazley 3860. 1437 Buenos Aires
• Aguilar, Altea, Taurus, Alfaguara, S. A. de C. V.
Avda. Universidad, 767, Col. del Valle,
México, D.F. C. P. 03100
• Ediciones Santillana, S. A.
Calle 80 nº 10-23
Bogotá, Colombia

Proyecto gráfico y diseño de cubierta: Oscar Mariné/OMB

Fotografías: archivo autor y diario *As*

ISBN: 84-03-59498-4
Depósito legal: M-38.256-1998
Impreso en España por Palgraphic- Printed in Spain

A Lucía, Ruth y Javier, por la deuda de tiempo que tengo
contraída con ellos. Sé que nunca se la podré pagar...
pero espero que ellos me la puedan perdonar.

Presentación

El admirable y popular José Ramón de la Morena, Joserra hablando en confianza, ha escrito su segundo libro para presentarnos a algunos de sus amigos, y me ha pedido que, a mi vez, presente su presentación: una prepresentación, pues, si se admite inventar palabras tan tontas como el *prepartido* que, desde hace poco, se ha adherido al imán de los micrófonos especializados en eso. Al principio, no me parecí la persona adecuada para hacerlo, dado que, para mi desgracia (?), vivo a mucha distancia del deporte; ahora sólo practico el fútbol, y sólo cuando juega el Zaragoza en TV, sentado ante la pantalla y leyendo; pero, eso sí, alzando la vista cuando le meten gol (que es lo normal; para mi gusto, él mete pocos). El fútbol de oreja lo practico más: todas las noches saco a pasear mi insomnio por el transistor, y es inevitable el encuentro con las emisiones deportivas: ni refugiarse cabe en las radios de sólo música, obstinadas tantas noches en dar la matraca.

Supuse que Joserra me había pedido estas palabras previas porque le consta mi vagabundeo nocturno por las ondas y el gusto con que me lo encuentro, al recibir su petición, creí yo que creía él que algo se me habría quedado en las escuchas, y que, por tanto, podría tocar aquí algún pito, aunque fuese de oído. Tal suposición estaba generosamente equivocada, y, en un primer momento, pensé no ser la persona requerida, y que no podía pasar de la pre-presentación, es decir, de la excusa.

Pero al adentrarme en la lectura del original, me di cuenta enseguida de que este empeño de José Ramón de la Morena sobrepasa el fin de ofrecer nuevos testimonios acerca del aparatoso espectáculo que conoce tan de cerca y que glosa, noche a noche, tan solventemente, con su estupendo equipo de colaboradores. Por supuesto, el libro trata de deportes y de sus protagonistas: los devotos del fútbol y de la bici tienen en qué cebar su afición. Pero se ocupa de bastante más; no sólo nos presenta a amigos suyos —y a conocidos que no lo son tanto—, sino que se presenta, y bien ampliamente, a sí mismo.

Los periodistas que escrutan determinados aspectos de la realidad social más llamativa —política, deportes, "artistas" o "famosos" ...— acaban perteneciendo a ellos como protagonistas, y suscitan la curiosidad de saber cómo son. Es claro que su trabajo mismo los revela y permite conocerlos en lo imprescindible. La revelación, como a todo protagonista, les crea adhesiones de seguidores que se sienten interpretados por lo que dicen o escriben; o, al contrario, levantan enemistad. No es buen comunicador quien, boli en mano o micro ante la boca, resulta indiferente.

Pero esa mostración de sí que hacen con su trabajo puede resultar suficiente o no según a quién. A mí la personalidad de Joserra me resultó interesante por su llaneza, por la simplicidad campechana y bienhumorada de su trabajo, y, en especial, por su lenguaje sin afectación, tan rico de inflexiones, tan capaz de la guasa no heridora como, en asuntos de amor propio o dignidad, del rigor solemne. Se conoce bastante bien a todo el que habla oyéndolo; y quizá baste esa información para fundar un juicio; pero a él no le ha bastado. Y ha escrito este libro para comunicarse más, y contar a otros, pero también para contarse.

A tal fin, ha entremezclado —mejor: ha alternado— el relato de momentos interesantes de su ocupación como cronista deportivo con evocaciones de su propio vivir, normalmente como escolar y chico de pueblo. Mezclando ambas fuentes, brinda a sus lectores trozos de su vida, remotos y próximos, que han dejado en él particulares emociones. Esa presentación de lo vivido en escenarios diversos cuenta con precedentes en la gran literatura, y no funciona nada mal cuando el procedimiento se transporta a escala de menor pretensión: aporta amenidad y, sobre todo, sorpresa por la aparición frecuente de lo inesperado. Y es el motor literario que ha puesto en marcha la decisión de declararse que ha tomado De la Morena.

El libro participa, en efecto, del género narrativo de las memorias; sin embargo, no les pertenece: el autor cuenta cosas que le han sucedido o que ha presenciado, pero no adopta la cronología como línea de referencia; relata con total laxitud, saltando trozos largos de tiempo, y trastocando el orden temporal, de modo que sucesos pasados y aún muy pasados —de la época infantil sobre todo— se mezclan en la rememoración con otros de casi ayer. Pienso que Joserra, movido por un intenso deseo lírico —nadie se extrañe de esta palabra aquí: alude sólo al anhelo de transparentarse que no sólo mueve a los poetas—, ha incurrido en otro género próximo pero diferente al de memorias: el de las confesiones, distinto de aquellas, no sólo porque el autor maneja la cronología con libertad, sino porque le importa, sobre todo, mostrar la huella que los sucesos del vivir propio o ajeno han dejado en su conciencia.

La vida de la profesión y la vida de la amistad —también de la no amistad: cuando el autor quiere ajustar cuentas, las ajusta— se mezclan en el texto para constituir una sucesión de relatos breves de alternante materia, que puede pasar de la evocación de un personaje desconocido o de un compañero, bastantes veces muertos o ya perdidos en el recuerdo, a la sospechosa victoria en un partido; de las envidiables aventuras galantes de un ciclista célebre, al suicidio de otro, por amor tal vez. Campeones de la carretera y del estadio desfilan por los capítulos, mostrando su faz más íntima, la que nunca aparece en las crónicas de sus proezas o sus fracasos. Pero vienen enseguida a relevarlos gentes sin nombre, a veces sólo con mote, nada heroicas, sólo bellacas en alguna ocasión, que pasaron alguna vez por la vida del autor, impresionándolo. Normalmente en Brunete, que late con intensidad en muchos párrafos de este vibrante concierto de recuerdos. En algunos pasajes, se entrevé la transición política en un medio rural, y hasta la secuela sangrienta de la guerra en lugar que tanto la padeció.

Y vuelvo a algo ya dicho: el atractivo idioma de Joserra; le pregunté dónde lo había logrado: en su pueblo oyendo a la gente en el bar. Sin saberlo, sin conocerlo, yo había sospechado ya que era un habla de barra o tute. Desenfadada, burlona sin ofender, graciosa, con tics idiomáticos del momento, plenamente urbanos, pero sin pasarse como tanto ocurre en su oficio (y hasta en el mío); y, además, con un poso gratamente pueblerino, patente en el empleo frecuente y bien castellano de expresiones de origen religioso ya desusadas en las cafeterías. En fin, todos esos rasgos que hacen tan peculiar la expresión del autor en la radio, y que en lo escrito lucen menos, porque carece de los cambios de tono y velocidad bajo los cuales pasan inadvertidos gazapillos de que ningún hablante está libre. Al congelarse el lenguaje en la imprenta, las palabras y las frases se oyen más, y queda patente el destino oral con que piensa sus pensamientos Joserra.

Pero a todo se impone el interés de lo que se cuenta, propio o ajeno. Hay, además, pasajes literariamente brillantes, y lucen, sobre todo, los coloquios transcritos. En fin, tengo el gusto de presentarles a José Ramón de la Morena, a quien ya conocen, conózcanlo mejor, y pasen página.

Fernando Lázaro Carreter

El éxito te cambia. Tú no quieres reconocerlo porque no te reconoces a ti mismo. Crees que eres el de siempre, pero no lo eres. Todo cuanto te rodea es distinto, aunque creas que es como siempre. No es sino el engaño hipnótico al que tú mismo te quieres someter. Tienes lo que no tenías y, en muchos casos, lo que no necesitabas. Y pierdes cosas que tenías y que realmente sí necesitabas. El drama comienza cuando sumas y restas lo que tenías, lo que tienes y lo que has pagado por ello.

Casi sin darte cuenta estás en una trinchera, tienes compañeros, amigos, conocidos, instigadores, trepas y, por supuesto, enemigos; enemigos declarados, que son los menos peligrosos, y que van a estar ahí enfrente como parte de la película que protagonizas. Y enemigos no declarados, que son los verdaderamente peligrosos. No sabes dónde están. Se esconden cerca de ti y sólo atacan cuando no los ves. Dicen que también te acostumbras a ellos y que incluso puedes llegar a inmunizarte... pero yo no lo creo. Si te inmunizas contra el amor y el dolor es porque estás muerto. Sólo los muertos no sienten... pero tampoco tenemos la certeza de que en su eternidad no sufran su pasado ni los comentarios presentes que se hagan sobre ellos.

Nunca sabes con precisión cuándo comenzó el éxito. Se va anunciando como la salida del sol y de repente aparece. Al principio deslumbra, luego alumbra y da calor, pero debes saber que se va. Es efímero, como todo.

Supongo que el mío comenzó aquella mañana de abril, cuando los datos de audiencia del Estudio General de Medios hicieron público que *El Larguero* era el programa de deportes más escuchado de la radio. Me había acostado con cierta inquietud, a altas horas de la madrugada, como de costumbre, aunque no concilié el sueño casi hasta el momento en que mis hijas se levantaban para ir al colegio. Luego oí sonar el teléfono. Al poco tiempo, otra vez. Y luego muchas más. Supuse que algo bueno debía estar ocurriendo para que llamasen a horas tan intempestivas para mí... o tal vez algo malo, llegué a pensar, pero no, si fuese malo no llamarían.

Salí de dudas a las diez de la mañana, cuando me pasaron una llamada de Augusto Delkáder, quien trató de ponerme en antecedentes de lo que habían ido contando en los informativos. *El Larguero* era número uno en audiencia. Recuerdo que después fui a comprar una mesa para el jardín. Fue todo muy rápido y apenas tuve tiempo para reflexionar un rato a solas. Ha sido ahora cuando lo he hecho.

El sábado 30 de abril de 1983 un viento frío barría las pistas del aeropuerto de Barajas. La primavera había llegado caprichosa y mezclaba días calurosos con otros frescos y de llovizna como éste. Aún no estaba muy habituado al avión pero tampoco me preocupaba mucho. Mis preocupaciones eran otras. Más que preocupación era una obsesión: meterme en el banquillo de Javier Clemente, entrenador del Athletic de Bilbao, que jugaba en Las Palmas el domingo 1 de mayo.

El Real Madrid jugaba en Valencia ese domingo a la misma hora. En realidad se jugaban todos los partidos el domingo a las seis de la tarde. Había muchos equipos involucrados en el descenso, otros en jugar la Copa de la UEFA, y el campeón tampoco estaba claro, aunque al Real Madrid le bastaba empatar en Valencia para ganar la Liga. Claro que el Valencia, si perdía, podía bajar a Segunda. Pero si el Madrid no ganaba en Valencia y el Athletic de Bilbao ganaba en Las Palmas a la Unión Deportiva, el campeón sería el Athletic. En realidad nadie pensaba eso. Las Palmas tenía que ganar o al menos empatar para mantenerse en Primera División. No necesitaban primas de otro lado. El Athletic lo tenía casi imposible.

Brotons estuvo organizando *El Carrusel* dando por hecho que el Madrid sería campeón. Roberto Gómez fumaba, marcando números de teléfono constantemente, al tiempo que le repetía a Brotons:

—Tranquilo, Joaquín, yo ya sé dónde va a cenar el Madrid y dónde lo van a celebrar. Es un restaurante a mitad de camino. ¡Está todo controlado!

Fue entonces cuando Brotons fijó su mirada en mí:

—Tú tenías que irte con el Athletic.

Roberto preguntó sorprendido:

—¿A Las Palmas vas a mandar a éste?

Brotons no le contestó y me mantuvo la mirada:

—Pero si vas, es para que te metas en el banquillo de Clemente y le pongas los auriculares cuando marque el Madrid, ¿entiendes?

Yo asentía entre la emoción y las ganas. Brotons continuó:

—Y eso sí, si pierde el Madrid y gana el Athletic en Las Palmas... ¡móntatelo!

Cuando íbamos a embarcar en el avión, veo a Joaquín Ramos Marcos, el árbitro del partido en Las Palmas con el Athletic. Ramos Marcos era amable con los periodistas, aunque fueses un *novillero* como era yo. En cuanto me dio un poco de confianza me lancé:

—Joaquín... si tú quisieras... ¡vaya favor que me podías hacer!

—¿Yooo...? ¿Cuál?

Le di algún rodeo pero terminé por ir derecho al asunto:

—Si tú me dejases estar en el banquillo del Athletic... con Clemente...

—¡Eso es imposible! Lo prohíbe la FEF, precisamente nos han mandado una circular sobre eso y...

No hubo forma. Pero yo insistía:

—Pero si yo me escondo bien...

—Si te veo, te echo del campo.

—Pero ¿si no me ves...?

—Si te veo, te echo.

Cuando llegamos a Las Palmas me sorprendió el ambiente. Hacía calor y había muchos seguidores del Athletic con banderas rojiblancas por las calles. El Athletic se alojaba en el hotel Reina Isabel. Allí conocí a un hombre encantador que iba de delegado con el Athletic de Bilbao, Nico Viar. Era un hombre mayor que me contagió su optimismo y me daba conversación. Se quedó conmigo tomando café junto a Piru Gainza hasta muy tarde. Yo les contaba mis planes y el motivo de mi viaje. Al final de la velada comenzamos a especular con diversas posibilidades.

—¡Mira que si quedamos campeones! —decía Piru.

—¿Dónde lo vais a celebrar? — preguntaba yo.

—Ni idea. Nadie ha pensado nada porque el presidente (Pedro Aurteneche) está en otro hotel con las mujeres de los jugadores y no hemos hablado nada.

Fue entonces cuando Nico Viar me apuntó:

—Es posible que aquí, porque me ha dicho que reserve un salón para cenar todos juntos.

—¿Y lo ha reservado ya? —le pregunté yo.

—Sí, está ahí arriba, en la primera planta. Se llama El Fogón... o algo así.

Nos despedimos. Yo subí andando a la primera planta y busqué el salón El Fogón. El pasillo estaba a oscuras. Vi las puertas del salón acristaladas. Estaban cerradas por dentro. A la mañana siguiente, lo primero que hice fue bajar a la primera planta y buscar el salón El Fogón. Las puertas estaban abiertas y varios camareros estaban montando mesas. Observé que el salón tenía en el techo unos altavoces por donde se escuchaba una música suave. Los camareros apenas repararon en mí. Junto a la mesa presidencial vi que había un teléfono. Busqué minuciosamente por todos los rincones, pero no había más. Sólo ese teléfono.

En el vestíbulo del hotel algunos jugadores del Athletic firmaban autógrafos a los muchos aficionados que lograron colarse, a pesar de que en la puerta había una furgoneta color crema de la Policía Nacional.

Le pedí a Clemente que entrase conmigo en el informativo de las dos de la tarde, cuando se dirigía al comedor.

Me atendió con cierta amabilidad. Estaba eufórico, era el entrenador más joven de España, y podía ganar la Liga con el Athletic después de muchos años. Lo veía difícil, pero no descartaba nada.

—Por supuesto que juega Sarabia desde el principio —me dijo.

Cuando se iba le dije algo sobre si podía estar con él en el banquillo. Me contestó:

—A mí me da igual.

No fue un "no". Aquello me abrió muchas ilusiones. Llegué pronto al estadio Insular. Casi al mismo tiempo que el Athletic. Sus jugadores paseaban por el césped todavía vestidos de paisano. Yo volví a importunar a Clemente:

—¿Qué? ¿Me dejas estar contigo en el banquillo y te voy diciendo los resultados?

En aquellos tiempos en que yo comenzaba como reportero y él como entrenador, Clemente tuvo mucha paciencia conmigo:

—¡Joder, qué *pesao* eres! Por mí sí... pero díselo al árbitro...

El árbitro era Joaquín Ramos Marcos y ya estaba viendo el césped también. Me fui hacia él:

—¡Joaquín! ¡Déjame estar en el banquillo de Clemente...! ¡Él me ha dicho que me deja!

—Pero yo no... como te vea, te echo del campo.

Me puse pesado con él, tan pesado que quince minutos antes de comenzar el partido, cuando ya había puesto los cascos —las entrevistas las hacían desde el estudio— a Sarabia, a León —el entrenador de Las Palmas— , a Clemente, a Aurteneche y a no sé cuántos más, vino Ramos Marcos y nos dijo al grupito de reporteros que estábamos allí con los micrófonos inalámbricos:

—Mirad, podéis estar en este túnel que es el del árbitro. En los banquillos no quiero a nadie... y si veo a alguien le echo del campo ¡Es una circular de la FEF! No puedo hacer otra cosa.

Salió el Athletic y lo frieron a silbidos y abucheos. Después salió la U.D. Las Palmas y el estadio se venía abajo por los aplausos y bocinazos.

Ramos Marcos estaba en el centro del campo sorteando los terrenos de juego. Lanzó una mirada hacia el túnel donde estábamos y pareció desentenderse de nosotros. Yo miré hacia el banquillo del Athletic. Clemente encendía un cigarrillo. Andoni Cedrún, el portero reserva, tenía en las manos la chaquetilla del chándal. Le grité:

—¡Cedrún...! ¡Cedrún!

El ruido era tan ensordecedor que no me oía. Seguí gritando:

—¡Cedrún!

El portero giró la cabeza. Yo le grité:

—¡La chaquetilla ! ¡Déjamela!

Cedrún me hizo un gesto de complicidad, y yo corrí como un conejo a gatas hacia el banquillo. Acababa de marcar en propia meta De Andrés y Las Palmas se adelantaba 1-0. El Madrid era campeón en esos momentos. Con los gritos de ánimo de Clemente a De Andrés, sólo Cedrún se percató de mi llegada al banquillo del Athletic. Me puse la chaquetilla del chándal y disimulaba bastante, pero los auriculares rojos que me rodeaban la cabeza eran demasiado escandalosos. Cuando empató Sarabia a los pocos minutos, Clemente me hizo un gesto:

—¡Déjame en paz! —para después volverse—: ¿Cómo va el Madrid?

—Empate a cero —contesté.

A cinco minutos para el descanso, Dani marcó el 1-2 para el Athletic. El Madrid seguía empatado en Valencia, con lo que era campeón y Las Palmas estaba en Segunda División. En el descanso logré entrevistar a Clemente. Demasiado tranquilo estaba para lo que tenía encima. Se iba quedando ronco. Sarabia estaba eufórico y me gritaba:

—¡Vamos a ser campeones!

Decidí no moverme de allí, aunque no pudiese entrevistar a nadie de Las Palmas, por temor a que me viese Ramos Marcos, o incluso a alguien que se chivase.

En la segunda parte Clemente se volvía loco y me preguntaba:

—¡El Madrid! ¿Cómo va el Madrid?

—¡A cero! —él no me contestaba y seguía fumando.

Llegó el tercero del Athletic. Otra vez Sarabia. Esta vez se vino al banquillo y nos preguntó:

—¿Cómo va el Madrid?

Casi no tuve tiempo de contestarle . Clemente lanzó a un lado el cigarrillo y saltó hacia el jugador para que volviese al campo, pero el Sarabia se encorvaba hacia el banquillo chillándome:

—¿Cómo va el Madrid?

Yo le grité:

—¡A cero!

Clemente se volvió hacia mí:

—¡No les digas nada a los jugadores!

Entonces los auriculares rojos, que yo trataba de disimular malamente, retumbaron en mis oídos:

—¡Gol del Valencia!

La voz de Joaquín Prat, inconfundible, me entró por todo el cuerpo:

—Nos vamos a Valencia —gritó Joaquín Prat—. ¡Paco Nadal...! marcó el Valencia.

Mientras Paco Nadal narraba cómo había sido el gol del Valencia, yo le di un tironcito de la camisa a Clemente:

—Gol del Valencia —le dije.

—¡No jodas! —casi me gritó.

—¡Sí, sí... te lo juro!

En el estadio se oyó un rum-rum extraño en las gradas, ajeno al partido. Cedrún chilló a sus compañeros: "¡Gol del Valencia!".

Sarabia vino corriendo al banquillo y se abrazó a Cedrún, después Dani y Argote. Clemente les empujaba para que volviesen al campo casi de forma violenta. No había forma de contenerles. Las Palmas atacaba y Zubizarreta se lució en varios despejes. En el siguiente contragolpe Argote marcó el 1-4. Los jugadores del Athletic venían a abrazarse al banquillo. Yo le puse mis auriculares rojos a Clemente, al tiempo que conectábamos con el Luis Casanova y Paco Nadal decía que faltaban quince minutos todavía para que finalizase el partido. El árbitro, Ramos Marcos, se acercó también al banquillo para obligar a los jugadores vascos a volver al terreno de juego. Entonces supe que me vio. Pensé en lo peor. Me vi fuera del campo. Pero él disimuló y yo disimulé. Los dos lo hicimos muy bien. No me dijo nada e hizo como si no me viese.

Miré mi reloj. Faltaban diez minutos para el final. Me acordé de Nico Viar y de ese salón de la primera planta del hotel Reina Isabel. ¡De perdidos al río! Salí del banquillo y me puse a hacer señas a la cabina de la SER. Les gritaba como un loco. Al poco tiempo bajó uno de los técnicos y se acercó a la verja; no le dejé ni preguntar:

—¡Vete al hotel Reina Isabel y sube a la primera planta! Hay un teléfono en un salón que se llama El Fogón, ¡cógelo!

—¿Ahoraaa...? será cuando acabe el partido.

—¡Vete ahora mismo! —le grité.

—¿Yo?, yo ahora no puedo, estamos haciendo la retransmisión.

—¡Vete y coge ese teléfono o ésta es tu última retransmisión! ¡Vamos!

El técnico tenía unos treinta años, y me miraba sorprendido e incrédulo. No le encajaba que un niñato le diese esas voces, pero terminó por darse la vuelta y parecía hacerme caso.

Cuando Ramos Marcos pitó el final, el Valencia hacía un minuto que había ganado ya al Madrid. El Athletic era campeón. Vi a Sarabia llorar a grito pelado. Se abrazó a mí sin apenas conocerme. Tenía la camiseta empapada en sudor, que me restregó por la cara. Vi que en el túnel donde estaban los otros reporteros, unos guardias y varios empleados del club canario tenían retenidos a los periodistas. Yo me introduje en el vestuario del Athletic y disfruté de unos minutos de exclusiva privilegiada. Al poco tiempo vi llegar ya a Pedro González de RNE y al resto de compañeros.

Clemente me dejó subir en el autobús del Athletic con un micrófono inalámbrico y yo me sentía el periodista más feliz del mundo.

Cuando llegamos al vestuario del hotel Reina Isabel, algunos compañeros de la radio buscaban teléfonos para sus programas de la noche. Subí corriendo a la primera planta. Vi a un técnico de Antena 3 y tuve un mal presentimiento. Pero no; al fondo del salón, sentado en el suelo y con cara de aburrido, vi al técnico nuestro. Llegué sofocado y le grité:

—¿Y el teléfono?

Él se levantó y debajo de sus posaderas estaba el teléfono gris, único en aquella sala.

El programa nuestro de los domingos, en la Cadena SER, lo hacía Álex Botines. Le expliqué la historia del teléfono y noté cómo le gustaba:

—Bien, chaval, bien —me decía.

Luego le conté que el salón tenía altavoces en el techo por los que podía escucharse la radio. Si poníamos la SER durante el programa, y mientras cenaban los jugadores del Athletic, él podría preguntar desde el estudio y le escucharían todos en el comedor.

Dicho y hecho. Bajé a recepción y convencí al director del hotel para que sintonizase la SER en el hotel. Me encontré con Clemente otra vez.

—¡Acuérdate de que me has prometido estar esta noche en el programa! —era la cuarta vez que se lo recordaba.

—¡Que sí, coño, que sí...! vaya *pesao* éste —pero se le veía feliz.

Por la noche, cuando comenzó el programa, los jugadores empezaron a cantar todos a coro la sintonía del programa de Botines: "Levanta tu copa... Levántala ya... Brinda si has ganado... si no... qué más da". Los futbolistas del Athletic lo canturreaban mientras Botines abría el programa saludando al *lehendakari*, Carlos Garaicoetxea, y dándole la enhorabuena.

Observé cómo Rosety pretendía llevarse a Clemente al programa de Antena 3. Me fui hacia ellos y le dije a Clemente:

—¡Has quedado primero conmigo!

Le hizo un gesto como de impotencia a Rosety y se quedó allí. Garaicoetxea les dirigió unas palabras a todos, que se escuchaban por los altavoces del hotel. Los jugadores del Athletic rompieron en aplausos. El programa fue técnicamente perfecto. Botines preguntaba, desde los estudios, cualquier cosa a cualquier jugador, que lo escuchaba por los altavoces del techo, y allí estaba yo con mi micrófono inalámbrico —de los primeros que hubo— para acercárselo al jugador y que contestara.

En la mesa de Clemente estaban Aurteneche, Nico Viar, Piru Gainza y algunas mujeres. A la mujer de Clemente la recuerdo en una nebulosa, con un vestido claro y muy tímida, como si todo aquello no le gustase demasiado. Estuvo muy pendiente de su marido, y en un momento en que Clemente, en broma, quiso hacer una referencia a García Traid, con el que había tenido una "enganchada" después de un partido, ella se levantó y le dijo:

—¡Javier, por favor, vale...!

Clemente le hizo caso y no siguió por ahí. Fue entonces cuando Piru Gainza dijo que allí ya no debía haber periodistas. Sólo estaba yo y entendí la alusión directa. Mandé al técnico que recogiese todo y nos fuimos. Mientras le ayudaba a recoger vi a Piru Gainza comenzar un baile a modo de cadeneta. Cantaban en vasco. Eran canciones muy bonitas y me hubiese gustado quedarme a escucharlas.

Salí del hotel y me fui a dar un paseo por la playa. Las Palmas había bajado a Segunda División y no había demasiado ambiente festivo, pero hacía una noche preciosa. Reflexioné sobre la suerte que había tenido y lo bien que me había salido todo. ¡Vaya carambola! ¡Menudo viaje para ser el primero! Mi primer viaje como enviado especial a un partido... Fui desgranando una a una a las personas que había conocido: Nico Viar, Dani, Sarabia, Goicoetxea, Argote, Urtubi, etcétera. Y Clemente no se come a nadie, a mí me ha tratado muy bien...

Cuando regresé al hotel me encontré con Dani, Sarabia, Urtubi y algunos jugadores que salían en busca de marcha, no querían acostarse. Yo me acosté, pero no dormí. En mi cerebro se repetían una a una todas las escenas del día. Me entraron ganas de poder contárselo todo a mis amigos en el pueblo. Lo haré, este verano, tomando el fresco en las escalinatas de la plaza...

El cansancio me fue nublando los ojos y me quedé dormido. Me relajaba pensar en el pueblo, en la plaza de piedra donde nos sentábamos en verano y veíamos entrar y salir a los parroquianos del bar de Javi y, de vez en cuando, a algún que otro "reaparecido" que se fue del pueblo y, al cabo de los años, volvía por allí... como Cabecita Pequeña.

Cabecita Pequeña

Hacía muchos años que no venía por aquí. ¡Fíjate cómo se ha puesto!, ¡qué barrigón! Y ese chico no tendrá más de treinta y nueve años. La cabeza siempre la ha tenido así de pequeña, parece como si hubieran colocado un limón encima de ese tremendo cuerpo. Por eso le llamábamos Cabecita, aunque, para ser más concretos, el bautizo completo era el de Cabecita Pequeña. Pero como jugando a las bolas o a montar cromos, el lenguaje era tan agresivo como rápido, enseguida se quedó con Cabecita.

Antonio Linares Díaz, *Cabecita*, vivía en lo que aquí, en el pueblo, dimos en llamar el barrio bajo. En la puerta de su casa, junto al jardín, se disputaban las partidas de cromos más terribles que nadie haya presenciado. Jugábamos bien a montar, que era soltar el cromo desde una altura de la pared y, a medida que las fotos de Pachín, Rivilla, Olivella, algún torero e incluso animales de la selva, caían al suelo, cuando uno de los cromos se montaba sobre otro, el que lo había soltado se llevaba todos los que quedaban en el suelo. La otra modalidad —a Cabecita se le daba mejor— era la taba. Con un hueso de taba de cordero jugábamos lanzándola al aire y, según la postura en que cayera, tripa, hoyo, cinto o rey, ponías seis cromos, te los llevabas, o ponías tantos como hubiese en el suelo.

Cabecita terminó por tener que jugar en la puerta de su casa porque las peleas estaban aseguradas al final. Y en vista de que solía salir perdiendo, la experiencia en cardenales y alguna escalabradura le enseñó que ése era un lugar más o menos seguro.

Recuerdo que no era precisamente el primero de la escuela, pero su imaginación fue siempre tan ingeniosa como retorcida y espontánea.

Aquel verano había llegado al pueblo una farmacéutica rubia, bien llenita, gallega, cariñosa y rara como un perro verde. Tenía unas manías extrañas que llamaban la atención en general pero una muy particular era la de los pájaros. Compró dos periquitos de un plumaje precioso que puso en su ventana y a los que se empeñó en enseñar a hablar. Les decía mil estupideces que nosotros escuchábamos divertidos desde la clase de don Agustín. Estaban de obras en las escuelas y habilitaron una clase en el local de Falange encima de la farmacia.

Los periquitos estaban colgados en una jaula junto a la ventana que, al ser verano, permanecía abierta toda la tarde, con la persiana verde a medio subir. Nosotros, desde arriba, escuchábamos atentos la clase de lenguaje a los periquitos:

—¡Pe... pe! ¡Pe... pe...! ¡Anda dilo!, dilo bonito, dilo tú. ¡Pe... pe!

Y el periquito ni pío. La farmacéutica oía el tintineo de la campanilla en la puerta, señal de que alguien había entrado en la farmacia y se atusaba el pelo para salir a despachar. Entonces Cabecita decía desde atrás, con una voz de loro perfecta:

—¡Pe... pe! ¡Pe... pe!

La carcajada era general y don Agustín ponía silencio dando golpes con una caña sobre la mesa. Se quitaba el reloj con tranquilidad parsimoniosa y le mandaba acercarse hasta la tarima. Cabecita negaba su culpa lloriqueando mientras don Agustín le inclinaba sobre su mano la oronda, pequeña y sonrosada mejilla y con la otra mano le soltaba dos terribles galletones al tiempo que pronunciaba:

—¡Pe... pe!

Y el segundo "pe" coincidía con el segundo galletón.

—¡Anda vete, salao!

Nosotros nos tapábamos la cara conteniendo la risa y abajo la farmacéutica seguía:

—¡Dilo! ¡Dilo!, Si lo has dicho antes... pe... pe.

Cabecita, con la mejilla como un pimiento, mezclaba un lagrimón con la risa y mascullaba seis o siete disparates. Luego se le pasaba.

Pero aquella tarde no se le debió de pasar, y cuando bajábamos las escaleras de Falange, al pasar por la ventana de la farmacia, con un disimulo y una rapidez increíbles, soltó los dos periquitos de la jaula. Lo hizo tan rápido y tan disimulado que muchos ni le vimos, y a Luis y a Zazo, que son los que le vieron, luego los dejaba por mentirosos diciendo que él no había sido.

Por un momento pensábamos que a esa mujer le iba a dar algo. Pero no le dio nada. Primero lloró, después chilló y, más tarde, se fue al cuartel de la Guardia Civil a denunciar el caso. El cabo Morón no sabía cómo enfocar el asunto y, al tiempo que intentaba tranquilizar a la farmacéutica, le preguntaba:

—Pero vamos a ver, ¡tranquilícese! ¿Hablaban de verdad los loros? ¡Hay que ponerlo en las diligencias!

Y la otra daba un suspiro fuerte secándose las lágrimas:

—Algunas veces —contestaba gimoteando.

A la farmacéutica la echaron del pueblo porque decían que estaba pirada. Se fue un martes de febrero en el coche de línea, mientras diluviaba, y entre las sonrisas de algunas comadres que chismorreaban, viéndola marchar tras los visillos, cargada de bultos y un gato blanco del que últimamente no se desprendía.

A Cabecita le costó una paliza que aún no entiendo como la pudo contar... porque al Antonio... ¡cuando se le iba la mano!

Pero la contó, y lo que fue peor, no escarmentó. ¡Qué iba a escarmentar! Esa misma noche, cuando Mauricio, el barbero, afeitaba a don Agustín, el maestro, con aquella tremenda cuchilla de acero brillante, rebozada de jabón blanco, que Mauricio iba limpiando en una pequeña palangana, Cabecita se había asomado varias veces por la ventana desde los soportales. La puerta estaba entreabierta. La nuez de don Agustín no lograba estarse quieta de la risa mientras le contaba a Mauricio la denuncia de la farmacéutica por su loro. El barbero mantenía el pulso como buenamente podía, porque la risa tampoco le dejaba. Entonces se apagó la luz.

—¡Joder!

—¡Coñoooo..! ¿Le he *cortao?*

—Creo que no... pero le ha debido faltar poco para que me rebañases el gaznate.

—Aguarde, no se mueva —decía Mauricio— voy por una vela.

—Aunque en la plaza hay luz... ¡Joder...! ¡Si hay luz!

El barbero logró llegar al interruptor blanco con una tirita cilíndrica de madera, y lo giró hacia arriba, media vuelta, y se encendió la luz La puerta estaba abierta de par en par. ¡Nos han apagado la luz!

Pero la última fue más grave y pudo tener peores consecuencias. Escogió como víctimas a una familia de Jerez que había llegado al pueblo al completo; abuelos incluidos. Los dos abuelos pusieron una churrería, bueno, mejor, hacían churros a la puerta de su casa. Pero, en invierno, se trasladaron a los soportales de la plaza, junto a la puerta de la escuela. Tenían un gran recipiente de aceite hirviendo y una maquinilla de esas antiguas que va soltando tiras finas de masa de churro que la abuela hacía caer sobre la gran fuente de aceite hirviendo. Mientras, el abuelo, con un palo, iba dando vueltas en espiral a la masa. Cuando estaba bien frita toda la espiral, la sacaban con el palo y la partían en porras. Y las vendían bien, porque eran la novedad. Con las porras empezaron a vender también copas de cazalla y luego anís y coñac y después café recalentado; hasta el punto de que, a las ocho de la mañana, la puerta del colegio parecía un establecimiento más, sólo que al aire libre. Por otra parte, la abuela tenía gracia y contaba chistes malos, pero verdes, y el tío Guillermo, Bonilla y el Jaque se reían con ganas.

Los viejos alrededor de la fuente de aceite hirviendo. La abuela dale que te pego a los churros:

—¡Quítese *usté* de ahí tío *pesao!*, ¡que *parese usté* a uno *der* puerto que estaba siempre en medio y *ze lo* atropelló un tren!

Los viejos se reían, mientras el *agüelo* repartía cazalla, anís y aguardiente y apuntaba en una hoja llena de manchas de aceite las copas que iba sirviendo.

Algunas veces, cuando íbamos hacia el colegio, nos quedábamos embobados mirando a la *agüela* hacer churros y escuchando sus chistes que no entendíamos, pero *la* reíamos alborozados. Fue en una de éstas cuando Cabecita hizo la última que le recuerdo.

Estábamos Luciano, Javi, Félix Ángel, Zazo y cuatro o cinco más. Nos empujábamos por colocarnos en primera posición para ver cómo caía aquel hilo gordo de masa y se sumergía debajo de las pompas de aceite hirviendo. La abuela chillaba descompuesta:

—*¡Quillos! ¡quillos!* ¡*sus* queréis *eschar patrás* que *sus* voy a abrasar alguno!

Nosotros más encima. Y llegó el Cabecita. Le oí susurrar algo en el oído a Zazo y recuerdo a alguien decir:

—¡A que no te atreves!

Los dos susurraban entre risas y Zazo le preguntaba:

—Pero, ¿quién te lo ha dado? ¡Ah!, ya sé, se los has quitado al alguacil de los que sobraron de las fiestas.

En ese momento fue cuando Cabecita se atrevió.

Lanzó algo a la caldera de los churros que, en esos momentos, no acertamos a ver bien qué era, pero Antoñito chilló:

—¡Un petardo!

Sin entender bien qué ocurría, nos retiramos todos en desbandada de la caldera, casi al tiempo que estallaba una terrible explosión.

Al abuelo le cogió sirviendo la sexta ronda de cazalla a los parroquianos. Se le cayó al suelo la botella y se le hizo añicos. Al tío Jaque le saltó un poco de aceite en las orejas y tampoco tuvo peores consecuencias, pero a la abuela la cogió de pleno el salpicón de aceite hirviendo y las quemaduras fueron importantes.

Mi tío Miguel, el alcalde, le amenazó con meterlo en un correccional, que era un sitio muy malo donde internaban a los niños que no se les podía meter en la cárcel. Lo que no se conoce no se teme y a Cabecita aquello del correccional nunca le asustó.

Ese año a mí me metieron interno. No era un correccional, pero a mí me lo pareció. Cuando vine en las primeras vacaciones de Navidad me enseñó la última perrería que se le había ocurrido.

—Llamamos a una puerta, nos escondemos detrás de las tapias del campo de fútbol y, cuando sale el tío..., le tiramos un huevo.

—No te creo —le dije.

—¿Que no? ¿Que no...? Que te lo digan éstos —me señalaba a Javi y a Luciano que asentían rojos de risa.

—¡Vente esta noche... ya verás!

Y me fui. Traía tres huevos en la mano.

—Por si fallo el primero —decía.

Llamó a la puerta del tío Gregorio golpeando el llamador de hierro con fuerza. Pasaron unos segundos y se oyó:

—¿Quiéeeen?

Volvió a golpear el llamador y se escondió. Vimos encenderse la luz de la entrada y abrirse un poco la puerta. El tío Gregorio asomó primero la nariz, luego la cabeza, oyó un ruido seco y miró hacia arriba tratando de descubrir qué era aquella masa amarillenta pegada junto a la puerta. Cuando estaba entendiendo de qué se trataba fue cuando el segundo huevo se estrelló en su oreja. Soltó un quejido y luego una blasfemia, pero no vio a nadie. Su nieto tampoco. Pero sabía de quién se trataba.

A la mañana siguiente el tío Gregorio se presentó en la escuela con el alcalde y llamaron a Cabecita. Por más que le presionaban, interrogaban y acusaban, él negaba como un bellaco. Mi tío Miguel alzó la vista, luego alargó el brazo y descolgó el crucifijo que había en la escuela, entre dos retratos enmarcados de Franco y José Antonio.

—Fíjate bien lo que te voy a decir. Te voy a tomar juramento. Si juras en falso cometes un delito y además vas derecho al infierno.

El alcalde puso el crucifijo encima de la mesa, mientras Cabecita observaba la escena con los ojos humedecidos.

—Pon tu mano encima del crucifijo.

Cabecita puso la mano encima del crucifijo. La escuela enmudeció. Los muchachos miraban la escena asombrados por la tensión del momento. El tío Gregorio puso un gesto de satisfacción, mientras su nieto le decía:

—Pero *agüelo*... ¡si ha sido él!

El maestro mandó callar al nieto y el alcalde, con voz grave, preguntó:

—¿Juras por Dios y ante el Cristo crucificado que tú no tiraste el huevo al tío Gregorio?

Y Cabecita, al instante, apretó el crucifijo:

—¡Lo juro! ¡Lo juro por el crucifijo y los dos de ahí arriba! —señalando las fotos de Franco y José Antonio.

Al Cabecita se lo llevaron a no sé dónde, porque también se fueron sus padres y no le había vuelto a ver hasta esta tarde en que ha venido a la fiesta y fíjate que no ha cambiado nada, pero, sin embargo, ¡qué gordo se ha puesto el tío!, ¿Verdad? —le decía yo a Javi.

A Clemente lo echaron del Athletic de Bilbao un sábado de enero de 1986 en que a mí me tocaba turno de informativos en la radio. Me llamaron de Radio Bilbao muy nerviosos:

—Danos paso en el informativo de las once que Aurteneche ha convocado una rueda de prensa y yo creo que se carga a Clemente.

Las cosas ya se habían corrompido mucho entre Clemente y Manu Sarabia. Se especuló con mil estupideces y difamaciones que le llevaron a ganar una demanda a Clemente contra un periodista.

La realidad es que Clemente acusaba a Sarabia de no sacrificarse y buscar el lucimiento personal, y Sarabia —máximo goleador y una de las estrellas del equipo— se sentía humillado, domingo a domingo, cuando se quedaba en el banquillo y lo sacaban en la segunda parte o, al revés, lo sacaba de inicio, pero lo cambiaba después.

Cada uno fue dando su versión a directivos y periodistas y se creó una especie de bipartidismo en el Athletic; los que estaban con Sarabia y los que estaban con Clemente. Y, por otro lado, los que no entendían a qué venía ese pique absurdo, que posiblemente eran mayoría.

Clemente entraba al vestuario en los descansos de los partidos y criticaba duramente a Sarabia ante los jugadores del Athletic, mientras Sarabia era retenido en el túnel por los reporteros de la radio. Cuando Sarabia entraba al vestuario notaba las caras largas de algunos compañeros y se percataba de que el entrenador ya le había minado el terreno. Después lo sustituiría, y los periodistas preguntarían a uno y a otro. El roto ya no había quién lo pudiera coser.

La junta directiva del Athletic se reunió con el ánimo de intentarlo pero fue imposible. Clemente lanzó órdago:

—O echáis a Sarabia o me echáis a mí.

Aurteneche y algunos directivos trataron de hacerle entender lo que Sarabia significaba para el Athletic y el tirón que tenía para llenar San Mamés.

—Si no le echáis a él me tenéis que echar a mí, porque conmigo no va a jugar más —insistió Clemente.

Entonces le hicieron la pregunta salomónica:

—Si el Athletic necesitase de los servicios de Sarabia, ¿antepondrías tu decisión a los intereses del club? —preguntó Aurteneche.

Clemente no se movió ni un milímetro de su postura.

—Conmigo ése no vuelve a jugar pase lo que pase.

En realidad no había más motivos ocultos que los celos profesionales del entrenador al jugador, que era el número 9 en la selección nacional y el goleador del equipo. Puesto en una postura terca y agresiva, Clemente había quedado prisionero de su palabra en el vestuario: "Ése no vuelve a jugar en el Athletic".

Aurteneche se reunió con sus directivos y prescindieron de Clemente:

—Un entrenador que está dispuesto a mantener su cabezonería sobre los intereses del club no puede seguir aquí.

Y aquel sábado, 25 de enero de 1986, le echaron del Athletic. Por aquellas fechas, Clemente era menos introvertido, menos retorcido —me parece a mí—. Tenía muchos amigos periodistas, no sólo uno. Quizá su mejor amigo, entre los periodistas, en aquella época, fuese Alfonso Azuara. Alfonso —un tipo íntegro y quijotesco— había revolucionado los informativos de deportes en TVE y había sacado de la monotonía los programas de RNE.

Azuara convalecía en un hospital aquejado de una grave enfermedad. Clemente quiso que Azuara y su novia fuesen los padrinos en el bautizo de su hijo, a lo que Azuara le contestó:

—No sé si voy a seguir viviendo mucho tiempo. ¡Cómo voy a ser padrino de un niño!

Ése es Azuara: directo, rotundo y contundente, pero listo y cerebral como el que más. Eso sí, luchador y cabezón, también como el que más.

Una noche escuchó un programa de radio en el que prácticamente ya lo estaban enterrando, y pedían rezar por él. Me cuenta Azuara que aquella noche sonrió diciendo: "¡Me acaban de devolver la salud! Ése es gafe, y al que le entierra resucita, y al que lo bendice lo entierra!".

A la mañana siguiente le dijo a su madre:

—¡No te preocupes, me vas a ver correr otra vez! ¡Te lo juro!

Y Azuara recuperó la salud. No ha vuelto a jugar al fútbol, pero no para ni deja parar a nadie en las redacciones que lo disfrutan... y lo aguantan.

A Clemente lo fichó posteriormente el Español de Barcelona. Hacía de comentarista en los partidos, para Antena 3 Radio y el Español funcionaba bien. Construyó un equipo con algunos descartes del Athletic de Bilbao, y lució a Losada, un futbolista del Real Madrid. Logró meterlo en la Copa de la UEFA.

El año siguiente, el Español eliminó al Milán en la Copa de la UEFA y luego al Inter. Yo fui el enviado especial de la Cadena SER en aquellos partidos.

El trato de Clemente con nosotros (Cadena SER) comenzó a ser un poco más distante. La única razón la encuentro en su colaboración semanal con Antena 3, cosa que tampoco me resultaba extraña.

En el viaje a Milán, con ocasión del partido contra el Inter, me atendió las dos o tres veces que le requerí, pero fue de una forma fría, seca y distante.

Eliminaron al Inter y llegaron a la final de la Copa de la UEFA. Clemente volvía a ser el rey del mambo. En aquella época, en el Español encendió también una dura polémica con Lauridsen, un danés rubio que jugaba en el Español de media punta, muy elegante, al estilo Laudrup. Clemente no llegó con él a los extremos que con Manu Sarabia, pero también lo relegaba al banquillo y se llegaron a cruzar algunas declaraciones.

La final de la Copa de la UEFA se jugaba a doble partido en cada uno de los campos de los dos finalistas. En Sarriá ganó el Español por 3-0. Para el partido de vuelta, Clemente se vio prácticamente campeón y sorprendió a todos con una extraña alineación, ultradefensiva, y dejó a Lauridsen en el banquillo. Sus guerras con la prensa de Barcelona ya habían comenzado y mantenía un enfrentamiento brutal con el *Mundo Deportivo*, en el que escribía Tomás Guasch, y, sin embargo, era condescendiente y tolerante con el *Sport*, donde se había hecho muy amigo de Casanovas.

Aquella alineación, que anunció en el partido de vuelta contra el Bayer Leverkusen en Alemania, provocó dudas en el *Mundo Deportivo*. Clemente estaba convencido de que el 3-0 era inamovible. Pero perdió. Perdió 3-0 y perdió la final. Se llegó a la prórroga, después a los penaltis, y en los penaltis, después de un fallo de Losada, ganó el Bayern. Fue una decepción muy dura. Todos los desplantes y envites que había hecho a la prensa catalana se le cayeron encima como un camión de la basura. Aun así, nadie había llevado tan alto al Español en una competición europea. Y eso no se lo podía discutir nadie. En la temporada siguiente, el Español tuvo algún otro refuerzo vasco de los descartes del Athletic, pero las cosas comenzaron a ir de mal en peor. Acusaron a Clemente de haber dilapidado el equipo, de extenuarlo, de podarle toda su calidad en beneficio de futbolistas que le apoyasen en el vestuario.

Sus enfrentamientos con algunos periodistas de Barcelona fueron muy sonados. El Español era penúltimo y se iba a Segunda División. Clemente fue destituido.

Por aquella época Vicente Calderón había regresado a la presidencia del Atlético de Madrid. Don Vicente ya estaba muy mayor y tenía problemas en la laringe, que le provocaban largas afonías, cosa que él aprovechaba para no hablar con la prensa más que cuando lo consideraba necesario.

Don Vicente Calderón tenía la oficina en una de las calles perpendiculares a Gran Vía, justo debajo de la Cadena SER. Con frecuencia montábamos guardia de varias horas, con el Quique Gozalo en la puerta, para ver si se traspasaba a Paco Llorente al Madrid (que se le traspasó) o a Hugo Sánchez (que se le traspasó) o si volvía Luis Aragonés al Atlético de Madrid, sustituyendo a Vicente Miera (que volvió).

Algunas veces hasta teníamos la suerte de pillar *in situ* a los personajes en la puerta. Nos ocurrió con Luis Aragonés cuando volvió al Atlético.

Yo tenía muchas ganas de hacer una entrevista larga a Vicente Calderón, pero no lo conseguía. Lograba entrar a su oficina, me hacían esperar horas, y conseguía verle, pero su afonía era el escudo perfecto. Me daba palique acentuando más su ronquera y cuando yo le apretaba él se defendía escurriéndose.

—¿Pero estás loco? —decía con una ronquera exagerada—. ¡Con esta voz! ¡Van a pensar que te hablo desde el más allá!

Entonces se me ocurrió la idea descabellada, osada y propia del crío osado que era yo.

—¡Esa sí es una buena idea don Vicente!

—¿Cuáaal?

—¡Una entrevista desde el más allá! Me la deja usted de testamento de Vicente Calderón a los atléticos.

—¿Cóomo diicees? —me fulminó con la mirada, pero yo ya estaba lanzado.

—Sí, hombre, mire, yo diría: "Don Vicente Calderón que está en los cielos"... Y usted contestaría...

—¡Anda, vete a tomar por saco! ¡A ver si vas a palmar tú antes! ¡No te jode!

—Pues si palmo yo... se queda en la radio y también vale.

No hubo forma de convencerle para mi disparate. Pero terminó concediéndome la entrevista.

—Mira, el viernes quedamos a comer, ¿vale?

—¡Hecho! ¡Vamos a la Gran Tasca, que le pilla aquí al lado!

—Ya sabes que yo estoy a régimen. Verdura y un pescadito a la plancha, adviérteselo a Manolo.

Manolo era el propietario de la Gran Tasca, un restaurante —ahora cerrado— que hacía esquina en la calle de la Ballesta, y al parecer, era muy amigo de don Vicente. Al menos así me lo pareció cuando entramos aquella tarde en el restaurante con Enrique Martín y Joaquín Durán.

Don Vicente se abrazó a Manolo, un hombre de su edad, y recordaron anécdotas del pasado; novias, viajes, partidos de fútbol... En un momento, el presidente del Atlético de Madrid se puso serio:

—Oye, Manolo, ¿qué tienes de comida? ¡Yo estoy a régimen! ¿eh?

—Bueno, pues le preparo un pescadito a la plancha y...

—Pero ¿qué tienes? ¿Qué tienes recomendado?

—¡Unos caracoles que han ganado un premio en la Feria de San Isidro!

—¡Coño! ¡Caracoles! ¿Y bacalao...? No tienes aquel bacalao que hacíais antes?

—¡Con tomate! ¡Imperial...! Te va a encantar.

—Bueno, pues haz una cosa —decía don Vicente sentándose y colocándose la servilleta en el pecho a modo de corbata—. Ponnos un poquito de todo, ¿no te parece?

A todos nos pareció bien, pero a don Vicente Calderón más. Comió primero boquerones en vinagre, jamón, queso, lomo y unas croquetas, en lo que llegó una tremenda fuente de caracoles y después otra de bacalao con tomate. Mientras comía, nos explicaba sus preocupaciones por el traspaso que se veía obligado a hacer, de Llorente al Real Madrid...

—Se quiere ir él, hijo, y cuando un futbolista se quiere ir se va.

Cuando las fuentes de cristal de los caracoles y el bacalao estaban casi limpias, se volvió y me preguntó

—¿Qué vamos a pedir de segundo, chaval?

Yo me volví a Joaquín Durán y Enrique Martín, que hacían gestos de estar llenos.

—Nosotros no podemos más... un café.

Don Vicente se volvió a mí.

—Un churrasco sí que nos comemos tú y yo, ¿verdad?

Nos trajeron un churrasco inmenso, en un plato de barro, que don Vicente cortaba con suma habilidad.

Terminó pidiendo un pastel de crema y mermelada y nos dieron las siete de la tarde tomando copas de orujo y café.

Grabamos la entrevista. Era una entrevista imperecedera sobre su visión del fútbol a su regreso, después de algunos años apartado de él. Me habló del Atleti, de lo que pretendía que fuese y de los peligros que le acechaban. Recuerdo que me decía: "Estoy preocupado, muy preocupado, lo que veo no me gusta, y no auguro buenos tiempos..."

Yo me iba al día siguiente a Pamplona, donde jugaba el Atlético con el Osasuna. Cuando nos despedimos, me dijo:

—¡Oye, chaval! La entrevista no la emitas hasta la semana que viene. Me la han pedido muchos y les he dicho que no. No me dejes mal. Hazme ese favor.

A mí no me gustó la idea, pero como venía un Madrid-Atleti próximamente y don Vicente Calderón no se prodigaba en las entrevistas pensé que tampoco perdía nada. Él insistió:

—No me jodas, ¿eh? Hasta la semana que viene no la pongas... ¿vale?

Viajé a Pamplona con Ángel Limón y Lázaro Albarracín. Los dos eran dos seguidores habituales del Atlético en los partidos de fuera, y muy amigos de Luis Aragonés, del que hablaban maravillas, y ahora disfrutaban viéndole otra vez en el banquillo del Atleti. Yo les iba contando la comida con el presidente.

Ángel Limón estrenaba ese día un Mercedes verde con una radio de la que se sentía especialmente orgulloso

—Te busca las emisoras ella sola. ¡Es la hostia!

Estábamos buscando un sitio donde aparcar el coche junto al estadio de El Sadar. Yo había sintonizado el 810 de Radio Madrid para escuchar el programa local que hacía Carlos Martínez (hoy en Canal +) aquella tarde. Radio Madrid se escuchaba en Pamplona muy lejos y entrecortada. La iba a cambiar, cuando escuché a Carlos:

—"El estado de don Vicente Calderón ha sido calificado de muy grave, después de que fuese encontrado inconsciente en el cuarto de baño de su domicilio"...

Limón y Lázaro iban hablando mientras buscaban el aparcamiento y sólo oyeron el final.

—¿Quéeee...? ¡Dios!

Me bajé casi en marcha del coche y entré en los vestuarios de El Sadar. Me salió al paso enseguida Zariquiegui, el delegado del Osasuna. En tres palabras le conté lo que había escuchado en la radio. Le pedí un teléfono y me llevó a un cuartito próximo al vestuario de los árbitros y llamé a la radio. Carlos Martínez no me pudo dar más detalles:

—Solo sé eso, lo que he contado... Le han encontrado inconsciente en el cuarto de baño.

Ángel Limón y Lázaro Albarracín estaban detrás de mí.

—Pregunta dónde le han llevado —me apuntaron—. Carlos me dijo que estaba en el hospital de la Cruz Roja en Reina Victoria.

Entraban en esos momentos los jugadores del Atlético. Ángel Limón y Lázaro Albarracín se dirigieron al doctor

Ibáñez. Yo a Luis Aragonés, que me cogió por los hombros casi de forma violenta.

—¡A los jugadores ni una palabra! ¿eh...? ¡Ahora ni una palabra! ¿Me entiendes?

Le entendí perfectamente.

Cuando finalizó el partido, el doctor Ibáñez se vino apresuradamente con nosotros.

—Conduzca usted si quiere, doctor —le dijo Ángel Limón—, va más rápido.

El doctor Ibáñez tomó el volante y emprendimos viaje de regreso a Madrid. Le fui detallando al doctor Ibáñez la comida del viernes, mientras él iba meneando la cabeza despacito a un lado y a otro.

—De ésta no sale —sentenció el doctor.

Lázaro y Limón comenzaron a especular sobre quién iba a sustituir a don Vicente Calderón.

—Habrá que convocar elecciones —decía Limón.

—¿Y a ver quién se presenta...? ¡Y a ver quién sale luego!

—¡Como salga El Loco estamos apañados!

El Loco era Gil. Jesús Gil y Gil, que había hecho públicas ya sus intenciones de presidir el Atlético de Madrid. El doctor Ibáñez les contestó secamente:

—¡Gil sería un gran presidente!

Los otros dos callaron. Yo entonces estuve seguro de que Gil sería el próximo presidente del Atlético de Madrid.

Llegamos a Madrid antes de las once de la noche. En la puerta del hospital se agolpaban periodistas y fotógrafos y algunos curiosos. Yo logré subir hasta la UVI con el doctor Ibáñez por otra puerta. Don Vicente permanecía inconsciente y entubado, según pude ver por las cristaleras.

—Está muy mal —movía la cabeza el doctor Ibáñez.

Don Vicente Calderón murió a los pocos días. Fue a primera hora de la tarde. Me sentí mal y a veces hasta culpable. No emití la entrevista hasta pasado un año, justo el día del aniversario de su muerte. Di las buenas noches en *El*

Larguero y dije: "Don Vicente Calderón, que está en los cielos... Un año después, ¿cómo se ve todo esto desde allá arriba"...? Y contestaba aquella voz afónica y ronca:

"No me gusta lo que veo, por eso estoy preocupado... y no auguro buenos tiempos...".

Aquella noche, el viaje de regreso a Brunete fue más reflexivo de lo normal. Me acordé de don Vicente y descubrí que hay gente que nunca muere. Muere su cuerpo pero ellos permanecen vivos en el recuerdo porque su huella es tan profunda que no la borra el tiempo, y cada vez que alguien les vuelve a nombrar o se habla de ellos se les mantiene vivos. No importa lo mucho o poco que tengan, lo muy importantes o lo poco que hayan sido, importa el recuerdo, el que alguien hable con cariño de ellos después y los recuerde.

Venía tan abstraído que me pasé la entrada del pueblo y tuve que entrar por el barrio bajo y subir la cuesta por donde tantas veces hicimos de rabiar al Tío Perrero, don José, del que no estoy yo tan seguro de que se acuerden muchos, pero esta noche de Todos los Santos se me ha venido al recuerdo y quería presentároslo.

El Tío Perrero

Los diecisiete años empezamos a arrastrarlos aquel verano como el final de una prórroga. Era como si el plazo para decidir nuestro futuro finalizase al cumplir los dieciocho. La Facultad no daba para invertir más ilusiones y a Javi le dio por decir:

—Hay que encontrar alguna cosa.

Cuando decía esa frase se refería a encontrar un trabajo que nos independizara del cordón umbilical económico de casa.

Con frecuencia hojeábamos las páginas de trabajo del *Ya* y nos hacíamos mil ilusiones con espejismos de trabajo fácil de conseguir y bien remunerado. Incluso en más de una ocasión pateamos todas esas oficinas y direcciones que enmascaraban la venta ambulante de libros y cosméticos, algo para lo que no estábamos especialmente dotados.

Pero en la hora de la siesta cultivábamos ilusiones incluso de encontrar algún negocio que el Quique y el Quili siempre imaginaban como el de una discoteca o un *pub*.

Javi jugueteaba con los tapones de plástico de las botellas de vino detrás del mostrador del bar de su padre, aburrido de servir chatos a los viejos que jugaban al *subastao*. Apretaba el borde de plástico con la uña hasta que la presión de la botella despedía el tapón hacia arriba y luego lo cogía en el aire diciendo:

—Sí, es verdad, hombre, hay que encontrar alguna cosa.

Fue aquella tarde cuando conocimos a don José.

Llegó en una bicicleta, con faro y dos guardabarros, que colocó apoyada en la puerta del bar. Pidió un chato con un acento castizo y de exagerada chulería y se lo bebió en dos sorbos con rapidez. Después se volvió hacia Javi:

—Chico, pon otro.

Tenía el hombre una nariz aguileña inmensa y una cara alargada y huesuda con un cráneo ahuevado entre dos grandes entradas en las sienes por donde se alisaban unos pocos pelos largos y lacios, planchados con la palma de la mano hacia atrás. De su vestuario sólo recuerdo una chaqueta gris, arrugada en los bajos y en las bocamangas, unos pantalones mal planchados y unos zapatos puntifinos, lisos y negros.

El tal don José nos dijo que se llamaba así sin que se lo preguntásemos ninguno y acto seguido comenzó a rebuscar en los bolsillos interiores de la chaqueta diciendo:

—Soy pintor profesional, ¡mirad...! ¡mirad! —seguía rebuscando en el bolsillo interior de la chaqueta—. ¡Coño! ¿dónde está? ¡Mirad el carné de pintor! —y nos enseñaba el carné de identidad en cuyo reverso se leía “Profesión: Pintor”.

El Quique, que era el más alto, vio el carné el primero y dijo:

—¡*Amos* no me joda usted, eso no vale para nada!

Don José alzó el cuello hacia él y pude ver cómo se le hinchaba la yugular y como se le salían los ojos de ira:

—¿Que no vale esto?, ¿que no vale esto? —repetía—. ¡O sea que yo no soy pintor!

Y el Quique:

—*Usté* será lo que quiera... pero eso no quiere decir nada.

A Javi estas situaciones le hacían feliz. Tenía un don especial para estar retorciéndose de risa por dentro y disimularlo sin mover un músculo de la cara, y aún le quedaban fuerzas para incordiar:

—Tú, Quique, es que no tienes ni idea. El señor... don José es pintor y te lo ha demostrado con su carné, y si no te lo crees, allá tú que eres un ignorante, pero no te rías de este señor que no se ha metido contigo y es un caballero.

El Quique, al oír hablar a Javi, tan serio, se tragó el tapón de plástico de la botella de vino con el que llevaba algunos minutos jugueteando en la boca. Trató de devolverlo tosiendo pero Javi volvió a la carga:

—No te rías, Quique, no te rías de este señor, que no te ha faltado y tú le estás faltando el respeto.

El Quique tosía como un desesperado tratando de echar el tapón, pero don José ya había montado allí tal numerito que muchos parroquianos se habían levantado de las partidas de tute y contemplaban la escena:

—¡Listo! ¡Más que listo! ¡No te jode... el niñato!; ¡Cuidado conmigo, eh! ¡Cuidadito conmigo...! ¿eh...? ¿te enteras?

Y le señalaba al Quique con el dedo amenazante.

Al final se lo llevaron entre el tío Guillermo y Bonilla, del que luego se haría muy amigo, pero la bicicleta se quedó en la puerta.

A don José, que desde ese día quedó licenciado con el don, no le gustaba jugar a las cartas, porque nunca le vi después enredarse en partida alguna. Pero se colocó en la esquina de una de las mesas donde el tío Luciano medía matemáticamente triunfos, briscas y arrastres. Como quiera que lo suyo —aun sin proponérselo— era incordiar, comenzó a bisbisear y hacer gestos con la cabeza, a un lado y a otro, cada vez que el tío Luciano colocaba con lentitud una carta sobre la mesa:

—¡No sabe ni tocarlas el abuelo...! —y seguía—: ¡No! ¡Ésa no! ¡La otra!

El tío Luciano no se inmutaba. En una ocasión le miró despacio, de arriba abajo, con todo descaro, sin quitarse el pitillo de la boca y, sin disimular su curiosidad ni su enfado, le dijo:

—Tute de caballos.

Nuestro hombre alargó su cuello de cigüeña, hizo un rictus con la boca y dijo:

—¡Bah, pura suerte!

En la barra, el Quique aún le reprochaba a Javi, pero sin poder contener la risa, el número que le había montado con el tío del pañuelito, porque don José traía un pañuelito al cuello que se había desenredado y con el que se secaba el sudor:

—El tío estaba tan convencido de que me estaba riendo de él —decía el Quique— y casi me ahogo con el puto tapón.

Habían entrado en el bar algunos chavalillos de la escuela, de los más mayorcitos, y uno de ellos se dirigió a Javi.

—Oye, déjame la bicicleta ésta que voy hasta la panadería. Te la traigo enseguida.

Y Javi, sin inmutarse, y echando una mirada a la bicicleta de don José dijo:

—No, es igual, déjala en la panadería que luego la recojo yo allí.

El chiquillo ya estaba subido en la vieja bicicleta de faro y guardabarros y en cuatro pedaladas salió de la plaza a toda prisa.

Don José venía hacia la barra con su vaso de blanco en la mano paladeándalo con pedantería. Lo dejó encima del mostrador, reclinó una pierna sobre el descansillo inferior de la barra y se volvió a alisar los siete pelos que le rayaban la calva hacia atrás. Miró a la puerta con indiferencia y retomó la vista hacia el vaso, pero no le dio tiempo a dar un sorbo. Volvió de nuevo la cabeza hacia la puerta como un relámpago y exclamó:

—¡La bicicleta!

Salió hacia la puerta, miró a un lado, luego a otro, volvió a entrar al bar, y nos miró receloso y con descaro a todos. Nosotros habíamos improvisado una conversación, para disimular la risa, sobre el Tour de Francia que era la actualidad de la época:

—Hombre, puede ganar Ocaña, ¡si no se cae! —decía Javi.

Don José exclamó con voz grave y provocadora:

—¡Chicos!

Nosotros le miramos con atención:

—Yo he traído una bicicleta, ¿no?

Y Javi, que estaba colorado de la risa:

—Sí, hombre, este señor ha venido en una bicicleta ¡que le he visto yo!

Don José no podía disimular su asombro, pero toda su agresividad se domesticó en un segundo lanzando una mirada de súplica:

—¡Pues no está!

Nosotros salimos a la puerta para comprobar lo que ya sabíamos:

—¡Pues es verdad! ¡Hay que joderse! ¡se la han robado ahora mismo! —comentaba Javi, mirando a uno y otro lado de la plaza.

Don José nos volvió a mirar suplicante:

—Chicos, ¿no habéis visto a nadie llevarse la bicicleta?

Nosotros nos mirábamos como bobos, con los hombros encogidos, con el temor de que alguno no pudiera contener la risa y encendiera aquel polvorín que amenazaba ser nuestro hombre:

—¿Dónde está el cuartel de la Guardia Civil? —nos preguntó.

—Baje las escalerillas de la plaza y siga todo recto, a unos quinientos metros —le contestamos.

Aquello era demasiado. Don José salió del bar desencajado y dobló las escalerillas de la plaza, volvió la cabeza y vio su bicicleta en la puerta de la panadería que, a los pocos segundos, estaba aporreando como un loco:

—¡Abre, listo! ¡*So* listo! ¡Te voy a denunciar! ¡Vaya que te denuncio!

Ya fue suerte que en la panadería no hubiese nadie, y la escena sólo la contemplaban asombrados, detrás de las persianas, cuatro vecinos que no acababan de entender el episodio.

Don José no denunció a nadie, aunque pronto conocimos que era el encargado de una pequeña perrera que habían instalado en las afueras del pueblo, por lo que a partir de esos momentos todo el mundo pasó a conocerle como el Tío Perrero.

Recuerdo que la bicicleta, al poco tiempo, se convirtió en una moto, una pequeña Derby de 50 cc. que a los críos les dio por desconectarle la bujía y el Tío Perrero, cuando se hartaba de darle pedalazos para que arrancara en vano, la llevaba empujando hasta la tienda de repuestos donde la había adquirido a que se la cambiaran.

El Tío Perrero se fue del pueblo un verano, a los pocos de haber venido. Para entonces, ya era la diversión de los adultos y su moto la de los chiquillos que seguían destapándole la bujía, aunque él ya había logrado aprender a colocarla de nuevo y lo hacía a duras penas, entorpecido por el vino que llevaba dentro, mientras mascullaba improperios que apenas se le podían entender.

Entre todos le echamos y él solito se marchó. Fuimos con él tan crueles que me sonrojo al pensarlo y me disculpo amparado en la inconsciencia de aquellos diecisiete años.

Cuentan que se cayó de la moto y que su cráneo dio casualmente con una piedra que estaba fatalmente allí... esperándole. No se volvió a levantar.

El Tío Perrero pasó a ilustrar el panteón de hombres que no fueron ilustres pero que grabaron su nombre en la historia del pueblo y, con frecuencia, entre caña y chato, sale su nombre entre los recuerdos de algún que otro verano.

Yo quería resucitarlo para pedirle perdón en nombre de aquellos niños de ayer, hombres de hoy, y poder mantenerlo vivo siquiera en el recuerdo. Haciéndolo, sé que cumplo algo conmigo mismo que me hace sentirme mejor.

Al regreso del entierro de don Vicente Calderón, en Gandía, un grupo de los asistentes se reunieron a comer una paella. En ese grupo estaba el doctor Ibáñez, José María García, Ángel Limón y Lázaro Albarracín. En esa comida se decidió que Jesús Gil debía ser el próximo presidente del Atlético de Madrid.

Y Gil fue presidente. El 27 de junio de 1987 ganó las elecciones al ex ministro Sánchez de León y a otro ex ministro, Agustín Cotorruelo. Ninguno de los dos supo hacer frente al torbellino Gil que llegó anunciando el Apocalipsis del Atlético de Madrid, si él no lo salvaba, con Futre de la mano y con Supergarcía terminando así su programa, la noche antes de las elecciones: "Señores socios del Atlético de Madrid, hagan lo que quieran, pero si quieren salvar al Atlético de Madrid, sólo pueden votar a Jesús Gil. Es un hombre adelantado a su época y es el único que puede devolverles la ilusión a los socios rojiblancos".

Gil ganó claramente las elecciones y se proclamó presidente del Atlético de Madrid, justo la noche anterior de que el Atlético perdiese en Zaragoza la final de la Copa del Rey con la Real Sociedad.

Faltaban veinte minutos para que comenzase el partido. Los jugadores del Atlético y de la Real Sociedad calentaban en el césped de La Romareda. Toshack y Luis Aragonés observaban a sus jugadores. Alguien se acercó a Luis, que estaba en la banda en mangas de camisa y con la corbata aflojada, y le susurró algo al oído. Vi que Luis se iba hacia el túnel de vestuarios. Le seguí. El entrenador subió la rampa asfaltada que hay en el córner y se introdujo por el pasillo de vestuarios. Pasó el del Atlético de Madrid y vi que se dirigía a la zona de salida. Se le había unido Ángel Limón. Llegaron a la puerta de la calle del estadio por donde entran los jugadores. El portero tenía la puerta entreabierta y cuando vio acercarse a Luis la terminó de abrir y entraron Jesús Gil, con la chaqueta en la mano, la corbata desanudada y un pañuelo en la otra mano con el que se secaba el sudor que le caía por la frente. Junto a él, Paolo Futre, vestido con un traje oscuro de cuadros amarillos, camisa negra y corbata amarilla. Los dos parecían sacados de la película *El padrino*.

Jesús Gil extendió la mano a Luis y éste se la estrechó dubitativo y extrañado mientras atinó a decirle:

—Presidente, enhorabuena... ¿Quería algo?

Gil sonrió, miró a Limón, observó mi presencia y el micrófono y abrió la palma de la mano hacia Paolo Futre, que observaba la escena un tanto aturdido.

—Gracias, Luis —contestó Gil— ...Mira, éste es Pablo Futre.

—Ya, ya... si le conozco —dijo Luis.

—Oye... estooo —se secaba el sudor Gil—, si quieres, entro al vestuario y les digo a los chicos algo para darles ánimos, ¿sabes?

—No, no, no —meneó la cabeza Luis—. Usted dígame a mí lo que quiera decirles, que ya se lo digo yo... pero en el vestuario ahora no entra nadie... Los chicos tienen que estar a lo suyo, que es ganar el partido... Y tú, chaval —dirigiéndose a Futre—, no deberías estar aquí, tú tendrías que estar entrenando en vez de andar de un lado a otro con el presidente.

—Sí, claro, *míster* —contestaba asustado Futre.

Gil se sintió contrariado. Lo sé. Guardó el pañuelo en el bolsillo del pantalón, se echó la chaqueta al hombro y dijo:

—Bueno, oye, pues lo que tú quieras... Venga, mucha suerte.

Luis se dio la vuelta y giró sobre sus pasos hacia el campo donde llamaría a sus jugadores para que regresaran al vestuario. Ángel Limón se quedó justificando a Luis ante el nuevo presidente, que se fue con Futre hacia el palco, aunque antes se dieron un baño de masas entre los aficionados atléticos que habían llegado a Zaragoza en un tren fletado desde Madrid por Jesús Gil.

Yo me dirigí a Limón.

—¡No me jodas...! ¡Decías que estaba loco y creo que vas de directivo con él!

—La Morena —Limón siempre me llama así—, va a ser un gran presidente. ¡Hazme caso!

Ángel Limón no duró mucho como directivo con Jesús Gil. Dimitió a los pocos meses. Lázaro Albarracín, que también entró en la directiva, sí continuó junto a Gil. Para él se acabaron las largas travesías en coche particular detrás del equipo. Gil le hizo vicepresidente y es el encargado de representar al club en todos los desplazamientos.

El Atlético de Madrid perdió la final con la Real Sociedad en los penaltis. Ramos Marcos fue el árbitro y se tragó un penalti a Julio Prieto. Gil destituyó a Luis Aragonés como entrenador después de una fortísima discusión en la que Luis llegó a agarrar a Gil por la solapa de su chaqueta. Con el cese de Luis, Gil se dio cuenta de que tenía que pagarle la totalidad de su contrato y lo dejaba libre para entrenar en cualquier otro sitio. Así pues, el nuevo presidente le dijo a Luis que seguía trabajando para el club, pero sin entrenar, y le mandó que fuese a un despacho en la plaza de España. Aquello se resolvió pronto y Luis se marchó del Atlético de Madrid. Pocos días después, Jesús Gil anunciaba a bombo y platillo el fichaje de César Luis Menotti.

Antes de entrenar al Atlético de Madrid, Menotti tuvo ciertas posibilidades de entrenar al Real Madrid. Pero no cuajaron. Fue dos años antes.

El Real Madrid, entrenado por Amancio, disputaba la Copa de la UEFA y atravesaba una crisis que mantenía al entrenador con su cargo pendiente de un hilo. Luis de Carlos, el presidente madridista, un hombre mayor, no era amigo de cambios traumáticos y delegaba sus decisiones en el vicepresidente, Luis Martínez Laforgue, un constructor pegado a un puro, de buenas maneras y exquisita educación. Era otra moda de directivos.

Un año antes, había llegado al Real Madrid un futbolista español del Anderlecht, afincado en Bélgica desde niño: Juan Lozano. Era zurdo, con el pelo ensortijado y cara redonda y tenía un hermano que le acompañaba a todas partes y hacía de *manager*, Curro. Curro se parecía a Juan, pero era regordete y con el pelo más ensortijado por detrás y más largo, estilo palmero.

El Real Madrid estrenó el fichaje de Lozano en un Teresa Herrera, donde perdió con el Peñarol, y después con el Dinamo de Kiev.

Aquella noche, mientras Martínez Laforgue y don Luis de Carlos maldecían el arbitraje de Urío Velázquez, junto a un pensativo Alfredo di Stéfano al que sustituiría Amancio en el banquillo, Curro, colocado estratégicamente en la recepción del hotel, daba luz verde para que su hermano Juan y Juanito pudiesen salir a tomar una copa. Yo observaba divertido la escena.

A la mañana siguiente, el Madrid emprendía vuelo de regreso desde Santiago. Pero se dejaron en el hotel a Curro. El pobre, pendiente de las salidas y regresos de madrugada de su hermano y Juanito, se quedó dormido. Le encontré tomando un café en el bar con el billete de Santiago en la mano:

—¡Estos niñatos...! ¡Serán cabrones...! —decía—. Dejarme en tierra... ¡A mí!

—Nosotros volamos desde La Coruña ahora a la una de la tarde —le dije—; vente si quieres.

Y así lo hicimos. Juntos, llegamos al aeropuerto de La Coruña y preguntamos por el director del aeropuerto. Al poco tiempo apareció un hombre de más de cincuenta años, trajeado y con gesto grave, que nos preguntó con la mirada. Le expuse que era el hermano de Lozano, que volaba con el Real Madrid desde Santiago, pero que había tenido un grave contratiempo y no había podido tomar el avión. El hombre nos pidió el billete de avión y Curro se apresuró a mirarse los bolsillos hasta que sacó aquel billete arrugado, roto por uno de los lados y que le entregó azaroso al director del aeropuerto. Lo examinó desconfiado. Curro me miraba asustado. El hombre del aeropuerto se ajustó las gafas y dijo gravemente:

—Esto es de Iberia, y el vuelo de La Coruña es de Aviaco. No sé si vamos a poder cambiarlo.

Yo insistía de la forma más educada posible mientras Curro me tiraba de la cintura del pantalón. Me susurraba algo, pero yo no le entendía. El otro seguía examinando el billete de avión dubitativo. Fue entonces cuando Curro me susurró al oído con fuerza, mientras trataba de ponerme algo en la mano:

—¡Toma, arrímale un talego!

Curro pretendía después que De Carlos le colocase en el Madrid "para supervisar el equipo a Amancio... desde la tribuna". Pero no coló.

—Peor para ellos —me comentaba—, ya se arrepentirán.

Después de eliminar al Rijeka y al AEK de Atenas, aquel Madrid de Amancio, en el que con frecuencia era suplente Butragueño y al que había llegado Jorge Valdano del Zaragoza como fichaje estrella, le tocó enfrentarse al Inter de Milán.

El equipo no funcionaba. Butragueño se había hecho muy amigo de Jorge Valdano y ambos tenían largas charlas sobre fútbol y tácticas cuando compartían habitación en las concentraciones. Con frecuencia, Valdano hablaba a Butragueño de Menotti, hasta el punto de que el Buitre sintió verdadero interés por conocerle.

Lozano y Juanito también compartían cuarto, aunque sus conversaciones eran distintas.

Aquella noche del 10 de abril de 1985, el Madrid había perdido en Milán con el Inter 2-0. El hotel del equipo estaba en las afueras de Milán en una zona residencial, tranquila y ajardinada. En el vestíbulo del hotel, Ramón Mendoza, que ya había hecho públicas sus intenciones de optar a la presidencia, jugaba una partida de mus, con Lorenzo Sanz de compañero, contra dos periodistas. Al fondo, un grupo numeroso de jugadores escuchaban a Vujadin Boskov, al que algunos habían tenido antes de entrenador, y que ahora estaba en la Sampdoria. Boskov se había desplazado de Génova a Milán para ver el partido y charlar con sus antiguos jugadores. Don Luis de Carlos y Martínez Laforgue paseaban por el pasillo mascando el cese de Amancio y barajando soluciones; la única que les ofrecía garantías era poner a Luis Molowny al frente del equipo. Hablaban en voz baja y ensimismados en la conversación. Tan ensimismados, que no repararon en la ausencia de Juanito y Lozano en el grupo de jugadores que rodeaban a Boskov en una animada tertulia, ni en la de Valdano y Butragueño, a los que nadie vio salir del hotel para subirse en un taxi y perderse en la noche hacia Milán.

Curro se paseaba también por el hotel con un traje negro, camisa amarilla y corbata azul, sin perder de vista un momento a Amancio ni a la pareja De Carlos-Martínez Laforgue. Hizo una llamada a la habitación de Juanito y su hermano y todo iba bien.

A medio día se le vio acompañado de una rubia platino espectacular, de la que dijo:

—Es la novia de mi hermano Juan.

A la rubia vino a buscarla después otra amiga, y ambas abandonaron el hotel antes de que el equipo partiese hacia el viejo estadio de San Siro.

El taxi con Butragueño y Valdano se detuvo en un céntrico hotel de Milán. Los dos futbolistas se bajaron tranquilamente y se dirigieron a la cafetería, donde un tipo alto, de cara huesuda y nariz aguileña, fumaba, sentado en uno de aquellos butacones de cuero con las piernas cruzadas. Cuando vio entrar a Jorge Valdano con aquel chavalillo rubio de pelo ondulado se incorporó de un salto, se abrazó a Jorge Valdano, intercambiaron dos frases cariñosas sobre lo bien que se encontraban el uno al otro, y Jorge miró sonriente a Butragueño:

—César, éste es Emilio Butragueño... Emilio, éste es Menotti.

Butragueño alargó la mano y estrechó aquella huesuda y cuidada mano del entrenador argentino al que tantas ganas tenía de conocer.

En el hotel de las afueras de Milán, Boskov había comenzado a despedirse de los jugadores, preguntando por Juanito, extrañado de no verle por allí. Después, fue por las mesas despidiéndose de directivos y periodistas. Estrechó cortésmente la mano de Ramón Mendoza y Lorenzo Sanz y luego se abrazó a don Luis de Carlos.

Cuando Vujadin Boskov abandonó el hotel del Real Madrid, los jugadores que aún permanecían en la cafetería comenzaron a dirigirse al ascensor para subir a las habitaciones.

Ramón Mendoza y Lorenzo Sanz también habían terminado su partida de mus y aprovecharon la desbandada de futbolistas para dirigirse al ascensor evitando encontrarse con Luis de Carlos y Martínez Laforgue.

Poco a poco, el vestíbulo del hotel fue recobrando su calmado silencio. En una mesa de la cafetería continuaba Amancio, al que se le habían unido Luis de Carlos y Martínez Laforgue tratando de animarle. El entrenador ya había comenzado a despedirse para subir a su habitación cuando vio entrar al fondo del pasillo, por la puerta principal, a Valdano y Butragueño. Bajó la vista y exclamó:

—¡Y ésos...! ¿De dónde vienen ésos?

—¿Quiénes? —miraba a un lado y otro don Luis de Carlos.

Martínez Laforgue sí se había dado cuenta y le comentó al presidente:

—Valdano y Butragueño acaban de entrar. Están subiendo al ascensor.

Amancio se levantó y les dijo:

—Voy a ver...

Cuando el entrenador llegó a los ascensores, los dos futbolistas ya estaban en la segunda planta que ocupaba la expedición del Real Madrid. Enfilaron el largo pasillo y buscaron su habitación. Valdano iba con la llave en la mano cuando oyó risas de una de las habitaciones. Se detuvo. Llamó a Emilio:

—Ven... escucha.

Emilio se acercó. Los dos se aproximaron a la puerta de la que venía el murmullo de voces y las pisadas blandas de alguien corriendo descalzo.

—¡Son Juanito y Lozano! ¿Llamo? —preguntó Valdano.

Antes de que Butragueño contestase, Valdano golpeó la puerta tres veces con el nudillo de su dedo índice. Esperó unos segundos. Las pisadas de alguien que caminaba descalzo se oían venir hacia la puerta. El rostro alegre de Juanito se asomó sin llegar a abrir del todo la puerta.

—¡Coño...! ¡Pasad, pasad y tomad algo! —les dijo mientras les abría la puerta.

Entró Valdano. Butragueño, más dubitativo, lo hizo después. Amancio sólo logró ver entrar a Butragueño, justo en el momento en que salía del ascensor y enfilaba el pasillo hacia aquella habitación.

Lozano estaba sentado en la cama de la habitación, junto a la mujer rubia que había venido por la mañana con su hermano Curro y la amiga que llegó después. Juanito se disponía a abrir el minibar para ofrecer algo a Valdano y Butragueño que permanecían de pie un poco azorados todavía.

—¡Venga...! ¿Qué queréis tomar? —preguntaba Juanito—. Mira, ésta es la novia de Juan y ésta... —fue en esos momentos cuando sonó la puerta otra vez.

—Abrir —dijo Juanito desde el minibar—, que tenemos más visitas.

Abrió Valdano, que estaba más próximo a la puerta. Abrió despacio y vio el rostro de Amancio que le miraba de forma inquisidora:

—¿De dónde venían ustedes?

—¿Quiénes? —preguntó Valdano tratando de ganar tiempo.

—Usted y Butragueño acaban de entrar en el hotel; ¿de dónde venían?

—De ver a un amigo.

Amancio dio un paso y vio a Lozano con las dos mujeres belgas y a Juanito levantándose después de cerrar apresuradamente el minibar

—¿Estas señoritas también son sus amigas?

El lunes 15 de abril destituyeron a Amancio como entrenador del Real Madrid. Esa noche, en Antena 3 Radio, Supergarcía culpó a Jorge Valdano del cese de Amancio y de tratar de traer a Menotti al Real Madrid. Amenazó con contar un día la verdadera historia del cese de Amancio y el porqué. Cosa que —como siempre— luego no hacía nunca. Sin embargo, sí explicó cómo Amancio no había querido desvelar un gravísimo incidente en el hotel del Real Madrid, cuando se encontró al señor Valdano y al señor Butragueño con Lozano y Juanito, en compañía de dos señoritas en una habitación. "...A lo mejor el señor Valdano podría explicar qué hacían allí esas dos señoritas", —dijo Supergarcía para luego arremeter contra Juanito y Lozano.

Aquella noche, Juanito apareció en la Redacción de Antena 3 Radio y le pidió a Supergarcía que no entrase en detalles sobre el incidente por su seguridad familiar. Gaspar Rosety le pidió a su jefe que no arremetiese contra Butragueño que era muy buen chaval.

El resultado fue que Supergarcía despellejó a Jorge Valdano quien, al final, parecía como si hubiese echado a Amancio y hubiese metido allí a aquellas dos mujeres belgas que trajo Curro.

Valdano dijo que nunca más volvería a hablar con el tal Supergarcía. Y así lo hizo. Algún tiempo después lo haría Butragueño. Y después Michel y más tarde Sanchís.

A Amancio lo sustituyó Luis Molowny y, en el partido de vuelta, el 24 de abril de 1985, el Real Madrid eliminó al Inter con un resultado de 3-0; dos goles de Santillana y otro de Michel. Luis de Carlos había anunciado que dejaba la presidencia del Real Madrid. El 3 de mayo se determinó a Ramón Mendoza como candidato único, y el 24 de ese mismo mes Mendoza se presentó en el Bernabéu a tomar posesión como presidente, y Luis de Carlos le recibió con el saludo: "Sin novedad, mi general".

Ese verano, Ramón Mendoza fichó a Hugo Sánchez, Maceda y Gordillo. Lorenzo Sanz era su vicepresidente y comenzaron a ganar Ligas (cinco seguidas) mientras Supergarcía ponía a Ramón Mendoza como ejemplo de presidentes y entraba y salía por los despachos del Bernabéu con licencia para todo. A Valdano una hepatitis le retiró del fútbol.

—Todas estas cosas —me dice Javi mientras tomamos el fresco en los jardinillos y los niños juegan en los columpios— se las debías contar a Fati...

Fati es Tomás, y pasa justo enfrente de nosotros, de regreso a casa. Mañana tendrá que madrugar para ir en moto al trabajo. Javi le llama:

—Ven, Tomás, que te vamos a contar una cosa del Madrid...

Para Tomás el Madrid es su fe, su ideología, su motivo de vida y su religión. No exagero.

Él nos mira y agacha la cabeza cortado, con su pelo rapado, nariz afilada, y rascándose por detrás la nuca en un tic nervioso.

—¿Cuantos años le echas? —me pregunta Javi.

Calculo y digo una cifra:

—¡Muchos más! Da el pego con la edad, pero tiene ya cincuenta, lo que pasa es que no fuma, no bebe y de lo otro nunca ha probado.

Tomás

Es lo que se podría llamar un hombre bueno por naturaleza. Su mejor amigo es un viejo transistor. Bueno, ya no tan viejo; hace un año tiene otro nuevo. Es igual, ese transistor le hace feliz las tardes de los domingos con el fútbol. Pasea por todo el pueblo y va dando información de cómo van los partidos. Si marca el Madrid, el recorrido lo alarga y se va deteniendo en todos los corrillos de los bares. Mira con una sonrisa feliz a los parroquianos que le provocan con la pregunta:

—¿Cómo vamos, Tomás?

Él sonríe y separa la cabeza del transistor:

—Ha marcado ahora el Nene.

Y como muchos no saben quién es el Nene, le vuelven a preguntar, que en el fondo es lo que él quiere. Y él vuelve a los acertijos:

—El chaval, un cabezazo que por lo visto se ha colado por toda la escuadra.

Y los otros que no saben quién es el chaval:

—Pero ¡coño! ¿quién ha marcado?

Y Tomás, ya un poco cortado, vuelve a pegar la oreja al transistor y dice:

—¿Quién va a ser? ¡Raúl!

Y se marcha calle abajo. Los otros se ríen y le vacilan desde la pucrta:

—¡Eh! Tomás, espera... ¿cómo va el...?

Pero Tomás ya no hace caso. Cambia el dial de la FM y lo pone en *Carrusel* donde Manolo Lama se escandaliza de la suerte que ha tenido el Madrid en un balón que pegó en el palo de la portería que defiende Illgner. Tomás agacha la cabeza, la levanta, mira a uno y otro lado, ve que no hay nadie, se *arrasca* el cogote rapado y vuelve a poner la transmisión en FM. Una pandilla de mozalbetes, con ropa de domingo y con intenciones de discoteca, se lo encuentran cuando baja las escalinatas de los jardinillos. Le preguntan dos o tres a la vez:

—¡Qué, Tomás!, ¿cómo va la cosa?

Y él aún con el susto en el cuerpo por el tiro al palo:

—Bueno —dice muy serio—, de momento ganamos pero oye..., con un puntito fuera tampoco nos viene mal, ¿verdad?

Pero los otros ya han visto lo que querían y no le contestan. Un ramillete de quinceañeras, perfumadas y provocativas con risitas escandalosas y chillonas se han sentado en uno de los bancos de los jardines. Tomás las ve ir con el rabillo del ojo y continúa el recorrido.

—¡Don Antonio! —decía el tío Tomás, su padre, al cura— ¡que hay que recogerle! A ver si es posible buscarle un apaño; ¡que edad ya tiene!, ¿no?

El apaño es una novia. Pero Tomás de eso no quiere saber nada. Aunque últimamente, con su madre enferma y después de morir el tío Tomás hace ya algunos años, se da cuenta de que tendrá que buscarse el apaño. Lo debe de ver como algo por lo que hay que pasar, al igual que pasó la mili, y entonces lo asume resignado.

—¡Don Antonio! ¡Eh, don Antonio! —y el cura se vuelve despistado hacia Tomás que sube por las escaleras de la plaza a la iglesia. Don Antonio le sonríe, sabe lo que quiere. Quiere que le pregunte por su Athletic de Bilbao que está jugando con el Madrid:

—¿Que cómo vamos?

Y a Tomás se le ilumina el rostro con una sonrisa de satisfacción:

—1-0, gol del Nene, ni la ha visto el Chevarría.

—Etxeberría —dice el cura.

—Bueno, si yo me entiendo y usted también, ¿a que sí?

Luego se rasca otra vez el cogote, agacha la cabeza y la vuelve a levantar con una sonrisa inocente:

—Bueno, habrá que buscar un apaño *pa* mí, ¿no?

El cura suelta la carcajada:

—Claro, pero tienes que lanzarte tú. ¿Hay alguna que te guste?

Y Tomás no para quieto. Se mueve a pasitos, delante, atrás; cambia el dial de nuevo a *Carrusel* haciéndose el distraído y contesta:

—Bueno... sí, he visto alguna por ahí pero... —se ríe.

—Nada, nada, Tomás, de este año no pasa, dímelo pronto y rápido que te preparo los papeles—se carcajea el cura.

Tomás sale corriendo escaleras abajo y vuelve a poner su *Carrusel*. Un pitido familiar da paso a una voz que suena a sentencia para él:

—¡Gol en Bilbao!

Se para, baja el volumen y se lo arrima al oído:

—¡Ha empatado el Atleti por mediación de Urzaiz!

—Bueno —se dice—, si es lo que yo decía, con un puntito fuera no está mal... no está mal, ¡ya vendrán aquí!

Luego desaparece cuando acaban los partidos, con ellos *Carrusel* y con *Carrusel*, Tomás y el transistor. La noche sube al pueblo mientras se empieza a despedir el domingo. Desde las eras se ve la caravana de coches atascados que regresan del pantano a Madrid. Hace frío y comienza a chispear ahora, aunque hoy hizo un buen día.

Menotti vino al Atlético de Madrid, pero no duró mucho. Al principio fue todo bien. El Atlético se reforzó con algunos jugadores ya veteranos como López Ufarte y Goicoetxea. Menotti coló algún argentino avalado por su credibilidad que luego apenas jugaría. Siempre he sospechado de ese interés inusitado de algunos entrenadores por traer a determinados jugadores que apenas conoce nadie y que terminan por no ir ni convocados.

Menotti puso los entrenamientos del Atlético de Madrid a primera hora de la tarde, para coincidir con los horarios de los partidos, —decía él. Gil dijo después que era por lo mucho que le gustaba la noche y lo mucho que le costaba madrugar. Pero eso fue después de echarle. Al principio, nadie pensaba eso. El tándem Arteche-Goicoetxea gustaba a Gil, aunque Goicoetxea se lesionó de cierta gravedad y apenas pudieron jugar juntos. Sin embargo, la pretemporada despertó ilusiones. El Atlético de Madrid jugó el Torneo Ciudad de Marbella, y el de La Línea, y Menotti aparecía junto a Gil en las revistas del corazón, asistiendo a alguna fiesta de la noche marbellí. Todo iba bien. Menotti mantenía su discurso florido y sus esquemas tácticos de siempre. Una línea de cuatro defensas muy adelantados que hacían lo que se dio en llamar "el achique de espacios". Jugaban una especie de estrategia de acordeón, adelantando la defensa y, con el portero, Fillol, muy adelantado, para luego estirarse hacia la portería contraria lanzados por Eusebio. Allí esperaba Futre y Julio Salinas era el goleador. Fillol —el portero argentino— tenía que jugar muy adelantado para atajar los mano a mano con delanteros que podían coger la espalda a la defensa y presentarse solos delante de él, aunque el meta argentino era un verdadero especialista en esa jugada.

—El secreto está en aguantar, *che* —le decía a Abel, el portero suplente—. Si *vos aguantás* sin tirarte al suelo se la *podés* agarrar... si *vos* os *tirás* al suelo cuando te amaga el delantero es gol, seguro.

Abel aprendió esa jugada y la llegó a perfeccionar cuando asumió la titularidad del equipo poco después, al lesionarse Fillol.

Con esas mañas se presentaron en el Bernabéu un sábado lluvioso del mes de noviembre y volvieron loco al Madrid de Beenhaker. Ganó 0-4 el Atlético de Madrid. Había que ver aquella noche a Jesús Gil en el palco del Bernabéu. Se deshizo en elogios hacia Menotti y, como el técnico había pedido un coche para moverse por Madrid, Gil le compró un BMW negro metalizado, de la serie M-3, valorado en nueve millones de la época, noviembre de 1987.

Cuando cuatro meses después Gil echó a Menotti, el BMW se lo quedó un directivo del Atlético por dos millones de pesetas, según consta en la auditoría de cuentas del club.

A Menotti lo echaron un domingo después de perder con el Madrid 1-3 en el Calderón. Gil bajó a los vestuarios y, al salir, llamó a Lázaro Albarracín y a los pocos directivos que tenía para que subiesen a la sala de juntas. Vi llegar a su abogado, José Luis Sierra, y deduje "se han cargao a Menotti". Siempre que venía Sierra, decíamos: "Van a serrar a alguno". José Luis Sierra era el abogado personal de Gil. Inteligente, frío como el hielo, calculador, hábil y con una sonrisa suave que se colocaba en su rostro como una máscara para que nunca supieras qué estaba pensando.

Me acerqué a Lázaro Albarracín cuando iba a subir las escaleras hacia la sala de trofeos.

—Echan a Menotti, ¿verdad? —le pregunté como confirmando la noticia.

—Creo que sí —balbuceó Lázaro mirando a un lado y a otro.

Abrí el micrófono de *Carrusel* y di la noticia. Eran las siete y media de la tarde. Subimos a la sala de juntas. Gil estaba especialmente nervioso y violento:

—¡Fuera de aquí, carroñeros! —nos gritó mientras empujaba a mi amigo Enrique Gozalo.

Supergarcía se desgañitaba en Antena 3 para desmentir la noticia de que Menotti estaba destituido.

—No sé lo que pasará en las próximas horas —decía—, pero ahora mismo Menotti no está cesado.

Gil, en contacto con Supergarcía, le había contado el cese de Menotti y que el sustituto iba a ser Maguregui, que ya estaba en Madrid, aunque momentáneamente se hiciese cargo del equipo Ufarte. La noticia querían darla en primicia y en exclusiva esa noche en Antena 3 en el programa de Supergarcía, con Gil y Maguregui en directo. Pero les deshicimos el *show*. Todas las emisoras se apresuraron a confirmar la noticia, y el propio Menotti salió de las oficinas del club confirmando su cese.

Ufarte se hizo cargo del equipo. Maguregui iría preparando los refuerzos y las bajas para la próxima temporada, puesto que esa temporada había entrenado al Celta, y ya no podía entrenar a otro club. Para ello Maguregui iría diciendo a Ufarte qué jugadores quería ver y en qué posiciones. Pero empezó otro lío.

Cuando Ufarte se vio al frente del equipo dijo que la responsabilidad era suya y que a él nadie le decía qué jugadores tenía que sacar. Esto lo discutió con Maguregui, que fue a contárselo a Gil.

Jesús Gil se reunía con Maguregui en el Club Financiero y hacían esquemas y alineaciones del futuro Atlético. “El segundo proyecto", que decía Gil. Cuando Maguregui le contó a Gil que Ufarte no quería obedecer esas alineaciones y pruebas que él estaba diseñando, el presidente atlético mandó llamar al entrenador interino y le explicó el asunto.

—Mira, Armando, se trata de que el Magu pueda hacer pruebas hasta final de temporada para ver quién le vale y quién no para la próxima, ¿entiendes?

Pero Ufarte se fue a su amigo García y le contó que Gil y Maguregui le querían hacer las alineaciones y que él no se plegaba a eso. Gil le puso en la calle. Fue a los veintidos días de haberse hecho cargo del puesto de Menotti. A Ufarte lo sustituyeron por Antonio Briones, un empleado de la Standard que colaboraba en el Atlético de Madrid y que se prestó a ponerse en el banquillo siguiendo las instrucciones de Maguregui.

Fuimos crueles con Briones, era un buen tipo al que ridiculizamos entre todos y al que, curiosamente, le acompañaron los resultados; a trancas y barrancas el Atlético se metió en la Copa de la UEFA.

Dos meses después, Maguregui comenzó la pretemporada forzando mucho la preparación física de la plantilla. Quería iniciar la Liga con fuerza para que el equipo cogiese credibilidad y fe en sí mismo pero, sobre todo, porque les había correspondido en la primera eliminatoria de la Copa de la UEFA el Groningen holandés y pretendía afrontar esa eliminatoria con ciertas garantías.

En el Atlético de Madrid estaba el doctor Ibáñez a cargo de los servicios médicos del club. Ibáñez era un auténtico poder fáctico en el club. Amigo íntimo de Supergarcía, logró que Gil le firmase un contrato espectacular de veintidós millones de pesetas anuales, más primas, como cualquier jugador, por acompañar al equipo en los desplazamientos. La salida, traumática, de Ufarte del Atlético de Madrid provocó un primer distanciamiento entre el presidente Gil y Supergarcía. Eso afectó también a todo el entorno de amigos de

Supergarcía en el club. Principalmente al doctor Ibáñez, que no recibió con buenos ojos a Maguregui.

La pretemporada que organizó el entrenador vasco fue muy criticada por el doctor Ibáñez, que consideró que era arriesgarse a romper al equipo. Puede que tuviese parte de razón el médico, porque comenzaron a lesionarse jugadores. A la lesión de Goikoetxea se sumaron algunas más; y cuando comenzó la temporada, el Atlético de Madrid presentaba un panorama preocupante. Tres nuevos lesionados se sumaban a la lista de bajas: Orejuela, Marrero y Manolo. Y había que viajar a Holanda. Esperaba el Groningen.

El doctor Ibáñez quiso convencer a Gil de la disparatada pretemporada —según él— que había planificado Maguregui, pero Gil defendió a su entrenador. El médico pretendió que el equipo viajase a Groningen con tan sólo doce jugadores, sin dar el alta a Orejuela, Manolo y Marrero que, en principio, iban a viajar. Era su forma de poner en la picota a Maguregui. Gil, desoyendo al médico, le dijo al entrenador que viajase a Holanda con los tres jugadores tocados.

En Groningen estalló el escándalo. Los periodistas sospechábamos que las relaciones entre el doctor y Maguregui no eran cordiales, pero no hasta el punto de llegar a ese enfrentamiento. Decidí quedar con Maguregui para el programa de aquella noche y buscar luego al doctor Ibáñez. Preguntando a uno y otro, nos fuimos dando cuenta de que aquello era un polvorín. Los jugadores no congeniaban mucho con Maguregui, al que veían como un esclavo de Gil. Al mismo tiempo, les divertía ver al todopoderoso doctor Ibáñez desautorizado por el presidente.

Después del entrenamiento aquella tarde, en Groningen, me dirigí al doctor Ibáñez, que bajaba del autobús del Atlético.

—Doctor, esta noche queríamos hablar con usted en la SER, ¿le parece bien?

—Me parece perfecto —me contestó con gravedad.

—A las doce en punto, ¿vale?

—A las doce en punto —confirmó el médico mientras entraba al hotel.

El Larguero aún no existía. En la Cadena SER, a las doce de la noche, el programa de deportes lo hacía Julio César Iglesias y le llamé para confirmarle la presencia del doctor Ibáñez, Maguregui y el presidente Gil, mientras le explicaba todo el follón. Poco después se me acercó el doctor Ibáñez.

—Oye, mira, yo he quedado contigo a las doce de la noche, ¿verdad? —asentí. Él me miraba fríamente con ese aire de seguridad suyo.

—Pero tú sabes que José María García para mí es como un hermano.

—Yo lo único que sé es que usted me ha dado su palabra de que va a estar en la Cadena SER a las doce.

—No, mira... Yo te he dicho que voy a estar a las doce pero José María García para mí es como mi hermano y me ha llamado ahora y me ha dicho que a las doce tengo que estar con él.

—Pero yo se lo había pedido antes y usted me ha dado su palabra.

—Mira, si quieres, estoy después en la SER, pero primero con José María.

Yo estaba seguro de que no habría después. Conocía el paño y deduje que esa noche el doctor no iba a estar en la SER a ninguna hora, porque su hermano no lo iba a permitir. Y así fue.

A las doce menos diez yo estaba sentado con Gil y Maguregui esperando la llamada de la SER, que se produjo instantes después. Antena 3 estaba llamando también a Gil mientras yo le advertía cuando se levantaba por enésima vez al teléfono de recepción.

—Has quedado conmigo primero.

Gil volvía de la recepción del hotel con una sonrisa picarona.

—Es el Butano... que quiere que me ponga primero con él.

En esos momentos Maguregui se levantó de la mesa.

—Voy un momento al servicio.

—Magu, no te vayas —le dije— , ¡que empezamos ya!

—Es sólo un momento... voy al servicio un minuto.

Maguregui desapareció por el pasillo, mientras yo retenía a Gil. Observé que detrás del entrenador iba Roberto Dale, un intermediario de jugadores, muy amigo de Gil en todos aquellos fichajes que hacía el Atlético en esa época. Deduje que Roberto Dale era el que le estaba haciendo el servicio a García.

Puse al presidente al teléfono con Julio César Iglesias, pero Maguregui no volvió. Cuando Gil terminó su intervención en la SER, yo me fui a buscar a Maguregui. Fui llamando a casi todas las habitaciones, hasta que oí voces en una de ellas. Era la voz del doctor Ibáñez. Empujé la puerta, pero estaba cerrada por dentro. Di dos pasos y forcé la siguiente puerta. No recuerdo si estaba abierta o es que la forcé demasiado, pero el pomo giró y la puerta se abrió. Maguregui estaba sentado en una silla con unos auriculares puestos. Junto a él estaban Roberto Dale y Gaspar Rosety. Por las miradas que me arrojaron debieron temer algo peor, pero sólo acerté a decir:

—Qué cobarde y qué poca cosa eres —dirigiéndome a Maguregui y cerrando otra vez de un portazo.

No estaba yo todavía demasiado acostumbrado a esas extorsiones de los personajes y no supe asimilarlo. Mi comportamiento fue brutal y chabacano. Me senté en la recepción del hotel mascando la humillación. No se me iba de la cabeza Maguregui levantándose de la mesa: "Ahora vengo, es un minuto". Recordaba la figura de Roberto Dale detrás de él. Entendí todo en esos momentos. Al lado, Enrique Martín jugaba una partida de billar. Chema del Olmo insistía en que le contase qué había pasado. Levanté la vista y vi al fondo del pasillo a Joaquín Maroto y Maguregui que venían hacia el vestíbulo. Maroto se adelantó hacia mí:

—Joserra, está aquí el Magu, que te quería pedir perdón... es que...

No le dejé acabar.

—¿Perdón? —me levanté hacia Maguregui—. ¡Eres un cobarde de mierda! ¿Para qué te pones cinto si no llevas pantalones?

Perdí los nervios y descargué toda la rabia y la impotencia sobre Maguregui, que permanecía allí, con la cabeza agachada. Le vi rojo y con los ojos humedecidos. Deduje que en el programa de Supergarcía le habían despellejado. Y ahora yo... Entonces empecé a entender que no estaba siendo justo. Me fui del hotel. Estuve dando un paseo con Chema del Olmo y al fin le conté todo lo que había ocurrido.

A la mañana siguiente todo el mundo conocía el altercado y mis insultos a Maguregui.

Los jugadores salieron a dar un paseo. Coincidí con Abel y Tomás, que se me acercaron.

—Creo que anoche te la clavó el Magu —me decía Abel.

—¿Quéee? —yo me hacía el despistado.

—Sí, que te metió el puñal por detrás —se reía Tomás.

Poco después, sentado en el vestíbulo del hotel, se me acercó el doctor Ibáñez.

—Oye, me han dicho que anoche demostraste tener dos cojones y que le dijiste a una persona las cosas muy claras ¡y a la cara!

Yo estaba todavía bajo los efectos del cólico de cabreo y le contesté de una forma seca y grosera.

—Con usted tengo muy poco de que hablar... De usted me fío menos que de Maguregui.

El médico dio media vuelta, rojo de ira, y se fue después a contarle el incidente a Enrique Martín, con la pretensión de que me hiciese pedirle disculpas.

Esa tarde, el Atlético de Madrid perdió 1-0. Maguregui no se atrevió a sacar a Orejuela bajo la presión del doctor Ibáñez, que mantenía que no estaba en condiciones de jugar pero en la segunda parte alineó a Manolo, que era otro de los tocados.

Al día siguiente, 8 de septiembre de 1988, cuando regresamos a Madrid, al bajar del avión para subir en el autobús hacia la terminal, Gil se dirigió al doctor Ibáñez para decirle que se pasase por el Club Financiero, que le estaba esperando José Luis Sierra. Le había despedido.

Gil había cogido su fusil. Después del doctor Ibáñez cesó a Maguregui, aunque lo del entrenador fue menos traumático que lo del médico, quien recurrió a Magistratura y estuvo varios años de pleitos. Maguregui resolvió su contrato de forma amistosa, y un 6 de octubre de 1988, al día siguiente de ganar al Groningen 2-1 en el Calderón, pero tras caer eliminado el Atlético, abandonó el piso que tenía alquilado en el paseo de La Habana y regresó a Bilbao. Tres días después Gil echaba a Arteche.

Fue una de esas noches, un sábado. Juan Carlos Arteche hablaba en Antena 3 en una entrevista con Gaspar Rosety. El Atlético de Madrid jugaba al día siguiente en Málaga. Arteche estaba concentrado con el equipo y en la entrevista le debieron preguntar algo sobre Gil y la situación que estaba viviendo el club. Por esas fechas, Gil y Supergarcía mantenían un duro enfrentamiento en el que el periodista insultaba todas las noches a Gil llamándole King-Kong y diciendo: "El mejor favor que Gil puede hacer al Atlético de Madrid... es marcharse" (octubre 1988).

Gil le contestaba enviando cartas interminables a todos los medios de comunicación, que ninguno publicaba, y en las que le acusaba de hacer terrorismo informativo. Yo las conservo porque algunas son auténticas joyas de museo.

No recuerdo qué fue lo que dijo Arteche en aquella entrevista, pero creo que no fue nada grave; todo lo contrario de como se lo tomó su presidente. Cuando a Gil le dijeron que Arteche estaba hablando en Antena 3 y que había dicho algo sobre él se sintió herido y traicionado de una forma que yo nunca logré entender.

Aquel domingo 9 de octubre viajé a Málaga, donde el Atlético jugaba esa tarde. En el aeropuerto coincidí con Jesús Gil.

—¿Qué te ha parecido lo de Arteche? —me preguntó casi a modo de saludo.

Yo no sabía de qué me estaba hablando, pero él seguía cada vez más obcecado.

—¡Menudo cabrón! ¡A mí...! ¡Hacerme esto a mí!

—¿Pero qué ha dicho? —le preguntaba yo.

Él no me respondía qué había dicho, sólo se contestaba a sí mismo.

—Se va a enterar ése... Ése se va del club en cuanto le vea.

Los jugadores del Atlético tenían la costumbre de tomar café juntos después de comer en la barra de la cafetería. Me crucé con Arteche y le insinué algo:

—¿Qué has dicho de Gil?

—¿Yooo...? Nada.

—Pues está cojonudo contigo.

—¡Bah...! ya se le pasará —Arteche no le dio importancia.

Cuando llegamos al estadio de La Rosaleda, los jugadores paseaban por el césped vestidos todavía de calle. Hacían corrillos en el centro del terreno de juego pisando el césped con la planta del pie y clavando la puntera. Las gradas vacías le daban un aire de majestuosidad al estadio. Arteche me estaba comentando algo sobre esa entrevista que tanto le había molestado a Gil, pero quitándole importancia. Yo estaba haciendo las últimas pruebas para ver si el micrófono inalámbrico llegaba perfectamente. Entonces vi salir por el túnel de vestuarios la oronda figura de Gil con un traje azul oscuro. Le acompañaban dos directivos. Miró a un lado y otro y se topó con un primer corrillo de jugadores donde estaba Antonio Briones, que otra vez había vuelto al banquillo del Atlético de Madrid, esta vez sustituyendo a Maguregui. Gil les estrechó la mano a todos. Luego vino hacia nosotros. Era un corro más numeroso de jugadores entre los que se encontraba Arteche. Gil alargó la mano a Tomás, luego se la estrechó a Luis García, siguió con otros jugadores y se topó con la mano de Arteche. La dejó extendida, pero Arteche enseguida la bajó. El presidente se le quedó mirando un instante antes de decirle:

—¿Tú qué haces aquí? Tú eres indigno de estar en este equipo. Tú aquí no juegas.

Arteche le llegó a insinuar algo de que estaba allí porque lo había decidido el entrenador, pero Gil ya estaba desbocado:

—¡Vete a tomar por culo de aquí! ¡Fuera! Tú no vas a jugar... Ahora se lo diré yo al entrenador.

Arteche le contestó algo que yo no entendí, y dio media vuelta para meterse en los vestuarios. Yo estaba con el micrófono abierto y no acertaba a decir nada. Pregunté en la radio a los del control

—¿Se ha oído todo?

—Todo no —me contestaron—. Algo... pero se entendía.

Me fui hacia Briones, que ya venía con los otros jugadores hacia el vestuario y le pregunté qué iba a hacer.

—Bueno... —balbuceaba—, ahora se verá... Las cosas hay que decidirlas con tranquilidad... Si el presidente ha dicho... Bueno, vamos a ver...

Arteche no jugó. Ganó el Atlético de Madrid 1-2. En el vuelo de regreso no quería hablar con nadie. En los asientos traseros del avión yo venía conversando con Baltazar que, de repente, hurgó en su bolsa y sacó un libro, lo abrió y, antes de extendérmelo, escribió algo en las primeras páginas. Era una Biblia de los Testigos de Jehová: "Para José Ramón con mis deseos de paz. Baltazar".

Gil contrató al inglés Atkinson como entrenador, que vino con Colin Addison de segundo. Y Arteche entabló una serie de demandas, en Magistratura, contra Gil, hasta cobrar los dos años de contrato que le quedaban. Arteche no volvió a jugar al fútbol.

Aquella noche, cuando llegué a la radio, tenía demasiadas cosas que contar. La Redacción, los domingos por la noche, es un torbellino: regresan los enviados especiales de los partidos de fútbol y discutimos a voces las jugadas polémicas ante el televisor. En éstas estábamos con Manolo Lama, en el centro de la discusión, cuando recibí una llamada:

—Ha muerto el padre Fabián... supuse que querías saberlo.

El Bola

El padre Fabián era el Bola. Lo de padre Fabián sólo se usaba en las listas que aparecían al comienzo del curso, cuando se designaban los repartos de profesores en aulas y asignaturas.

El nombre del padre Fabián ha caído en mi memoria como un pesado saco de recuerdos en mitad de un viejo trastero lleno de polvo, como El Gusa, El Sapo, El Santo, El Brujo y El Pipa me han ido desempolvando recuerdos en la memoria, como si se tratase de una antigua familia que hubiese olvidado por completo desde hace años. Tal vez sea totalmente cierta aquella frase de que el olvido llega al corazón como el sueño a los ojos.

El padre Fabián era sordo. Sordo como una tapia, aunque un tremendo sonotone enganchado dentro de una oreja y del que salía un cablecito rosáceo hasta un pequeño micrófono que disimulaba en la sotana, a la altura del pecho, hacía posible que el Bola lograse entender a sus alumnos. Lo de Bola era por su redondeada figura. La cabeza redondita, cara rosácea, pelo blanco rapado y unas gafas de montura blanca. Como su estatura también era cortita, lo de Bola no era sino, más que un mote, un adjetivo justamente calificativo.

El padre Fabián, sin el sonotone quedaba, totalmente en silencio, aunque durante el día no se descolgaba el dichoso aparatito de la oreja. Contaban las señoras de la cocina, donde el Bola prestó también sus servicios durante unos años como intendente del internado, que en invierno, alguna tarde se quitó el sonotone quedándose adormilado al calorcillo de las inmensas calderas donde se guisaba la cena y que, un día, una de estas calderas reventó por la presión y la tapa saltó disparada hasta el techo. El Bola dio un cabezazo hacia atrás y gritó:

—¡Adelante!, ¡pase quien sea!

Aquel año el padre Fabián nos daba Historia de España a primera hora de la tarde. Se puso muy duro en cuanto a notas y exámenes, quizá como una forma de combatir nuestra dureza con su sordera.

Tomó por costumbre, de vez en cuando, someternos a un examen escrito, sin avisar, con los que sacaba la nota media que luego nos colocaba a final de mes. El libro de Historia era muy gordo y el papel de las hojas era de buena calidad, con muchas fotografías, lo cual era un fastidio para copiar en los exámenes, porque al pasar con rapidez las hojas éstas hacían demasiado ruido y siempre más de uno caía cazado por el padre Fabián con el libro abierto entre las piernas. Cuando esto sucedía, el Bola se ponía rojo. Se le desorbitaban los ojos porque le entraba una especie de locura, mitad de rabia mitad de gusto por la caza que había sorprendido y, entonces, soltaba un terrible pescozón al infortunado. Le arrebataba de un manotazo la hoja del examen y le hacía salir fuera de clase.

Esteban de la Muñoza —jamás he vuelto a saber nada de él— era algo así como el líder de la clase; no era el que mejores notas sacaba, ni el más empollón, pero quizá sí el más despierto y el de más experiencia en el internado; también el que mejor peleaba. Usaba unas gruesas gafas de concha que sólo se quitaba en las peleas y tenía un especial ingenio para las bromas pesadas.

Una tarde, alguien entró en clase gritando:

—¡Examen! ¡Hay examen de Historia!

Al parecer, el Bola había colocado un examen a los de 3º B y en consecuencia a nosotros, el 3º A, nos tocaba ahora.

Muñoza, que estaba tumbado hacia atrás en su asiento, mascando chicle y mirando una revista que escondía entre las piernas, levantó los ojos por encima de las gafas y observó al grupo de alumnos que, en corro, preguntaban al vocero la certeza de lo que anunciaba. En un minuto todos hojeábamos el libro de Historia, seguros de que el Bola nos pondría el examen, y entonces fue cuando Muñoza subió a la tarima con una de sus ideas:

—¡Atended todos! —como nadie se callaba, insistió—: ¡Callaos un momento! ¡Eh! ¡Atended, coño! —se hizo un poco de silencio—. ¡Mirad, tenéis que rezar ahora todos casi gritando! —como no entendíamos lo que quería decir debimos poner cara de bobos.

—Si, mirad. Ahora, cuando entre el Bola a clase y se ponga a rezar, nosotros contestamos gritando fuerte. Ya veréis cómo baja el volumen del sonotone, porque pensará que se le ha subido la palanquita y entonces, durante el examen, no oirá nada, ¿vale?, ¿vale? —repitió.

Y todos contestamos:

—¡Vale!

En esos momentos el padre Fabián entraba en clase:

—¡Ave María purísima!

Y todos contestamos:

—¡Sin pecado concebida!

Muñoza susurraba:

—¡Más fuerte, contestad más fuerte!

El padre Fabián dejó el libro de Historia sobre la mesa y comenzó a rezar:

—Padre nuestro que estás en los cielos...

Nosotros contestamos casi gritando:

—¡El pan nuestro de cada día, dánosle hoy...!

El Bola miraba un poco sorprendido, algunos no podíamos contener la risa, pero finalmente agachó la cabeza y hurgó en la solapa de su sotana. Debió de bajar el sonotone porque, a pesar de los muchos paseos que dio entre las mesas durante el examen, no cazó a nadie copiando y nos pasamos las contestaciones casi a voces.

La noticia corrió enseguida a los demás cursos que, en posteriores ocasiones, quisieron imitarlo, pero ya no dio resultado. El Bola soltó un terrible galletón al pobre diablo que estaba más cerca de la puerta, y que le contestó con un grito "¡Sin pecado concebida!" cuando el padre Fabián aún no había dicho el "Ave María Purísima". El muchacho cayó derrengado en el pupitre por el tortazo, mientras el padre Fabián se le encaraba:

—¿Es usted tonto o cree que no oigo?

Desde luego, las dos cosas eran ciertas, pero tampoco estábamos en condiciones de discutirlo.

Aún le fue peor en la parroquia a Moya. Los viernes, durante el estudio, venían a preguntar quién quería confesar. En fila, marchábamos hasta la parroquia donde, en siete confesionarios, se formaban las colas, más o menos largas, según quién fuese el confesor. Por ejemplo, con el padre José Antonio, que era quien nos vigilaba durante todo el día, no íbamos ninguno, o con el padre Rector, o con el Prefecto, a ésos ni arrimarse. Los más solicitados eran el Brujo, que te despachaba siempre con tres aves marías, y el Bola. El Bola porque te confesaba poniéndote el microfonillo del sonotone en los labios y cuando empezaba a hacer preguntas nosotros tosíamos, lo cual a él le debía resultar insoportable en el oído y, rápidamente, nos despachaba bien cargados de padrenuestros. Sucedió que el Bola aprendía pronto, y Moya, un chiquito de Toledo, bajito, vivaracho y siempre detrás de Muñoza debió seguir sus consejos y nosotros, que estábamos esperando en la cola del confesionario, le observábamos toser, ponerse rojo, y otra vez volvía a toser, y otra... y otra; la tos ya era ridícula, nosotros nos retorcíamos de risa hasta que oímos al Bola desde el confesionario que casi le gritaba:

—¿Que cuántas veces?

Pero Moya no escarmentó. Era tozudo el chiquitín. Aunque yo creo que esta vez lo hizo por hacerse el valiente después del cachondeo al que le sometimos durante toda la semana. Íbamos en fila al comedor:

—¿Qué, Moya, cuántas veces?

En clase:

—¿Cuántas veces, Moya?

Y él aguantaba o se envalentonaba cuando estaba Muñoza delante:

—Veréis el próximo viernes, ¡le reviento el sonotone en la oreja!

Y nosotros:

—¡No te atreves!

Y él:

—Ya veréis, ya veréis.

Y llegó el viernes, y el estudio se quedó medio vacío porque todos nos fuimos a confesar para ver la actuación de Moya.

La cola que se formó en el confesionario del Bola fue casi única en toda la parroquia. Nos dábamos empujones, algunos se quedaron en los bancos cercanos al confesionario para verlo más cerca. Y Moya el primero.

Por fin llegó el Bola. Abrió la portezuela del confesionario y se introdujo despacio en él mientras se colgaba la estola.

Moya dudó un poco, esperó unos instantes. Nosotros le empujamos:

—¡Venga!

El Bola asomó su cabecilla rosácea, con el pelo blanco rasurado, como diciendo que a qué esperábamos. La cola era de casi veinte chavales. Por fin Moya se arrancó hacia el confesionario. Introdujo casi medio cuerpo en él dirigiendo sus labios hacia el micrófono del sonotone que le ofrecía el confesor. Nosotros, desde fuera, vimos a Moya doblado por la cintura con medio cuerpo en el confesionario y escuchamos la tos. Le salió una tos forzada, casi escandalosa, nosotros nos retorcíamos de risa. Y escuchamos ronronear al cura dentro del confesionario. A los pocos segundos sonó un golpe que enseguida dedujimos como un terrible bofetón, porque vimos a Moya caer hacia atrás disparado del confesionario. Se llevó la mano a la cara medio aturdido, se levantó despacio y se sentó en un banco. Algunos curas salieron de los otros confesionarios mientras el resto de los alumnos miraba hacia nosotros interrogándonos con la mirada, pero nosotros rompimos la fila en un instante y nos dispersamos por la iglesia. Unos se añadieron a la fila de otros confesionarios y otros nos sentamos en los bancos más cercanos. Los del COU se nos acercaban.

—Joder, ¿qué pecados le ha dicho éste?

Y nosotros rojos de la risa, y ellos:

—¡Vaya penitencias que pone el Bola!

El Bola se quedó solo. No confesó a nadie. Abrió su breviario y estuvo leyendo con la luz encendida durante un largo rato. Después, se quitó la estola y se marchó.

Ni de Moya ni de Muñoza he vuelto a saber nada. Del padre Fabián he sabido precisamente esta tarde.

Una noche de septiembre de 1989 comenzó *El Larguero*. Clemente era el entrenador del Atlético de Madrid. Lo era antes de que finalizase la Liga y, aunque no se sentó en el banquillo, supervisaba el equipo desde la tribuna, en una actitud muy similar a la que tanto criticaron a Maguregui con Ufarte hacía sólo unos meses. Clemente sintonizó muy bien, al principio, con Gil, y en esos últimos días de la temporada, mayo de 1988, el diario *As* publicó una fotografía de Clemente en la tribuna del Calderón con una garrota en la mano.

Alfonso Azuara era de los mejores amigos que tenía Javier Clemente. El día que Clemente llega a Madrid para fichar por el Atlético, Alfonso Azuara le llamó para confirmar la noticia que ya todos sospechábamos. Clemente se lo negó con rotundidad; y Azuara, en su programa de Radio España, desmintió el fichaje de Clemente por el Atlético de Madrid.

Clemente firmaba, unas horas después en el Club Financiero, su contrato como entrenador del club de Gil y Gil. La noticia la confirmaba Supergarcía en su programa, con Clemente y Gil en directo.

Alfonso Azuara nunca le perdonó a Clemente esa traición a su amistad.

El Atlético de Clemente fue un equipo diseñado para su estilo y forma de entender el fútbol. Se trajo a Pizo, a Bustingorri, Patxi Ferreira, y pronto entabló una polémica con

Baltazar, al que con frecuencia relegaba al banquillo. Aun así, el equipo sacaba puntos fuera y perdía pocos en el Calderón. Era un juego aburrido que no enamoraba ni llenaba el estadio, pero que mantenía al Atlético en los puestos de cabeza. Cruyff entrenaba al Barça y todos le tachábamos de loco y suicida porque se empeñó en imponer una defensa con tres jugadores y solían sorprenderlos bastantes veces. Mientras, Toshack se paseaba con un Real Madrid que batía récords en la suma total de goles en un campeonato.

El Barça no despegaba y Núñez estuvo a punto de cesar a Cruyff después de un partido que perdieron en Valladolid, en el que alineó a un joven jugador, del que luego no se volvió a saber más, Lucendo. Aquella noche, el hijo de Núñez intentó ponerse en contacto con Luis Aragonés para que volviese al Barça. Y siguieron llamándole, porque el equipo ganaba en casa pero, en los partidos de fuera, en Oviedo y Mallorca, la arriesgada defensa de Johan Cruyff, se veía sorprendida con facilidad y no sacaban un solo punto.

A Cruyff le salvó su victoria en el Nou Camp frente al Real Madrid por tres goles a uno. Retrasó un poco más a Koeman y aquel equipo, que no ganó la Liga, empezó a coger más credibilidad. Luis entrenaría al año siguiente al Español, y el Barça de Cruyff comenzó su era triunfal de cuatro años.

Entretanto, Clemente se empeñó en hacer internacional a Pizo en el Atlético de Madrid. "Conmigo, Pizo y diez más", llegó a decir en una de esas frases tan suyas.

Pizo era un buen tipo. Con motivo de una de esas frases debí de hacer algún comentario que molestó a Pizo y Bustingorri y un día vinieron a la radio y estuvimos charlando bastante tiempo. Me parecieron dos buenas personas y no eran malos jugadores de club.

Los futbolistas del Atlético de Madrid, durante un tiempo, entrenaban en unas instalaciones de Las Rozas. Por ese motivo, muchos de ellos eligieron su residencia en esa población. También en esa zona vivían algunos de los jugadores del Real Madrid, como Michel, Gordillo, Fernando Hierro y Luis Milla después. Algunas veces solían coincidir a tomar café en un restaurante de Las Rozas, antes de marchar hacia el entrenamiento. Toni, Juanito y algunos jugadores del Atlético mantenían buena relación con sus vecinos del Madrid, Michel, Gordillo, Hierro...

Michel, en las distancias cortas, no es tan frío como en TVE. Tiene gracia y suele ser ingenioso. Con Pizo , no sé bien por qué, no tenía buenas relaciones y solía tomarles el pelo a los jugadores del Atlético cuando coincidían a tomar café:

—¿Juega el monstruo el domingo? —les preguntaba. El monstruo era Pizo.

Una mañana, cuando iban a entrenar hacia la Ciudad Deportiva, en un mismo vehículo, Michel, Gordillo y otro jugador más del Real Madrid adelantaron en la carretera de La Coruña al automóvil de Pizo Gómez. Comenzaron a darle luces y a gritarle cuando le adelantaban:

—¡Pizo! ¡Monstruo! ¡Eres mi ídolo!

A los pocos días, el Real Madrid se enfrentaba al Atlético de Madrid en el Vicente Calderón, en un partido de Copa del Rey. Durante el partido, Michel le tomó el pelo a Pizo en más de una ocasión:

—A ver si me vas a hacer un caño, ¡monstruo! —le dijo al cruzarse una de las veces.

Pizo se lanzó a por Michel, con dureza, en más de una ocasión, pero éste salvó las entradas con habilidad. El partido se endureció. Armando se retiró lesionado gravemente. Pizo y Michel continuaban picados. Una de las veces, Michel dejó la plancha, Pizo cayó lesionado.

Esa noche, un miércoles de noviembre de 1989, *El Larguero* apenas había cumplido dos meses. No nos conocía nadie, es cierto, pero salíamos con una ilusión que me resulta admirable. Recuerdo que estaba Manolo Lama en el Calderón y que avisó a los del control:

—Decidle a Joserra que le pongo a Clemente ahora mismo. En cuanto acabe con García...

Cuando di paso al estadio Calderón, y escuché la voz de Lama saludando y diciendo que estaba con Javier Clemente, oí también al entrenador del Atlético.

—¿Pero qué programa es éste? ¿Quién escucha esto? Si la gente sólo escucha a García.

Le oí yo y le oyeron todos los oyentes que tenían puesta la Cadena SER en esos momentos. Tuvimos una charla de poco más de un minuto, tensa y llena de monosílabos en sus contestaciones. Creo que fue ahí donde comenzaron nuestras diferencias.

En el camino de regreso a Brunete pensé que podía haberle cogido en un mal momento después de un partido tan bronco. Habían empatado a cero con el Madrid. Quise justificarme y justificarle. Las cosas aún tendrían que empeorar mucho más.

Por aquellas fechas, el Rayo Vallecano padecía un presidente nefasto: Pedro García. El tipo tenía un aire agitanado, pelo grasiento hacia atrás y un bigote por el que se asomaban también algunas canas. De mediana estatura y complexión fuerte, Pedro García había ganado las elecciones del Rayo Vallecano a Pedro Ruiz Campos, un empresario de publicidad.

Pronto me llegaron rumores de que en el Rayo sucedían cosas muy extrañas auspiciadas por este tipo. Eran tiempos en que aún no existían las sociedades anónimas y los presidentes adelantaban dinero para hacer pagos del club que después recuperaban al marcharse. Unas veces lo recuperaban con crecidos intereses y otras veces no lo recuperaban nunca. Con Pedro García no fue este último caso.

—Baja al vestuario con una bolsa de plástico en los descansos... ¡y arrampla con media taquilla!

Me lo comentaban dos individuos que habían venido a verme a la emisora. Uno de ellos con acento suramericano, el otro más castizo pero también más callado

—¿Y vosotros por qué lo sabéis? —les pregunté yo.

—¡Éste es directivo! —dijo el de acento suramericano señalando al menos explícito.

Me lo quedé mirando con aire interrogador. El suramericano le daba codazos y alargaba la palma de la mano señalándome con ella.

—Cuéntale... cuéntale.

El otro por fin pareció lanzarse.

—Sí, es lo que te está diciendo él —dijo como quitándole importancia—. Baja a la taquilla en el descanso y mete la mitad del dinero en una bolsa y se lo lleva a una cuenta suya en el Barclays Bank, dice que es para no declarar todo y poder tener una caja de dinero negro.

—¡Pero lo pone a nombre suyo! —gritaba el otro.

El Rayo no había comenzado muy bien aquella temporada. El entrenador era Felines, un tipo encantador, buena persona, íntegro, y que sufría las debilidades de un equipo recién ascendido a Primera División. Lo había ascendido él y, al mismo tiempo, habían aumentado los enredos, cada vez más grotescos, de aquel presidente. Con frecuencia, me llegaban nuevos chivatazos de Pedro García. Una noche le llamé para que viniese al programa. Me contestó que esa noche le era imposible, pero que a la semana siguiente, el día que quisiese. Me sonó todo a disculpa, pero le dije que de acuerdo, el lunes próximo. Las peñas del Rayo levantaron un movimiento de rebeldía contra el presidente, alentados por Pedro Ruiz Campos, que les había informado de todas las fechorías del actual mandatario, Pedro García. Toda la directiva dimitió para obligarle a marcharse. No se fue. Dijo que nombraría otros directivos. Las normativas vigentes le impedían hacer tal cosa. Le daba igual.

El lunes, Pedro García no vino al programa. Se fue al de Antena 3 con Supergarcía.

—Voy allí primero y después al tuyo. Voy a los dos... entiéndelo, debo atenderos a los dos.

—Si vas allí primero, no te dejará salir para venir a la SER —le dije.

—Te juro que sí... Ya lo verás.

No llegó. Lo mantuvo allí entretenido hasta casi las dos menos veinte de la mañana y terminó diciéndole:

—Mañana continuaremos todo esto, don Pedro...

Hablé con Pedro García a las dos de la mañana. Su voz era plañidera y suplicante. Después comprobé sus dotes teatrales.

—Mañana estoy ahí con vosotros. Ya lo has visto... Me ha puteado hasta última hora.

Lama y Paquito González me convencieron para que lo trajese al día siguiente.

—Tráele mañana —decía Paquito—, mañana es un personaje relevante por todo el follón que se ha montado.

—De acuerdo —le dije a Pedro García—, mañana te esperamos.

—¡Te doy mi palabra de honor...! ¡Te lo juro!

La Redacción a las siete de la tarde estaba hirviendo. Preparábamos el programa de las ocho y media y, al mismo tiempo, *El Larguero*. Sonó el teléfono y me pasaron una llamada.

—Es un amigo personal tuyo... dice que te conoce mucho.

Me puse. Efectivamente, era un amigo de la infancia al que no veía hacía ya algunos años. Se había hecho abogado y trabajaba en un bufete importante. Después de un rato de charla, interesándonos por el presente y recordando el pasado, me espetó:

—Anoche te la jugó el Pedro García.

—¿Tú qué sabes? —le contesté riéndome.

—Más que tú. De ése sé más que tú.

—¿Qué sabes? —me mostré ya descaradamente interesado.

—Nada que te pueda contar por teléfono, pero si vienes al despacho te puedo enseñar cosas sorprendentes de este tipo.

Le grité a Paco González:

—¡Paco, vámonos!

—¿A dónde?

—Te lo cuento por el camino.

Cuando faltaban quince minutos para que comenzase el programa recibí la llamada de un taxista:

—Oye, al Pedro no le esperes, le acabo de dejar en Antena 3 hace cinco minutos.

Don Manuel Jiménez de Parga era un prestigioso abogado, consejero de Antena 3 y a quien Supergarcía solía usar con cierta frecuencia en el programa para que explicase determinadas sentencias.

—¡Paquito, llama a Jiménez de Parga! —le grité.

Observé divertido la cara de asombro que ponían. Yo insistí.

—¡Llámale, coño!

Abrí el programa sin dar siquiera las buenas noches a la gente.

—Don Manuel Jiménez de Parga. ¡Buenas noches...!

—Muy buenas noches.

—¿Me podría usted explicar qué es un estupro?

Pasaron dos segundos, sin que me contestase, que se hicieron eternos.

—Bueno... estupro es el abuso sexual de un menor o de un deficiente mental.

Terminó de explicarlo, le di las gracias y despedí a Jiménez de Parga.

Después di las buenas noches a la gente y expliqué:

—Pedro García tiene, entre otras, una denuncia por estupro de la que resultó condenado.

Esa noche abrí el cubo de la basura y lo volqué sobre la mesa. Leí las denuncias y sus condenas por estafa mientras él actuaba de honesto e íntegro en el programa de Antena 3. Me cuentan que cuando a Supergacía le comentaron las denuncias que estábamos leyendo le dijo:

—Creo que un loco, un botarate, le está calumniando gravemente. Espero que mañana presente usted la correspondiente querella contra ellos.

—Por supuesto —contestó el presidente del Rayo.

Pedro García nunca presentó ninguna querella contra nosotros, aunque al día siguiente me encontré las cuatro ruedas del coche rajadas.

Entretanto, Pedro García cesaba a Felines como entrenador del Rayo y le ofreció el puesto a Luis Aragonés, que estuvo pensándoselo, pero terminó por rechazar la oferta. El cargo lo iba a aceptar Emilio Cruz, que era el segundo de Clemente en el Atlético de Madrid.

Esa noche tratamos de hablar con Emilio Cruz y lo conseguí antes del programa. Estaba en un restaurante.

—Joserra... no puedo.

—¿Por qué? Me habías dado tu palabra.

—Ya, pero... no puedo.

Estaba cenando con Clemente y se lo llevaba al programa de García pero prohibiéndole que hablase con nosotros.

Otro incidente más vino a dar otra vuelta de tuerca a las tensas relaciones con Javier Clemente, que entrenaba al Atlético de Madrid. Fue una tarde en la que hablaba por teléfono con Julio César Iglesias, una de las mejores personas que he conocido y un periodista de los llamados de calidad. Julio es de esos periodistas que escriben dictados por el cielo y que, en la radio, cuando tienen su día, bloquean la centralita.

Por esas fechas, Julio César hacía un programa en la Cadena SER y esa tarde hablaba con Clemente desde la Redacción. No recuerdo cómo ni el porqué, pero yo me acerqué y terminé poniéndome al teléfono con Clemente.

—¡El problema con vosotros es que soy comentarista de García! ¡Coño, contratadme vosotros! Si me pagáis lo que García, me voy con vosotros.

—¿Cuánto te paga García? —le pregunté en un tono de la conversación que yo entendí como irónico.

—Pues mira, el año pasado me pagó un viaje a Disney World con mi familia.

—No está mal —bromeaba yo.

—¡Está de puta madre! ¿Tú sabes cuánto vale un viaje a Disney World? ¡Bah! Tú no tienes ni idea... y este año (1990) me da seis kilos... ¡limpios! en cheques regalo.

—Pues le estás estafando... no los vales.

—Y Valdano sí, ¿verdad? ¡No te jode, el catedrático!

—Nosotros a Valdano no le damos seis kilos.

—¡Le daréis más...! ¡Seguro!

—El problema tuyo con nosotros no es García ni nadie, eres tú, el trato déspota que nos das con esos aires pendencieros casi fascistas...

—A mí no me llames eso que ¡te arranco la cabeza!

—¿Ah sí? ¿Tú? ¿con cuántos Tejeros más como tú? ¿o tú solo? Dímelo y me dices dónde y a qué hora.

La conversación había ido degenerando hasta ese punto de chabacanería. Julio César nos miraba atónito y Paquito González se reía divertido mientras me veía perder las formas. Finalmente, el teléfono volvió a las manos de Julio y el incidente finalizó.

Días después, yo había tenido un enfrentamiento, el primero de todos, con Supergarcía. Fue después de entrevistar a José Plaza, presidente del C. N. de Árbitros, al que los árbitros habían elegido democráticamente en unas elecciones. Villar, presionado por Supergarcía, le destituyó y les nombró dictatorialmente a uno nuevo. Recuerdo que aquella noche yo entrevisté a Plaza y mi entrevista la trocearon en Antena 3 para ridiculizar a Plaza y, de paso, a mí. "Es un pobre chaval... un tonto... el tonto del pueblo... En todos los pueblos hay un tonto, y éste es el tonto de Brunete", —dijo García de mí.

Fue mi primera bofetada en público y decidí que no lo iba a consentir. La noche siguiente abrí el programa explicando a la gente los métodos de Supergarcía. Quise que este gremio le perdiera el miedo, que era aterrador, y que se levantaran contra esa especie de mafia que le permite controlar toda la profesión.

Al día siguiente, cuando fui al entrenamiento del Atlético en el Calderón, era el comentario general entre todos los periodistas que estaban allí. Recuerdo que Quique Gozalo le dijo a Clemente al finalizar el entrenamiento:

—¿Qué, escuchaste anoche a José Ramón cómo puso a tu amigo?

—No, pero me han contado algo —contestó Clemente sin detenerse, mientras bajaba las escaleras del túnel de vestuarios con una sudadera Adidas y un pantalón corto azul.

Entonces se detuvo, se volvió hacia mí, que estaba junto a Quique, y me dijo:

—Chaval, no sabes con quién te has metido, mal enemigo eliges... Te quedan tres meses en esta profesión —siguió bajando las escaleras y se volvió otra vez para gritarme: —Bueno, tres no, todo lo más uno. ¡Ya lo verás!

Clemente había comenzado ya a tener problemas en el Atlético de Madrid. El equipo iba bien colocado en la Liga, aunque en la Copa de la UEFA cayó a las primeras de cambio con la Fiorentina y en la Copa del Rey les había eliminado el Real Madrid. En la Liga estaba entre los primeros lugares, pero hacía un juego amarreta y aburrido. Sus declaraciones habían pasado por todo tipo de tormentos. Primero como discípulo a muerte de Jesús Gil, después se atrevió a contradecirle, luego lo desmintió, después hizo la guerra por su cuenta y terminó desatando una nueva contra el seleccionador nacional de esa época: Luis Suárez.

Clemente había arremetido contra la FEF y su presidente, Ángel María Villar, al que, en varias ocasiones, había descalificado. El asunto venía por las concentraciones y partidos amistosos que la Selección española tenía con motivo del Mundial de Italia a finales de temporada. Esta polémica no era nueva con Clemente. Dos años antes, entrenando al Español, discutió con Miguel Muñoz, porque le convocaba a Valverde y Soler y él decía que los necesitaba frescos para no sé qué partidos. Les impidió ir a una convocatoria argumentando que uno de ellos estaba lesionado y la FEF le amonestó. Días después llegó a decirle a Miguel Muñoz:

—Coño, llama a otros, que los míos son peores.

Desde los micrófonos de Antena 3, se criticaba con dureza al seleccionador Luis Suárez y el juego de la Selección española, donde Supergarcía chillaba que no debían volver a jugar *Las Trillizas*, mote con el que se refería a Michel, Butragueño y Sanchís.

Clemente, como comentarista de Supergarcía en Antena 3, se sumaba al coro de palmeros que jaleaban la bulla contra la Selección de Luis Suárez.

Una noche, en *El Larguero*, tuvo un durísimo enfrentamiento con Luis Suárez, porque éste le había convocado a tres jugadores y Clemente decía que a él sólo le importaba lo suyo. La conversación terminó como el rosario de la aurora.

El juego del Atlético no mejoraba, aunque el equipo seguía bien colocado en la clasificación. No perdía. Arrancaba puntos, pero la gente no iba al campo y Gil cada vez estaba más nervioso. Sin llegar al enfrentamiento directo, Clemente y Gil se cruzaron algunas indirectas en la prensa.

Un 27 de febrero de 1990, Gil destituyó a Clemente. Le llamamos por teléfono para preguntarle si podía venir al programa. Nos lo puso Paquito González desde el despacho de Carlos Peña en el estadio Calderón.

—Supongo que tendrás que ir primero al de tu jefe —le dije.

—Mi jefe, como tú dices, no está hoy —me contestó—, lo hace Rosety y ése ya sabes que no es santo de mi devoción pero voy a llamar a García y con lo que me diga te contesto.

A media tarde volvimos a llamarle.

—Voy a ir primero con Rosety y luego con vosotros.

—Ten en cuenta que yo acabo a la una —le dije— si me vas a llegar a la una menos cuarto no vengas.

—No, no... Yo a las doce y cuarto acabo con Rosety y a las doce y veinte estoy ahí. Si tengo muy poco que decir.

—Mira —le dije—, yo te espero hasta las doce y media.

Yo sabía que no iba a venir. Lo tendrían allí hasta la una menos cuarto, por lo menos, para que no le diese tiempo a llegar.

Hicimos un montaje con todas sus declaraciones y le puse de fondo la música de José Manuel Soto *Me está dando pena de ti*. Entretanto, Clemente se enroscaba en Antena 3 con Gaspar Rosety, en una entrevista monótona y repetitiva. A pesar de los esfuerzos del padre Daniel —el cura del Atleti—, que le acompañaba esa noche, no pudo salir de allí hasta después de la una menos cuarto. A esa hora me llamó por teléfono al control.

—Decidle a José Ramón que me meta por teléfono.

Yo estaba con otro tema que no recuerdo, pero contesté por el micrófono.

—Llama Clemente por teléfono, pero ya no es noticia. Todos sabéis que lo han cesado este mediodía, ya lo habéis escuchado y yo tengo otras cosas que contar. En otra ocasión.

Después del programa me volvió a llamar. Estaba tranquilo y relajado y se disculpó por no haber llegado a tiempo.

—Me han tenido ahí hasta las tantas...

—Ya te lo dije.

Creo que esa vez fue la única en que él y yo hablamos con cierta tranquilidad.

—¿Sabes cuál ha sido el problema entre tú y yo? —me llegó a decir— que nunca hemos tenido una conversación relajada los dos, frente a frente...

—Puede ser —contesté—. A lo mejor en el futuro.

—Sí, porque ahora me voy a ir unos días a Bilbao, pero cuando vuelva, llámame.

—De acuerdo.

—¡Ah...! ¿Y sabes otra cosa? Luis Aragonés va a ser el próximo entrenador del Atlético, ya lo verás.

Y acertó. Porque aunque eligieron a Peiró, éste no llegó a debutar y volvió Luis Aragonés. Quince días más tarde, yo estaba preparando el programa con Bustillo y el Busti se quedó pensativo y me dijo:

—Está Clemente en Madrid.

—¿Y eso?

—Ha debido venir a recoger la casa, la mudanza, ya sabes.

—Llámale y dile que si quiere venir esta noche.

Bustillo me miró con incredulidad.

—¿Estás seguro?

—Sí, coño... llámale.

A los diez minutos Bustillo me lo puso al teléfono. Su tono de voz ya no era tan relajado, pero sí cortés, aunque un poco distante.

—¿Esta noche? —me dijo—. Es que tengo una cena.

—¿No te da tiempo a venir?

—No creo, voy con Carlos Peña y Antonio Manteca, el de El Corte Inglés, y un grupo de amigos. No creo que me de tiempo; además, ¿qué quieres que te cuente?

A mí aquella entrevista me ilusionaba después de mi última conversación telefónica con él. Quería saber lo que pasa por la mente de un entrenador cuando le echan, cómo se lo explica a sus hijos, cómo desmontan la casa, cómo les cambia la vida.

—Muchas cosas —le contesté—... Si quieres, mando a Bustillo con una unidad móvil y entras desde donde estés cenando.

—Por mí... haz lo que quieras.

Así lo hicimos. Bustillo se fue al restaurante donde estaba Clemente y yo conecté con aquella unidad móvil. Le presentó Bustillo y en su tono de voz descubrí que el Busti estaba nervioso. Saludé a Clemente y me contestó con un escueto "buenas noches".

—¿Cómo estás?

—Bien.

En los primeros lances de saludo observé que alguien había volado sobre el nido del cuco. Estaba más seco y distante aún que cuando hablé con él por la tarde. En el control había cierta expectación.

—Ya verás qué bien nos sale esto.

—Me extraña —dijo.

—No, ya lo verás... Esto es como sacarse una muela para ti, yo lo sé, pero déjame a mí, verás como no te hago daño.

—Tú siempre haces daño.

Vi que alguien le había envenenado y que no tenía un pase. Me desconcerté un poco.

—Te aseguro que no... ya lo verás.

—Tú siempre haces daño, eres mala persona.

Esta tarascada ya no se la aguanté.

—No creo ser peor que tú —le contesté un poco descompuesto—, pero con alguna diferencia, yo no voy amargando la vida a la gente como tú, quizá por eso a ti te han echado de todos los sitios y yo sigo en el mismo lugar. Adiós, Clemente, buenas noches.

Y colgué. No quise proseguir aquella conversación. Estaba claro que él venía buscando pelea y a mí no me apetecía, aunque mi despedida fue quizá estúpida e inoportuna, máxime cuando seis meses después me iban a echar a mí.

Cuando Clemente se percató de que le había colgado después de escuchar aquello se lo comía a Bustillo.

—¡Déjame! ¡Déjame que le conteste a ese cabrón! ¡Se va a enterar! ¡Déjame! ¡Abre ese micrófono!

Bustillo se ponía de todos los colores y le mostraba su impotencia.

—Es que han cortado en la emisora.

—¡A tomar por culo! ¡No hablo más con vosotros!

Por eso, algunas veces, dice Clemente que en cierta ocasión le cortamos el micrófono y no le dejé hablar.

La historia completa de todos los inicios fue ésa. Lo demás vino después. Echando la vista hacia atrás, lo ves como heridas cicatrizadas. No le odio ni creo que él me odie. Sencillamente, no nos soportamos y, sin embargo, cuando lo pienso, veo que en la película de mi vida está él y yo estoy en la suya.

Algunas veces, don Antonio, el cura de Brunete, me preguntaba:

—¿Te merecen la pena tantos enfrentamientos?

El pueblo

A don Ángel, el cura, se lo llevaron en una ambulancia, enfermo de años, una tarde del mes de noviembre, mientras los latigazos del viento barrían las hojas de la puerta de la iglesia.

La causa fundamental eran los años que poco a poco le habían ido consumiendo sus reservas; la inmediata debió de ser unas bodas de oro que don Ángel bendijo oficiando la ceremonia religiosa... y presidiendo la mesa.

A la Bienve —la prima que le cuidaba— no se le fue el detalle:

—Ángel, tú has *cargao* esta noche —le decía cuando le trajeron.

—Mujer, un pinchito.

—¿Un pinchito?, ¿un pinchito? —decía la Bienve enfurecida. ¿Y por un pinchito, te has levantado veinte veces al servicio? ¡Veremos si no tenemos tonterías con el pinchito! ¡Sabe Dios todo lo que habrás *tragao* tú esta noche!

La Bienve, a decir verdad, no sé bien quién era. Oficialmente, era la señora prima que le cuidaba y que don Ángel presentaba como tal. Los rumores del pueblo hablaban de que tenía dos hijos y que eran de don Ángel. Otros le enredaban con una extraña historia de después de la guerra, pero lo cierto es que nadie pudo comprobar nada de todo ello.

Cuando aquella tarde de noviembre don Ángel trataba de incorporarse un poco en la camilla para decir adiós a algunos feligreses que bajaban corriendo la cuesta de la panadería para despedirlo, todos teníamos el presentimiento de que ya no volvería. Y no volvió.

Don Ángel murió en un sanatorio de Madrid a los tres meses de que se lo llevaran y nunca, nunca más, supimos ni tuvimos noticias de la Bienve.

Don Ángel dejó tras de sí más de treinta años de misa diaria en el pueblo y, los domingos, dos —una por la mañana y otra por la tarde—, más otra que oficiaba en la finca de la Cepilla para doña Encarna, una finca que luego pasó a propiedad de Ignacio Coca y que ahora creo que está embargada... o la ha vuelto a comprar un banco.

El cura llegó a conocer tan inmensamente bien el pueblo, y el pueblo a él, que jamás se produjo el más mínimo roce. Su figura era un anexo a la iglesia como lo podía ser la torre, la cigüeña o el reloj y quien pasaba por allí veía a don Ángel, la cigüeña, la torre, la iglesia y el reloj, y quien no pasaba pues no los veía. Quiere esto decir que jamás se inmiscuyó en problema alguno de nadie.

—Queremos casarnos, don Ángel.

—Hombre, hombre —sonreía a los novios— ¿y cuándo?

—El mes que viene, el día veintiuno.

—¿Y a qué hora?

—A las cinco.

—A las cinco —lo anotaba en el calendario—, muy bien... muy bien —volvía a sonreírles—; ¡pues hala!, hasta el día veintiuno y ¡enhorabuena...! ¡Ah! Y sed puntuales.

Don Ángel nunca ponía pegas y ése era el mismo diálogo para un bautizo o un entierro: fecha, hora, nombre, sonrisa... y puerta.

Una noche, casi ya de madrugada, el Salus, que hacía un año se había casado con Antonia, la del caminero, le debió golpear con la correa más de la cuenta. Al Salus se le debió ir la mano. La Antonia se presentó en la puerta de don Ángel para pedir el divorcio. Lo pedía a gritos golpeando con la palma de la mano aquella puerta de madera con cuarterones que, en algunos momentos, parecía venirse abajo. Los golpes, el llanto y los chillidos de la Antonia despertaron a todo el barrio que curioseaba la escena detrás de las persianas. La Bienve, que presenciaba la escena desde hacía rato, fue quien zarandeó al cura, hasta despertarlo, en la cama.

—¡Ángel! ¡Ángel!, ¡es la Antonia, la del caminero! ¡que quiere divorciarse!

El cura abría y cerraba los ojos mientras la Bienve iba y venía de la ventana, con la persiana bajada, hasta el lecho del cura. En esto apareció el Salus por detrás de la esquina. La Bienve volvió a zarandear al cura.

—Ángel, ¡que viene el Salus!

Los gritos se hicieron ahora más atronadores y se mezclaba la voz cazallera del Salus con los chillidos histéricos de la Antonia.

—¡Ángel... llama a la Guardia Civil!

—Déjales, mujer.

El Salus propinó un nuevo galletón a la Antonia, que comenzó a chillar tapándose la cara con las manos, mientras el marido la cogía por un brazo apartándola de la puerta del cura. Fue entonces cuando el Salus se percató de que en los cuarterones de madera de la puerta colgaba una anilla de hierro. El Salus levantó la anilla y golpeó con fuerza la puerta.

—¡Señor cura! ¡Señor cura!¡Señor curaaaaaaaa! —guardó unos instantes de silencio, observando las ventanas de arriba—. ¡Si quiere nos divorcia! ¡Me importa un cojón!

Y cogió a la Antonia por el brazo y a tirones desapareció con ella calle abajo.

Al día siguiente y en días sucesivos, en las tiendas, en la carnicería, en la sala de espera del médico, no hubo otro tema de tertulia, pero don Ángel jamás dijo ni comentó nada.

El tiempo finalmente cicatrizó estos recuerdos y, un día, el Salus y la Antonia volvieron a la luz del día para anunciar el bautizo del primero y luego, del segundo, y después, del tercero y, a los pocos años, la comunión. Y don Ángel:

—Muy bien hombre, muy bien, ¿y qué día y a qué hora queréis?

No cabe duda que don Ángel conocía bien el paño. A la gran mayoría les había visto nacer, les bautizó y después bendijo su boda. Por lo demás, le bastaba el púlpito y los dos escalones de entrada a su casa para conocer perfectamente a todos y cada uno de sus mil doscientos vecinos. Quizá por ello, jamás tuvo un roce con ninguno de ellos. Le podían criticar, sí, pero nunca a la cara. Era don Ángel el cura y eso suponía ya un respeto importante, como podía serlo el cabo o el alcalde.

La Bienve era otra cosa. El pueblo le tenía un odio especial que podía nacer de sus aires de grandeza y de su imagen blanqueada que a todos nos parecía falsa. Ella sí tuvo más de un problema con los lugareños, e incluso enfrentamientos porque la Bienve ¡era muy suya!

Recuerdo que a don Ángel le gustaban mucho las galletas de vainilla alargadas —últimamente ya no las venden— y la Bienve bajaba a comprárselas cada dos o tres días a la tienda del Narciso. Una mañana, Narciso estaba terminando de envolver las galletas en un papel gris, duro y basto, que lo mismo servía para envolver las galletas de don Ángel que unas albarcas para el Eusebio o una faja para Andrea. Narciso también era muy suyo. Tenía un pronto que le perdía. Cuando ya terminaba de envolver las galletas en un paquetito que resultaba perfectamente cuadrado alargó la mano y ofreció una a la Bienve. La mujer no estaba atenta, ni quizá se esperaba el detalle de Narciso y la galleta se cayó al suelo. Cele hizo ademán de agacharse para recogerla, pero el tendero dijo:

—Déjalo, Bienve, te doy otra.

La mujer carraspeó un segundo y dirigiéndose al tendero con la mirada casi le chilló:

—¡Oiga, Narciso! ¡yo soy doña Bienve! ¡no Bienve...! ¡que no tenemos ya ni respeto!

El tendero ni siquiera llegó a sonrojarse, a pesar de que la tienda estaba llena de parroquianos que no perdían detalle, tan sólo se quitó con una mano las gafas de culo de botella y alargó su corpachón hacia delante descansando el codo sobre el mostrador:

—*Usté* es doña Cojones, ¿sabe?¡Doña Cojones!¡Eso es *usté...!* ¡No te jode, la del doña!¡Tía tonta!

A todo esto las mujeres calmaban, falsamente escandalizadas, a Narciso, mientras la Bienve, sonrojada como una guindilla, salió a toda prisa de la tienda.

Y es que el Narciso quedaba fuera del alcance de don Ángel. No tenía hijos, ni parientes y ni él ni la señora Anastasia pisaban la iglesia, por lo que pocas ocasiones le iban a dar al cura de tenerles a tiro. Aunque también es cierto que los incidentes de la Bienve a don Ángel le resbalaban totalmente. Jamás salió en defensa de ella. Don Ángel sólo actuaba cuando se consideraba dañado personalmente o a su iglesia. Y su iglesia eran las cuatro paredes del templo, la torre y el reloj... ¡y las palomas! Las palomas de la torre también estaban bajo su manto de protección; y matar de un perdigonazo una paloma podía suponer una regañina feroz desde el púlpito, al margen de una visita desagradable al Ayuntamiento y al cuartel de la Guardia Civil.

En las misas cantadas, los chicos del coro, tres o cuatro de ellos, eran los que pasaban el cestillo entre los feligreses. Julia era la voz del coro. Hubiera llegado a ser una gran artista de haber tenido ocasión. Era la voz del coro porque es a quien más se oía. Las canciones en misa eran una actuación de Julia con un coro de otros diez o doce muchachos que le acompañaban a ella. Ni siquiera en aquellos salmos cantados que nos conocíamos todos y en que cantaba toda la iglesia, mezcladas las voces, rudas, roncas y cerveras de los hombres, con los timbres afinados, chillones y alargados de las mujeres, ni siquiera en esas ocasiones, dejaba de escucharse, en primer plano, la voz de Julia. Era la estrella del coro en las misas. Y como ella lo sabía, pues aún forzaba más la voz.

En una de estas misas, el monaguillo llegó con la cesta de la recolecta y se la alargó a la Julia. Ésta, que estaba pendiente de un salmo cantado en el que ella hacía un solo que le quedaba muy bien, le hizo un gesto con la cabeza al chaval para que se lo diera a otras chicas del coro, pero el monaguillo seguía allí con las cestita vacía extendida hacia la Julia. La moza, repeinada, repintada y ahora también sonrojada, le susurró al chico casi en voz alta:

—Dáselo a otra.

Don Ángel, que terminaba su sermón en el púlpito sobre la Purísima Concepción, se detuvo un instante, fijó su mirada en el coro y, casi sacando medio cuerpo fuera del púlpito, gritó a la Julia:

—¡Gracias, hija, déjalo!, ¡te estoy muy agradecido! ¡que Dios te lo pague!

En los bancos de atrás, el Ambrosio se despertó sobresaltado mientras la Julia, abrasada la cara por el rubor, abandonaba la iglesia sollozando.

Estos detalles, es cierto que sólo se producían cada varios años. El cura no los empleaba a menudo. Su paciencia en la iglesia era digna de admiración. Jamás recriminó los llantos insoportables de algunos niños cuyas mamás se empeñaban en tenerles allí sujetos durante más de media hora, ni que otros se empeñaran en hacer peligrar la estantería de velas al Santísimo, ni siquiera se metió nunca con los ronquidos del Ambrosio, en el penúltimo banco de la fila de la derecha. Jamás. Sin embargo, cada tres o cuatro años, don Ángel podía descargar toda la adrenalina acumulada en un detalle como el de la Julia.

Su última época fue aún más sosegada. Se limitó a las catequesis de los sábados, en donde los chicos mayores enseñaban a cantar el padre nuestro a los niños de la primera comunión, mientras los más pequeños rodeábamos su mesa para que nos contara alguna historia de la guerra, al tiempo que él intentaba enterarse de cómo iban las cosas por el pueblo y sus familias a través de las preguntas a los chavales.

Después de la catequesis, la Bienve repartía caramelos, dos a cada uno, que sacaba de una cajita de madera. Eran unos caramelos en forma de estrellita, que casi a ninguno nos gustaban, pero ¡es curioso!, formábamos una cola inmensa de críos que nos empujábamos esperando los caramelos.

Don Ángel murió en el setenta y cuatro, y a la tumba se llevó el silencio y el secreto de su historia, de su vida y de la Bienve, de quien nunca jamás volvimos a saber.

Y fue en el setenta y cuatro cuando llegó don Pedro. De treinta y cuatro años, joven, abierto, extrovertido, temperamental, inexperto, sincero, honrado, liberal y con el Evangelio siempre como código civil y hasta constitución ejemplar; don Pedro era una pieza demasiado dura y distinta del molde de cura que allí había quedado.

Tuvo unos comienzos prometedores porque bajaba a los bares y solía alternar con todos indistintamente. Esto, al principio, da resultado, pero muy a corto plazo. El pueblo te consiente eso para que, una vez que veas, observes y estudies la situación, tomes tu propia postura y elijas una determinada parcela, pero la neutralidad no se permite en los pueblos pequeños: o conmigo o contra mí.

A don Pedro comenzaron a complicársele las cosas cuando murió Franco. Por la mañana, tanto el alcalde como los concejales estuvieron muy ocupados y preocupados, reunidos en sesión extraordinaria en el Ayuntamiento. Pero, por la tarde, en cuanto comprobaron que el peligro de guerra civil no era inminente, subieron a ver al cura. Don Pedro abrió la puerta después de oír los golpetazos secos del llamador de hierro fundido, chocando contra los cuarterones de madera de la puerta, que aún se hicieron más graves en el silencio del anochecer invernal. Cuando abrió, se encontró los rostros graves, pero recién afeitados y *peinomojados* del alcalde, el cabo de la Guardia Civil y un concejal.

—Don Pedro, buenas tardes... o ya casi noches.

El cura devolvió el saludo y les hizo un gesto como invitándoles a pasar, pero ninguno de los tres dio un paso.

—No, don Pedro, si sólo veníamos por lo de la misa.

—¿Qué misa? —preguntó el cura.

—¿Cuál va a ser? ¡La del caudillo!

—¡Ah...! ¡no sabía!

—¡Hay que decirle una misa!

—Sí, sí... claro —contestó el cura—. ¿Y a qué hora os viene mejor mañana?

—¿Mañana? ¿mañana? ¡Ahora mismo!

—No he avisado a nadie...

—Usted toque a misa y no se preocupe de más.

—Bueno, es que tengo que preocuparme, porque la misa la digo yo.

Los otros palidecieron unos segundos, se les crispó un poco el rictus, pero el alcalde capeó bien la situación.

—Claro, claro, don Pedro... no, si es lógico, ...es que no le hemos podido avisar antes porque hubiéramos querido hablar con el gobernador, pero no ha habido manera. En fin, yo creo que aún le da tiempo para prepararlo, nosotros mismos avisamos a los monaguillos, si quiere...

—No, dejad, dejad, que ya los aviso yo.

Una hora después, don Pedro estaba diciendo la misa.

El asunto se dilató, pero ya hubo quien comentó que el cura no había querido decir la misa por el caudillo y que le habían tenido que obligar el cabo y el alcalde.

Don Pedro siguió bajando a los bares y siguió alternando, pero un segmento del pueblo ya no le era tan receptivo.

En los jardines anexos a la iglesia, el cura se empeñó en organizar una especie de club juvenil, aprovechando los salones que antaño servían para la catequesis y que hoy, en 1998, sólo han quedado ya para eso.

En esos salones ensayaba también el coro de la iglesia y allí tocaba la guitarra un grupo de estudiantes, algunos de ellos universitarios, que se convirtieron, un poco, en la corriente vanguardista del pueblo; era una vanguardia muy cerrada y de poca trascendencia, porque el grupo era hermético y apenas tenía mayor repercusión en el pueblo porque no molestaban a nadie. Se sospechaba que no eran seguidores de Alianza Popular, porque ninguno iba en el autocar de los manifestantes del 20-N, pero su presentación y explosión pública fue cuando cantaron en misa.

Se puso muy de moda en esa época el disco de la misa campesina que cantaban Carlos Mejía Godoy y Los de Palacagüina a quienes, en algunas canciones, se sumaban Ana Belén y Víctor Manuel. Los muchachos vanguardistas le daban todas las tardes a la guitarra cantando aquel padre nuestro y aquel credo que entonaban Ana Belén y Víctor Manuel. Francamente, en las voces de los estudiantes, eran un pecado contra la música, pero don Pedro les agradecía con una sonrisa de ánimo sus intenciones alguna tarde que subió por allí:

—Bien, bien, muchachos, cada día os sale mejor. A ver si dentro de un mes sois capaces de cantarme la misa entera.

Buena la hizo. Porque los chavales se picaron. En cuanto a sonido no mejoraron mucho, pero las letras se las aprendieron todas. Lo demás fue ensayar y ensayar. No necesitaron un mes, a los quince días se presentaron en el despacho del cura.

—Don Pedro, ¡que ya está!

—¿Que ya está? ¿qué?

—¿Qué va a ser? ¡La misa! ¡que ya la queremos cantar este domingo!

—Pero ¿qué misa?

—¡La misa campesina! ¿no se acuerda? ¡Lo que nos dijo! —los muchachos miraban al cura entre risitas—. ¡Que ya nos la sabemos! ¡Y nos sale muy bien! ¡Suba luego a escucharla!

El cura no sabía qué decir ni por dónde salir, ni qué contestar.

—Está bien... luego subo.

—Pero don Pedro, queríamos cantarla el domingo —sugirió con voz suplicante una quinceañera—; viene un grupo de otra parroquia que nos van a acompañar.

—Está bien, está bien... ya veremos. Bueno, ahora subo a escucharos.

El cura subió media hora después y aquello no sonaba excepcionalmente mejor que días atrás. En un principio, pensó aconsejarles que lo dejasen para más adelante, pero desde los últimos peldaños de la escalera escuchó las voces de los jóvenes en una conversación desatada que ya hacía seguro su proyecto para el domingo. Don Pedro sintió miedo de sí mismo y de ser cobarde y optó por dejar correr los acontecimientos sin dar mayor importancia al asunto.

El viernes, al terminar la novena del tridium, las mujeres se quedaron haciendo corro a la puerta de la iglesia.

—¡Que sí! ¡Que quieren cantar una misa comunista!

—Pero mujer, ¡si los comunistas no dicen misas!

—Lo que yo te diga, Antonia.

Alguna que estaba más enterada:

—¿No es la que cantan Víctor Manuel y Ana Belén?

—¿Y ésos qué son? ¿eh? ¿qué son?

—Comunistas —decía otra.

—Pues ahí lo tienes —y juntaba las manos— ¡una misa comunista!

—¡Eso no lo consiente don Pedro!

—¿Ah, no...? ¡Pues es él quien lo ha organizado!

—¡Pues entonces somos nosotras quienes no tenemos que consentirlo!

El asunto fue tomando cuerpo a medida que las comadres lo comentaban en casa mientras servían la sopa:

—¿No has oído, Antonio?, quieren cantar la misa comunista el domingo.

—¿Qué dices? —levantaba la cabeza el otro limpiándose los fideos con el dorso de la mano.

—¡Que van a cantar la misa comunista el domingo!

—Pero... ¿eso qué es? ¿Quién va a cantar eso?

—¡Los chicos...! ¡Los niñatos ésos que están donde la catequesis...! Quieren cantar la misa esa que dice que Dios está con los obreros y que hay que colgar a los ricos y a los que tienen tierras ¡Bueno, no te digo más que la cantan el Víctor Manuel y la Ana Belén!

Y el Antonio lo soltaba por la noche en el bar, rascándose el cogote y con medio cuerpo recostado sobre la barra, mientras preñaba de cerveza la barriga.

—¿Qué os parece el curita...? que quiere darnos una misa comunista el domingo.

—Eso he oído —decía otro—, que lo quieren cantar los nenes ésos que andan en el club ése que han montado donde don Ángel daba la catequesis.

—¿Club? ¡Dirás un puticlub! —los otros soltaban una carcajada—. ¡Joder que no...! ¡si los he visto yo salir juntos a los tíos con las chavalas a las tantas de la noche! ¡no me jodas que están rezando el rosario hasta esas horas! Yo ya le he dicho a la mía: "¡como te vea pisar por allí te cruzo la cara a hostias!".

—Mal asunto —decía el alcalde.

—¡Será porque tú quieres...! ¡no me jodas, que yo llamo al obispo y le digo que este tío es un rojo de la hostia y le mandan a tomar por el culo mañana mismo!

—¡O al gobernador! —el alcalde fumaba con aire interesante y movía la cabeza.

—Que no, coño... que ahora no es tan fácil.

La misa del domingo fue cobrando una expectación inusitada. Una expectación a la que resultaban ajenos los muchachos del improvisado coro que no le dieron valor especial a las miradas de que eran objeto cuando se presentaron media hora antes de comenzar con sus guitarras. Don Pedro olía el peligro.

—Mejor cantáis desde arriba... en el coro.

—Pero don Pedro, siempre cantamos abajo en los primeros bancos... ¡entre la gente!

—Pues hoy cantáis en el coro y ya veréis como suena mejor.

Cuando el cura salió al altar, detrás de sus dos monaguillos, desde arriba se oyó el rasgar de las guitarras y las voces juveniles de los chavales cantando *Cristo, Cristo Jesús, identifícate con nosotros* (bis*), no con la clase opresora que oprime y devora al trabajador*. En los bancos de atrás se había quedado el Antolín, antiguo jefe del movimiento y ex alcalde, junto al Eustaquio, Manuel y un grupo de concejales, de entre los cuales alguno no solía ir a misa pero que estaban allí por ver qué pasaba.

Al escuchar esa primera frase, y antes de que siguiera el estribillo, el Antolín masculló:

—¡La madre que los trajo...!

Y luego la mujer de Faustino:

—¡Dios mío! —y miraba descaradamente hacia el coro— ¿Pero es que no les va a callar nadie?

El rum-rum se hizo tan escandaloso que apenas se le pudo escuchar al cura cuando, abriendo los brazos, dijo: "Hermanos, antes de comenzar los sagrados misterios, reconozcamos nuestros pecados".

Se hizo un poco de silencio, pero allí nadie reconocía pecados propios, se trataba más que nada de reconocer a los del coro.

—¡El de la guitarra es el del maestro! ¡Le he visto! —decía agachando la cabeza el Antolín.

—Me lo imaginaba —añadía el alcalde.

A todo esto, y una vez que don Pedro significó la señal de la cruz, los del coro volvieron con la guitarra: *Cristo ya nació en Palacagüina de un tal José y de una tal María... ella va a planchar muy humildemente, la ropa que goza la mujer hermosa del terrateniente...,*— y esta última estrofa la repetían dos veces.

Antolín miró descaradamente hacia el coro, esta vez sin tapujos y buscando directamente las caras de los cantores, no pudo verlos, pero eso le irritó aún más y agachó la cabeza murmurando:

—¡Yo no aguanto más! —y abandonó el banco y se dirigió hacia la puerta.

Tras él salió el Manuel, Eustaquio, luego la mujer de Manuel, la del Eustaquio, los hijos del Eustaquio, sus mujeres, novias, los hermanos de las novias y sus padres y, casi en un minuto y antes de que se pudiera dar lectura al Evangelio, media Iglesia quedó vacía. Se quedaron mayormente los fieles que venían de las urbanizaciones contiguas que no entendían absolutamente nada.

La misa prosiguió, aunque alguien tuvo que levantarse a cerrar la puerta por donde se colaba de vez en cuando algún improperio. En una de las ocasiones, por el pasillo central, apareció un perro. Era un galgo. El animal entró con aire despistado, triste, como asustado, sin duda le abrieron la puerta y se vio forzado a entrar en el templo. Llegó casi hasta las escalinatas del altar, luego olisqueó a la entrada de un confesionario y finalmente alguien susurró:

—¡Chucho...! ¡Fuera de ahí! —y el animal asustado volvió a encontrar la puerta por donde entró.

La misa llegó a su final y don Pedro dio la bendición. El cura estuvo tentado de pronunciar algunas palabras por todas las escenas que había presenciado, pero se arrepintió en el último instante y se limitó a sentenciar:

—Podéis ir en paz.

Cuando don Pedro, en la sacristía, ya se había despojado de la casulla y las luces de la iglesia estaban apagadas, un grupo de mujeres entraron en la sacristía. Le tranquilizó saber que eran de las abonadas a diario. Pero no venían en son de paz:

—¡No estará usted orgulloso del coro... supongo! —dijo la primera al entrar.

El cura se limitó a controlar su mal humor:

—Hoy no les ha salido muy bien.

—¡Pero don Pedro...! ¡Ha sido un sacrilegio!

—¡Una provocación! —gritaba otra.

El cura se mordió los labios para contenerse.

—Señoras, son tan amables de salir de la sacristía.

Cuando don Pedro salió de la iglesia, un grupo de mozalbetes, que aguardaban la salida del cura, comenzaron una sonora pita con los dedos metidos en la boca. Alguno incluso le chilló:

—¡Comunista!

Por supuesto hubo carta al arzobispado, pero monseñor Tarancón no era precisamente el personaje para apoyarles. En el pueblo no se volvió a cantar una misa semejante. Hubo, eso sí, quien se fue al pueblo de al lado los domingos siguientes para oír misa, pero pronto se les fue pasando el escándalo y volvieron a la iglesia local, aunque como medida de presión y de protesta hacia el cura suprimieron su contribución en el cepillo, que era suprimir cinco duros por cabeza, lo que sumaba un boicot de unas quinientas pesetas cada domingo.

El cura, así, se vio totalmente apartado de los viejos poderes caciquiles del pueblo, que a su llegada se disputaban cada domingo el honor de invitarle a su mesa y, en contrapartida, vio cómo se le acercaba un sector de gente que nunca tuvo acceso directo al cura del pueblo. Aunque todo fue muy fugaz, el tío Rodolfo, afiliado al PCE, recién legalizado y cobrador de las cuotas de Comisiones Obreras, pisó por vez primera la puerta de la iglesia desde la boda de su hijo. Asomó un poco la nariz y viendo que don Pedro venía ya hacia la puerta por el pasillo central encendió un cigarrillo haciéndose el distraído.

El cura, que lo vio al salir, bromeó con él intentando ganárselo:

—¡Señor Rodolfo! ¡Cuánto bueno por aquí! ¡Imagino que no vendrá a la novena, porque ya terminó!

El tío Rodolfo sonrió:

—¡Quiá...! ¡ya sabe usted que no!

Don Pedro siguió dilatando un poco la tensión del encuentro:

—Bueno ¿y qué?, ¿funciona o no funciona Comisiones? ¿Tiene muchos afiliados en el pueblo?

Y el otro:

—Alguno hay, sí... claro que todavía es pronto. La gente sigue pensando que los comunistas tenemos rabo y cuernos ¡Hay tanta ignorancia...! ¡bueno! ¿qué le voy a decir a ustéd? ¡ya me han *contao* lo del domingo! ¡qué animales! ¡qué sinvergüenzas! ¡qué ignorantes...! ¡silbar al cura...! ¡es lo que yo le digo, don Pedro...! ¡La ignorancia! ¡eso es lo que pasa! ¡la ignorancia y el miedo...! ¿no le parece?

El cura sonreía fumando las primeras bocanadas de humo en el cigarrillo que había aceptado del tío Rodolfo.

Por un momento se dejó mecer por los recuerdos y la imaginación con imágenes que pasaban por su mente a gran velocidad. El cambio de régimen en el pueblo se había llevado a cabo con la inseguridad y la incertidumbre de todos los cambios, pero luego, como todas las mutaciones, se terminó encajando. Al principio, malamente; la primera vez que en el pueblo apareció una comitiva de cuatro coches con banderas comunista del PCE los abuchearon, y terminaron tirándoles incluso piedras. Luego, la televisión terminó acostumbrándoles y, posteriormente, el miedo a lo desconocido, atemorizándoles.

Al final, el cambio de régimen en el pueblo se acogió como un repentino e inesperado cambio de temperatura, como si en pleno enero estuviesen padeciendo un inesperado verano, pero digo que terminaron aclimatándose y acostumbrándose.

Al cabo del tiempo sólo fue un cambio más, como en el pueblo se cambia al cura cuando se muere, al cabo, al médico o al maestro, sólo que se trataba de acoplarse al nuevo clima de sociedad que nos mostraba la televisión y que, en poco más de tres meses, cambió a los mil doscientos habitantes.

Con la Constitución aprobada y la UCD en el Gobierno, llegaron las primeras elecciones municipales. Ya no se trataba de ideologías, las municipales son algo distinto en un pueblo de mil quinientos habitantes, no importa tanto la ideología de los que representan como el quién los representa.

Se trata de elegir a quién va a gobernar mis cuatro terrenos y quién me va a decir si serán zona edificable, zona verde o *per saecula saeculorum* seguirán siendo zona labrable. Se trataba de saber quién mangonearía los posibles puestos de trabajo, las ansiadas industrias. Medicina, sanidad, cultura, todo eso preocupaba menos, pero... las pesetas, aquí también son las pesetas, y ésas si preocupaban, especialmente en estas elecciones a la alcaldía.

El cura echó otra bocanada de humo y sonrió con ironía:

—¡Pero si usted no estaba en la iglesia!

—¡Ya...! pero uno se entera de todo. Éste es un pueblo pequeño, ¡ya sabe...! ahora, sepa usted, don Pedro, que no está solo ¿eh?, que *pa* lo que necesite...

—¡Les tengo a ustedes! —sonrió el cura.

—No, no, no se ría, que *usté* no les conoce. ¡Están acostumbrados a hacer lo que quieren y como quieren! ¡sólo saben mandar ellos a su antojo! ¡y eso ya se ha acabao, don Pedro...! ¡por eso le digo que *usté* no está solo...! ¡vamos, que *pa* lo que quiera, don Pedro!

—Pues muchas gracias, Rodolfo... lo mismo le digo.

Pero tampoco el cura se matrimonió con la gente del tío Rodolfo, es más, la situación se fue a crispar por una anécdota curiosa. Llegaban las elecciones municipales y el tío Rodolfo se presentaba con la lista del PCE. Tuvieron serias dificultades para completarla, pero al fin lo consiguieron. No era precisamente una selección de la cultura local, pero la cuestión era completar los nueve puestos que exigía la convocatoria en las listas cerradas. Cierto era, por otra parte, que la oferta de la competencia tampoco era lo más serio que podía presentarse. Habían organizado una selección del pedigrí *ultra* más demostrable, pero justo cuando la UCD, Gobierno del momento, había mandado a sus ojeadores a ver qué se podía fichar por allí. Evidentemente, no se podía fichar nada, pero como último recurso estaban dispuestos a aceptar la oferta de deserción de un joven abogado al que le tentaba la alcaldía. Los *ultras* sabían que los comunistas no podían ganar, tampoco los socialistas, pero si alguien se iba de sus filas a la UCD, eso ya podía complicarles las cosas.

Dos días antes, un grupo de muchachos con camisas azules y boinas rojas habían pintado el granito labrado en las paredes del pueblo con frases como "Rojos al paredón", "Suárez traidor", "Viva Franco", y todo ante las sonrisas, la complacencia y el ánimo de todos ellos. Parecía un poco fuerte subirse a la barca de la UCD ahora.

Pero una alcaldía bien vale un esfuerzo. A los dos días, dieron un mitin presentando su candidatura con la UCD.

Es curioso cómo la fiebre política llega a afectar incluso en estas pequeñas zonas rurales donde los candidatos suelen ser simples aficionados que se ven en una lista por caciquismo, intereses económicos o simple quijotismo en algún contado caso. La cuestión es que la metamorfosis se produce en todos ellos de forma espectacular. Por ejemplo: encabezaba la lista de UCD el reconvertido *ultra* que jamás solía recostar sus codos en alguna barra de los bares. Pues así se hicieron públicas sus intenciones de alcalde: se recorría las cuatro estaciones de los bares, e incluso repetía el circuito cuantas veces fuese necesario y, lo que es más sorprendente, invitando.

—¡Tomad algo, Guillermo!

—Deja... gracias, si ya estamos bebiendo.

Pero él insistía:

—¡Chico! ¡Ponles de beber a esos! —y al rato—. Bueno... ¿y qué?

Y los otros:

—¡*Pos* bien...! nos han dicho que vas *pa'* alcalde.

—Algo habrá que hacer —contestaba el candidato.

—Mejor que tú nadie.

—Hombre... —se ruborizaba por fuera mientras por dentro llegaba al orgasmo mental.

El candidato echaba la casa por la ventana.

—¡Chico...! ¡Cóbrame lo de éstos también!

Esta escena se repetía en todos los bares desde la caída de la tarde hasta altas horas de la noche. Siempre era el mismo diálogo, pero con distinto candidato, aunque eso sí, cada uno vendía su oferta a "la suya manera".

—Mirad —decía el tío Rodolfo—, lo que no *pué* ser es que aquí manden siempre los mismos caciques... ¡que están *hinchaos* ya!

Y Pedro, el oficial de obra que iba con los socialistas:

—¡Joder!, ¡la culpa la tiene Rodolfo! ¡que bien que les hemos dicho: vamos a ir *tos* los de izquierdas juntos que será como podemos hacer algo... pero él, *na!* ¡es como esto! —y daba golpes con el puño cerrado sobre el mostrador.

Los *ultras*, que ya se habían camuflado en la UCD, fundamentalmente para no tener que pagar ellos los gastos de la campaña, empezaron a verlo fácil:

—Es que vaya competencia... y no es que yo quiera descalificar a nadie... pero ¿quién va con los comunistas...? y no te digo *na* de los socialistas... ¿y de lo otro...? ¿del independiente?, ¡menudo independiente! como no le han admitido en la UCD...

De las convidadas en los bares se pasó a las posturas de imagen, por ejemplo: el candidato socialista intimó con la colonia de extremeños que siempre habían sido un grupo aparte. Esto les apartó ya definitivamente de las convidadas generales en el bar, puesto que ya quedaron muy significados.

A mi *ultra* reconvertido en la UCD le dio por dar chatos a los viejos allí donde los cogía. La caza del viejo fue su deporte esos días. Divisaba a un grupo sentado en los jardines y allí caía como despistado, haciéndose el remolón. Saludaba con fingida alegría y sin demasiados rodeos, los justitos, el tiempo, que si un cigarro... y el mitin.

El tío Rodolfo vio una buena plataforma en don Pedro, el cura. Pero no veía el momento ni la manera de llegar. Sin embargo, se le presentó que ni pintada. Una de sus nueras había tenido un crío hacía tres meses. El candidato comunista vio bajar por la cuesta de la panadería a su nuera, empujando el cochecito del niño. Se acercó, hizo unas carantoñas al niño y preguntó a la nuera:

—¿Cuándo lo vais a bautizar?

La otra se quedó un tanto alucinada porque ésa era la pregunta que menos se imaginaba de su suegro:

—¡Qué se yo...! un día de éstos.

—¿Cómo un día de éstos? ¿Cómo un día de éstos? ¡Ya! ¡Un niño no se puede tener sin bautizar! ¿o es que no lo sabes?

—¿Y qué quiere que haga?

—Pues de momento, irte a hablar con don Pedro.

Y se fue.

—¿Se puede?

—Hombre, Rodolfo —abrió la puerta el cura—, pase, pase usted.

—Es que por lo visto han *estao* aquí los chicos, que quieren bautizar al niño... como es natural, y ya ve *usté*, se han *empeñao* en que sea yo el padrino. ¡Y qué les voy a decir!

—Pues si quiere, que quiere, y si no, que busquen a otro.

—¡Ya! ¡Que fácil lo pone *usté*, don Pedro! —reía—. ¡Los abuelos tenemos que decir sí a todo!

—No a todo, no a todo, Rodolfo.

—¡Pues a casi todo!

El cura hizo una pausa y dejó un significativo silencio en el despacho, que el tío Rodolfo aprovechó para encender un cigarrillo. Luego se dio cuenta de que no le había ofrecido y sacó del bolsillo de la chaqueta nuevamente la cajetilla, de forma precipitada:

—¿Quiere usted, don Pedro?

—No, no gracias...

Dejó un hueco silencioso de otros eternos segundos, pero el tío Rodolfo ya se ponía nervioso y se vio extraño.

—*Usté* dirá lo que hay que hacer, don Pedro.

—Lo que hay que hacer ¿para qué?

—Ejem... ¡pues *pa* eso...! *pa* ser padrino.

—¿De qué?

—¡Padrino de bautizo!

—¿De bautizo cristiano, quiere decir?

—¡Claro!

—Hombre, pues lo primero creer.

—Oiga, don Pedro, ¡yo creo! ¿eh...? a mi manera, ¡pero creo! Claro que *usté* cree que como no voy a misa, ni ando de mojigato como otros, *pos* que soy peor... ¡pues no señor! ¡no señor, don Pedro! ¡está *usté mu equivocao!* —se iba enfadando y alzaba la voz—. Yo le digo que muchos de los que vienen a la misa, por no decirle casi todos, son peores que yo, porque mire, por ejemplo...

—Escúcheme usted, Rodolfo, no quiero ejemplos porque no los necesito. A mí no ha venido nadie a decirme que usted sea peor que los que vienen a misa, ni lo admitiría; por tanto, tampoco le admito a usted que me critique a los que vienen. No es a mí a quien tiene que dar cuenta de sus actos. Sólo quiero decirle que si quiere ser padrino de un bautizo cristiano, para apadrinar algo, tiene que creer en ello; si usted cree, perfecto. Pero no querría convertir los actos religiosos en actos políticos en busca de votos.

—*¿Usté* también? No, si como a todos los de derechas les ha *dao* por decir que Carrillo firma Biblias *pa* que le voten, ¡*usté* me viene con esas!

Tendido al sol, el pueblo se fue adormilando mientras los constructores le estiraban de un lado y otro. Fueron llegando nuevos vecinos, y pasamos de conocernos familiarmente todos a resultarnos conocidos después... e ignorados más tarde.

Los enredos políticos, las ambiciones y los intereses personales crearon un mal caldo de cultivo.

Los agricultores se percataron que una tierra bien vendida, para construir, da más que todas juntas labradas durante toda la vida. Y ahí comenzó la fiebre del oro de la construcción.

Esta tarde, mientras paseaba recordando todas estas historias, he visto el nombre de una nueva calle en el pueblo: calle El Larguero. Me lo había dicho mi amigo Jesús, el secretario que sustituyó a mi padre, pero no le había dado mucha importancia. Leer el nombre de esa calle en Brunete me ha devuelto a la realidad de que soy un periodista de la Cadena SER, que en realidad fue mi primer sueño.

El Botas

A Eduardo le conocí en una Vuelta Ciclista a España, la primera mía, una más de las que hacía él conduciendo una unidad móvil de la Cadena SER.

Estaba en el mostrador de la recepción de un hotel de Jerez, discutiendo con la recepcionista.

—¡Que cambie usté la habitación le he dicho! ¡Coñoooo!

Y soltaba una retahíla de tacos seguidos, mientras un cigarrillo se le iba consumiendo en la mano hasta casi quemarle los dedos. Pero él no se percataba de ello. Llevaba una cazadora negra y un pantalón de pana tipo vaquero, pero lo que más le resaltaba era una gorra americana, de las que usan los jugadores de béisbol, bien encasquetada y con una larga visera que apuntaba hacia el cielo. Menudito, de estatura bajita, se diría que la gorra yanqui se movía sola.

Recuerdo que la recepcionista, una gordita de gafas, se limitaba a excusarse diciendo que a ella le habían dado la lista así.

Nosotros entramos en ese momento y el Botas se nos encaró a modo de saludo:

—Tíos, ¿ya empezáis puteando? —y se ajustó de nuevo la gorra bajando la visera como en un gesto con el que también bajaba los humos porque su tono de voz también bajó—. ¡Es que quieren que duerma con el cura!

El cura era otro de los conductores de una de las unidades móviles, que era eso, cura.

Pero el Botas cedía. Cedía siempre. Jamás recuerdo una discusión o un enfado suyo. Ni siquiera se enfadó con el destino cuando hace dos inviernos le diagnosticaron un cáncer en la cabeza. Lo asumió como una curva más de la vida que tendría que tomar, muy cerrada, y a más de 180 kilómetros por hora. Y salió de ella. ¡Ni cáncer ni leches!, ¡era un quiste sebáceo! y lo contaba como si fuera una victoria más de los muchos rallies que corrió. Se recreaba narrando su peregrinar de médicos hasta que aquel amigo suyo le mandó a uno de Murcia que fue el que le señaló la verdadera ruta, la que le devolvió la confianza en vivir, porque la ilusión jamás la perdió:

—Me dejó sin un puto pelo —decía quitándose la gorra y pasándose la mano por el cabello—; nada, todos se me cayeron ¡hasta las cejas...! pero oye... en un mes se me quitó el bulto de la cabeza... y luego ¡mira!, ¡mira! —volvía a pasarse las manos por los cabellos como si mostrase orgulloso el trofeo por la victoria en una carrera.

Y es que, a su manera, estaba seguro de que había ganado una carrera a la muerte.

Eduardo tenía el pelo rubio fino, fino como el de los pájaros, aunque después de la circunstancial calvicie le salió un poco más rizado y casi pajizo. La piel de la cara, tersa y curtida, con una boca grande de risa entrecortada, como de catarro afónico, y en la que mostraba unos dientes grandes que amarilleó el tabaco. Era la risa que le salía cuando contaba cómo le ganó aquella apuesta al Gori, si ganaba la etapa un humilde corredor de un equipo que no recuerdo. El chico se había escapado del pelotón y pedaleaba ya sin fuerzas mientras el pelotón se le iba echando encima. Fue cuando el Gori bajó la ventanilla de su coche y le dijo al Botas:

—Si gana éste, me como el ramo de flores.

Eran los años pobres de la Vuelta, en la que apenas había comisarios de carrera ni tantos medios informativos como ahora. Y llegaron a un paso a nivel. Pasó el ciclista, pasó el Botas, pero no pasó nadie más. El ciclista no podía con su alma, sudaba y abría la boca. El Botas le arrimó el lateral del coche y le gritó:

—¡Agárrate! —el ciclista no se atrevía—. ¡Vamos! —le chillaba el Botas.

El muchacho miró hacia atrás, la carretera brillaba al sol desierta, venían ahora unas curvas entre árboles y no lo dudó más. Se agarró a la ventanilla del coche mientras el Botas pisaba el acelerador a fondo.

—Ten cuidado —decía el ciclista, que sin dar pedales y con el viento fresco que le iba dando en la cara parecía ir recuperándose. Le fue remolcando durante varios kilómetros pendiente del espejo retrovisor, por el que no aparecía absolutamente nadie. Cuando vio brillar lo que parecía el parabrisas de un coche le gritó que se soltara. El muchacho ganó y le regaló el ramo de flores al Botas, que iba riendo con esa risa contagiosa:

—No, si no es *pa* mí... si no es *pa* mí, es *pa* el Gori.

Y el Gori se tuvo que comer alguno de los doce claveles y dos gladiolos, con sal, eso sí, pero se los comió.

Cada año nos cuenta la misma anécdota que, con el paso del tiempo, va cambiando y exagerando. Algunos ya ni se la creen.

El Botas, como los lagartos, desaparece durante el invierno. Le perdemos la pista y sólo volvemos a tener noticias de su vida cuando se aproximan las fechas de la Vuelta o cuando se mete en algún lío de carreras de coches. A causa de una de estas carreras me llamó hace unos días:

—Me han dicho que andas escribiendo cuentos de las cosas de tus amigos.

Así me lo soltó.

—Supongo —dijo— que de mí no dirás ni media, ¿verdad?

Y luego colgó más tranquilo.

Al año siguiente volvieron a llevarme a la Vuelta. Fue el año que ganó su primera Vuelta Pedro Delgado, el año que conocí a Luis Ocaña y a Julio Jiménez... mi tío Julio.

El tío Julio dice que no, pero yo siempre le he conocido calvo. Incluso cuando estuvo a punto de ganar el Tour de Francia, yo le conservo en mis cromos de blanco y negro con algunos mechones lisos de pelo hacia atrás, subido en la bici. En las fotos de primer plano está con media sonrisita y la gorra bien calada, con la visera hacia atrás, luciendo el patrocinador.

Demasiado buena persona para ser humano, el tío Julio era... es soltero y sin compromiso. Novias tuvo, y Lama, Paquito y yo fuimos conociéndolas a través de sus historias durante los miles de kilómetros que hicimos juntos en estos años. Nunca le recuerdo un mal gesto, ni una mala manera, a pesar de las mil fechorías que le hicimos. Ese primer año que vino de comentarista con nosotros le pesaba la responsabilidad de hablar. Quería medir bien lo que decía para no escurrirse, para no trabucarse y para no alargarse en el tiempo, con lo cual se escurría, se trabucaba y no sabía cómo terminar. Cada vez que nos daban paso y tenía que hacer algún comentario era como un dolor de estómago. Carraspeaba primero, se rascaba la calva y, algunas veces, me decía:

—Anda... di tú lo que sea y a mí no me metas... no vayan a ir mal de tiempo.

Luego se fue soltando un poco más, pero siempre le costaba un gran esfuerzo. Parábamos a comer un bocadillo después del informativo de las dos de la tarde y le gustaba dar una cabezadita en el asiento trasero hasta que comenzásemos la retransmisión de la llegada.

Aquel sábado de mayo de 1985, Pedro Delgado había dado un vuelco a la clasificación en aquella etapa mítica de Segovia, donde se vistió de amarillo a costa de Robert Millar. España entera se echó a las cunetas para aplaudir a Perico, héroe nacional, que iba a ganar la Vuelta el domingo en Salamanca.

El viernes llegábamos a Alcalá de Henares. Robert Millar era el líder y apenas ocurría nada en la etapa. El Flequi Juárez, un ciclista del equipo Zahor, había atacado de lejos y llevaba un buen rato escapado. El pelotón consentía la escapada. El tío Julio no se había enterado. Paramos a comer el bocadillo y después se quedó dormido en el asiento de atrás. Mariano Revilla tomó el volante. Nos fuimos aproximando al escapado. Al Flequi Juárez le escoltaban una nube de motos y coches. Era un español que iba a ganar la etapa. En el asiento posterior, Julio soltaba un suave silbido que no llegaba a convertirse en ronquido. Tenía la boca entreabierta con una sonrisa de felicidad. Miré el reloj y vi que tenía tiempo suficiente. Faltaban aún cuarenta minutos para que comenzásemos la retransmisión. Cogí el micrófono. Mariano Revilla me debió adivinar las intenciones porque vi que se ponía rojo de la risa contenida. Tomé aire y grité con todas mis fuerzas:

—¡Buenas tardes...! ¡Efectivamente, la Vuelta ha dado un cambiazo...! ¡Este corredor del que hablamos es el nuevo líder...! Nadie lo podía esperar, nadie podía sospecharlo... pero así ha sido...

Mi tío Julio se incorporó sobresaltado, mientras se restregaba los ojos y miraba a un lado y a otro, tratando de convencerse de dónde estaba. No tenía aspecto de saberlo. Yo seguía elevando la voz cuanto podía, simulando casi a la perfección que estábamos ya en plena retransmisión...

—Es la noticia de la tarde... La noticia del día... La noticia del año... ¡Nuevo líder...! Julio Jiménez ¿qué podemos decir de este corredor?

Julio me miraba entre sobresaltado, dormido y asustado.

—Bueno, José Ramón... es un gran corredor, no cabe duda...

—¿Qué dices, Julio... ? Si está muy mal clasificado...

—Bueno sí, claro... Son las cosas del ciclismo...

Me miraba suplicante para que no le preguntase, mientras le empujaba a Mariano Revilla en la espalda para que tratase de aproximarse al ciclista escapado y ver quién era.

—¿Pero tú cómo le tienes conceptuado, Julio?

—Es un gran corredor... ya te he dicho... aunque vosotros no lo esperaseis... es un gran corredor.

—Pero es un *sprinter*...

—Sí, es un buen *sprinter*.

—Perdón —le cortaba yo—, quiero decir que es un gran escalador, va bien en la montaña.

—Sí, eso... ¡Es un gran escalador!

Mariano Revilla ya no podía contenerse y hacía grandes esfuerzos por no reventar a carcajadas. Vi que bajo los cristales de sus gafas de sol se escapaba un lagrimón de la risa contenida. No pudo aguantar más y se le escapó un gemido. El tío Julio debió de oírlo también porque alargó el cuello y vio a Mariano quitarse las gafas y restregarse los ojos mientras se mordía los labios... Miró su reloj y se percató de todo. Se giró hacia mí.

—¡Joder, José Ramón...! En una de éstas voy a decir un disparate y como sea de verdad la vamos a liar... Ya te lo advierto...

Pero cuando mejor lo pasábamos era en las tertulias de las cenas. En la Cadena SER cenamos siempre todos juntos. Es el rato más agradable del día y, cuando nos juntábamos todos, Lama y yo siempre nos colocábamos al lado del tío Julio, uno a cada lado. Ruano le advertía:

—Mándalos a hacer puñetas... La culpa la tienes tú...

El tío Julio nos miraba un poco desconfiado, pero luego se sentaba en medio. Si disfrutaba de la cena, algo que solía ser frecuente, la tertulia estaba asegurada.

—Cuéntale a Lama aquella novia que tuviste en Grenoble.

—¿Cuál... la del taxista?

—Sí, la del taxista...

—¡Pero ésa no fue en Grenoble...! Eso fue cerca de Pau...

—Bueno, pues ésa —le animaba yo, mientras Ruano le advertía...

—No les cuentes nada, que te la van a liar —y volviéndose al resto de la mesa—: Es más infeliz que un cubo...

—No le hagas caso —le decía Lama.

—Te tiene envidia por todas las chavalas que has tenido —le decía yo.

—Pero si ya os lo he contado cien veces...

—A mí sí —le insistía yo—, pero a Lama no...

Y terminaba por contar otra vez la historia de aquella novia francesa que tenía un marido taxista pero que no le debía hacer mucho caso y el tío Julio le hacía las suplencias.

—¡Y lo del Campeonato de España de Montaña en Asturias con la viuda!

—Que de ésa no me acuerdo casi...

Ahí se metía Linares en la conversación para picarle un poco.

—¡Eso yo lo he oído y no me lo creo!

Y el tío Julio saltaba como un basilisco.

—¿Que no te lo crees...? ¿Que no te lo crees...? Pregúntale a Antón Barrutia...

Nosotros le jaleábamos y él sonreía, miraba hacia arriba como tratando de recordar y después comenzaba a narrarnos la historia como si la estuviese viendo otra vez.

Cedrún me había dejado la chaqueta de su chandal y logré sentarme en el banquillo del Athlétic de Bilbao junto a Javier Clemente en su partido contra Las Palmas (1983).

El Real Madrid ha perdido en Valencia. El Athlétic es campeón de Liga 1982-1983. Clemente sale del banquillo con los cascos de la Cadena SER puestos, mientras escuchaba Carrusel.

Javi y José Ramón, con 12 años, en 1968.

Javi y José Ramón, en los toros, en día de la alternativa de José Tomás.

—¿Hay algo de retirada?

—Aún no, pero por otra parte los años—voy a cumplir 34—ya van pesando.

—¿Qué opinas de los ciclistas abulenses?

—Julio Jiménez, que se ha hecho a sí mismo, sin ayuda de nadie, como me ocurrió a mí, es un estupendo escalador. Y lo mismo Esteban Martín. Me temo, no obstante, que los consejos que puedan darles y como los orienten, les sea perjudicial.

—Hablamos ahora de tus recuerdos de Avila.

—Excelentes. Y llenos de emoción. Nunca podré olvidar que la afición abulense, siempre me alentó y que allí gané mi primera Vuelta Ciclista y Gran Premio de la Montaña.

Esa fue nuestra conversación con el «Aguila» toledano.

Un vainqueur inattendu, dans la Chartreuse, l'Espagnol Julio GIMENEZ.

Madrid, jueves 26 julio 1962

JULIO JIMENEZ, CAMPEON DE ESPAÑA DE MONTAÑA

En la localidad asturiana de Carbayín se ha celebrado la prueba ciclista que habría de terminar con el triunfo del joven corredor Julio Jiménez, que se proclama así campeón de España de montaña. En la fotografía, el vencedor sonríe, después del esfuerzo realizado, con la copa del triunfo en la mano. (Foto Europa Press.)

Página de prensa de la época en la que se reproduce la victoria de Julio Jiménez como campeón de España de Montaña, en 1962.

Jacques Anquetil flanqueado por Bahamontes, a su derecha,
y Julio Jiménez a su izquierda.

Jacques Anquetil con Jeanine.

Luis Ocaña, en un gravísimo accidente que sufrió cuando un tractor
se saltó un stop en Les Menuires, el 14 de julio de 1979.

Luis Ocaña como comentarista de la Cadena SER en 1987.

Paolo Futre brinda con Jesús Gil por el triunfo de las elecciones a la presidencia del Atlético de Madrid en 1987.

Rubén Cano, Roberto Dole, Jesús Gil y Javier Clemente
el día de la firma del contrato de este último como
entrenador del Atlético de Madrid.

En la Vuelta Ciclista a España de 1987, con Chico Pérez, Luis Ocaña
y El Botas. Agachados, Jorge Ruano y José Ramón.

Con Julio Jiménez en los jardines de Versalles con ocasión de un Tour.

Con María del Mar, el día de la entrega del premio Ondas de 1995, en Barcelona.

Julio Jiménez, Anselmo Fuerte, El Botas, José Ramón
y Jorge Ruano en la Vuelta de 1998.

La noche que España ganó a Dinamarca en Sevilla y consiguió
la clasificación para el mundial de USA. Robinson
y yo hicimos El Larguero en la calle.

Con Mijatovic y Suker una noche en El Larguero, en enero de 1997.

Con mis hijas Ruth y Lucía en Brunete.

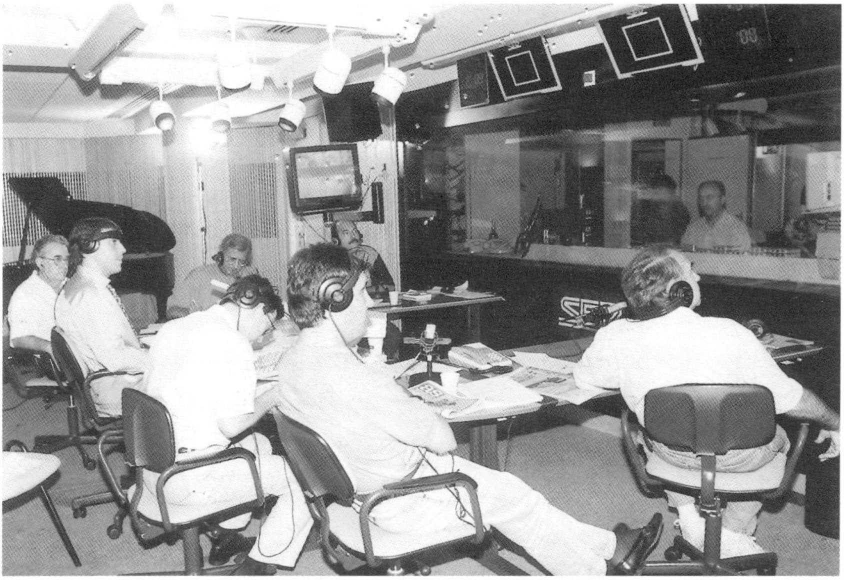

Foto durante la emisión de Carrusel la tarde en que el Real Madrid perdía la segunda liga consecutiva en Tenerife.

En el programa, charlando con Carlos Bustillo. A la derecha, Paco y Manolete.

as

AÑO XXVIII. Nº 8.559 • Viernes, 20 de mayo de 1994 • 100 ptas.

diario gráfico deportivo

Nueve del Barça en la selección

Míchel se perderá el Mundial

Ocaña se pega un tiro

Portada de *As*, en mayo de 1994, el día en que murió Luis Ocaña.

as

AÑO XXVI. N.º 7.996 • Martes, 27 octubre 1992 • 90 ptas.

diario gráfico deportivo

INDURAIN

Muchas posibilidades de que corra la Vuelta-93

Lo reveló la SER

El Barça, al parecer, primó al Tenerife con 21 millones por ganar al Madrid el último partido de la pasada Liga

Portada de *As* con la noticia de la prima al Tenerife.

as

AÑO XXVII. N.º 8.086 • Miércoles, 27 enero 1993 • 100 ptas.

diario gráfico deportivo

EN LAS PALMAS, HOY (TV 1, 21,30)

España-Méjico

CLEMENTE REVOLUCIONA EL CENTRO DEL CAMPO

Geli-Imaz-Guerrero-Fran-Nando

La SER lo descubrió

NUEVO ESCANDALO

A Milla le ofreció un jugador del Barcelona 40 millones por «favorecer» la derrota del Real en Tenerife la pasada Liga. (Pág. 5.)

Portada de *As*, con el escándalo del soborno a Milla.

25 DE SEPTIEMBRE DE 1993
SABADO

as

Editor: Rafael Gómez Redondo, *Rienzi*
Director: Julián García Candau
Subdirector: Angel Cabeza
Redactor jefe de Edición: Julio Alonso
Redactores jefes: Gerardo García, Carlos Jiménez y Luis Arnaiz

SEMANA, S.A. Cuesta de San Vicente, 26. 28008 Madrid. Apartado 383 ● Redacción y Administración: © 91 / 547 23 00, 542 11 04 y 542 11 05 (voz); 542 66 21 y 548 46 09 (fax) ● Circulación y Suscripciones: 547 80 12 ● Publicidad. Madrid: Cuesta de San Vicente, 26. 28008 Madrid. © 91 / 559 57 90 Barcelona: Nena Casas, 54, 1º, 2ª. 08017 Barcelona. © 93 / 280 16 05 y 280 24 51 (voz); 204 61 14 (fax) ● Impresión: Rivadeneyra, SA. Cuesta de San Vicente, 28. 28008 Madrid.

GALVEZ

Juan Espino, en el centro, escucha a Gerardo González mientras Angel Villar, a la izquierda, repasa la nota oficial que la Federación hizo pública ayer en conferencia de Prensa.

La Federación cree que el escándalo de Albania es un montaje informativo

En una nota oficial acusa a la SER de «manipulación» y anuncia que pondrá los hechos en conocimiento de la FIFA

J. MAROTO

MADRID ● La Real Federación Española de Fútbol (RFEF) hizo ayer pública una nota en la que califica de «manipulación informativa» la noticia emitida en la Cadena SER según la cual un intermediario ofreció la supuesta compra del partido frente a Albania, extremo que confirmó en el programa «El larguero» Juan Espino, vicepresidente de la RFEF. La dirección general de la SER contestó a primera hora de la tarde, también con una nota oficial: «Se rechaza la acusación de que esta emisora haya realizado la más mínima manipulación informativa y se reafirma en todos los datos del caso facilitados en los programas deportivos y especialmente en "El Larguero".»

La Federación convocó una conferencia de prensa en la que intervinieron Angel Villar, presidente; Juan Espino y Juan Padrón, vicepresidentes; Gerardo González, secretario general, y Jorge Pérez, jefe de prensa. Lo primero que hizo González fue dar lectura a la nota oficial federativa, en la que se dice: «Son de naturaleza odiosa determinadas conductas o actuaciones que, so pretexto de velar por la puridad deportiva, en realidad la enturbian mediante procedimientos de dudosa deontología que, artificiosamente, siembran vientos de sospecha para intentar recoger tempestades de escándalos inexistentes.»

El secretario general de la RFEF, en su intervención ante los periodistas, calificó el asunto de «vergonzosa manipulación», y añadió: «Algunos tienen como único patrimonio personal la mentira.» Aseguró que «la SER renunció a una fuente principal, el intermediario, y no le tuvo en el programa pese a que viajó a Albania». El mismo personaje, ya con el escándalo en la calle, volvió a España otra vez con la delegación oficial. Villar lo justificó: «Pagó un billete de ida y vuelta.»

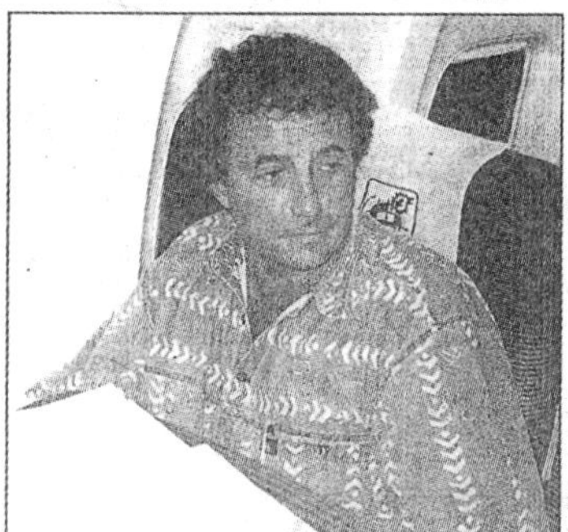

J. GALVEZ

Carlos Uriarte, la persona que supuestamente ofreció la compra del partido de Albania, en el avión que trajo a la selección desde Tirana.

Crispación

Los dirigentes federativos, visiblemente enfadados, crispados, declinaron cualquier responsabilidad. Juan Espino, el vicepresidente que confirmó a la SER la existencia de la llamada y el contenido de su conversación, afirmó: «He cometido un error, pero no soy un gilipollas.» No quiso precisar en qué se había equivocado, pero lo hizo por él, pocos minutos después, Juan Padrón, también vicepresidente: «Ha hablado sin pruebas y eso no se puede hacer, es una ligereza y una irresponsabilidad.»

Angel Villar aseguró que no había tenido conocimiento de la oferta realizada por el intermediario a Espino hasta «el martes pasado, ya en Albania», mientras que Espino insistió en que se lo había comunicado con anterioridad «en las escaleras de la Federación». Fue Padrón el que zanjó el asunto: «Espino se lo dijo, pero Villar no lo recogió. Es profundo, pero es así.»

Rafael Cortés Elvira, secretario de Estado para el Deporte, manifestó en Tirana su sorpresa por el hecho de que la RFEF no hubiera puesto de inmediato en conocimiento de la Federación Internacional de Fútbol (FIFA) el asunto. Y la Federación rectificó ayer mismo. El punto segundo de la nota dice: «Por la escasa entidad que intrínsicamente los hechos poseían, no se dio traslado a la FIFA, la cual, desde la serenidad, será cumplidamente informada en el más breve plazo.»

Críticas al CSD

Según explicó el secretario general de la RFEF, «esa escasa entidad ha trascendido por el eco que la prensa, nacional e internacional, ha hecho del caso y la FIFA será informada». Gerardo González añadió: «Ahora vamos a trabajar en encajar las piezas del rompecabezas, y entonces se llegará a la verdad del asunto.»

Angel Villar, Gerardo González y Juan Padrón criticaron al secretario de Estado «por algunas de las cosas que dijo en Albania». Villar puntualizó: «También yo –dijo el presidente de la RFEF– hubiera actuado de otra manera en cosas del Consejo Superior de Deportes.»

Gerardo González manifestó que ayer por la mañana, antes de la conferencia de prensa, había mantenido una conversación con Cortés Elvira, pero no hizo público el contenido por, aseguró, «culto a la amistad».

Espino presentó la dimisión, pero Villar no la aceptó

MADRID (E.T.) ● Juan Espino presentó el pasado miércoles por la mañana su dimisión como vicepresidente de la FEF. Angel Villar no se la aceptó, a pesar de que todavía no había oído la versión de Espino, quien cree haber actuado correctamente en todo momento y asegura que «sólo he cometido un error».

El error fue reconocer, en la cadena SER, que había puesto los hechos en conocimiento de Villar hace varios días. Este se mantiene en sus trece y afirma que «me enteré del problema en Tirana, la noche anterior al partido. Si mi vicepresidente me había hecho con anterioridad algún comentario sobre la llamada del intermediario, tal comentario no me llegó al cerebro».

Sobre la posibilidad de que Espino fuera sancionado por «alteración del buen orden deportivo», como le ocurrió a Luis Milla por denunciar un intento de soborno, el también vicepresidente federativo Juan Padrón manifestó que «bastante sanción personal ha tenido ya con todo lo que le hemos dicho».

Air Europa y la ayuda humanitaria

MADRID (E. T.) ● La Federación Española de Fútbol zanjó ayer la polémica surgida a raíz del traslado hasta Tirana de una tonelada de ayuda humanitaria para el pueblo albanés. Algunos han querido ver una relación entre este material y la presunta compra del partido del miércoles.

El secretario general de la Federación, Gerardo González, dio lectura a dos «faxes» de la compañía aérea Air Europa, en los que asume la responsabilidad exclusiva no sólo del traslado de esa tonelada de ayuda humanitaria, sino también de la adquisición de la misma con aportaciones de trabajadores de la propia compañía. Según Air Europa, sus empleados ya habían hecho antes varias colectas para distribuir comida, ropa y medicinas en Cuba y en Bosnia.

González señaló irónicamente que «de lo único que se le puede acusar a la Federación es de haber sido negligente por no haber bajado a la bodega del avión antes de viajar a Tirana y no haber comprobado la carga».

La noticia de la compra del partido España-Albania recogida por la prensa.

—Yo estaba en Italia... No quería venir a correr el Campeonato de Montaña...

Julio Jiménez corría aquel año de 1962 en un equipo italiano, el Faema. Estaba corriendo *criterium* que pagaban muy bien en dinero contante y sonante que él escondía, después de cada carrera, entre la chapa y el cuero interior de la puerta de su automóvil, un moderno Renault de aquellos años sesenta.

Cuando le mandaron venir para correr aquel Campeonato de España lo aceptó de mala gana. La Federación Española de Ciclismo, en aquella época, obligaba a todos los corredores con licencia profesional a participar en el Campeonato de España. Julio se vino conduciendo él solo desde Italia y llegó a Gijón. Todos los hoteles y pensiones estaban a rebosar. El Kas era el equipo de moda en España y el más fuerte del pelotón. Llevaban concentrados quince días en un hotel de la zona y salían a entrenar todos juntos por los alrededores de Oviedo.

Julio se encontró despistado buscando un hotel hasta que llegaron aquellos amigos suyos de una peña ciclista de Gijón.

—Si quieres, hay una viuda que conocemos nosotros y que a lo mejor no le importaba que te alojases allí... Está aquí cerca... en el barrio de La Calzada.

—A mí me da igual —dijo Julio, para después preguntar como sin darle importancia—: ¿Es muy mayor?

—¡Qué va...! ¡Es de tu edad...! Simpatiquísima... y guapa.

—Nada, nada, yo me voy donde la viuda.

La señora era una mujer de poco más de treinta años que no puso ningún reparo a que Julio Jiménez, un famoso ciclista, se alojase allí esos tres días. Le preparaba un desayuno fuerte antes de marcharse a entrenar y después le esperaba para cenar juntos. Congeniaron enseguida y esa noche la invitó a salir a cenar y después la llevó a un baile de orquesta. Por la mañana, cuando después de desayunar se subió en la bicicleta para rodar algunos kilómetros hasta el Naranco, se encontró con el equipo Kas al completo que venían de entrenar.

—¡Coño, el campeón! ¿Es verdad que duermes con la viuda? —los ciclistas se reían y le gastaban bromas mientras Julio se limitó a saludarles apenas con un gesto de cabeza.

La viuda estaba encantada con la caballerosidad y la galantería de Julio. Cocinaba para él con la mayor ilusión y el ciclista sabía agradecérselo. Se tumbaban un poquito la siesta y después se arreglaban para marcharse a cenar y después a aquel baile de orquesta que a ella le entusiasmaba. Por las calles de Gijón los vieron acaramelados y comenzaron los chismorreos:

—¡Vaya un golfo...! Y corre mañana.

Aquella noche antes del Campeonato, Julio le dijo cuando comenzaba a quedarse dormido a su lado:

—Mañana me levantas tarde.

—¿A qué hora... ?

—A las nueve... Me tienes preparada una tortilla y unas tostadas con café...

Julio había pensado apurar para dormir hasta última hora, comer algo, tomar la salida y retirarse después de dar un par de vueltas al circuito.

No hizo falta que le despertase. El fuerte olor a café que venía de la cocina ya le animó a tirarse de la cama. Se lavó un poco la cara para despejarse y se puso el *culotte* y el *maillot*. En la cocina estaba preparada una mesa con un hule de cuadros blancos y rojos sobre el que había una tortilla, jamón de york, fruta, zumo de naranja, café, leche y tostadas.

—¿Para qué has preparado tanto? —le dijo Julio a modo de saludo. Ella contestó con una sonrisa mientras el ciclista se sentaba a la mesa y se servía café, leche y zumo de naranja.

En media hora Julio terminó con todas las existencias que había sobre el mantel de hule.

—No quiero más —dijo mientras se levantaba.

Se guardó en los bolsillos posteriores del *maillot* unos trocitos de fruta bien envueltos y varios pastelitos que le había encargado y que ella envolvió también con mimo. Después introdujo la bicicleta, desmontada, en el maletero del Renault y se despidió de ella.

—¿Te espero para cenar?

—No sé si podré —dijo Julio a modo de disculpa adelantada— pero muchas gracias por todo ¿eh...? Ya les pago yo a los de la peña lo que tú me digas ¿eh?

—No te preocupes por nada... ¡A ver si ganas!

Para ganar estoy yo —pensó Julio— cuando conducía el Renault hasta Carvallín, donde se iba a dar la salida. Carvallín estaba a unos cincuenta kilómetros de Gijón y allí estaba la salida y la llegada en el circuito por el que se iba a disputar el Campeonato de España de Montaña. Cuando llegó, observó que el ambiente era de gran expectación. Decidió aparcar a la entrada y marchar en bici hasta la llegada. Así lo hizo. Cuando llegó a la línea de salida alguien le dijo:

—Están ahí tus primos.

Levantó la vista y vio a sus primos con algunos ciclistas del equipo Kas; por los gestos y risas, dedujo que les estaban contando dónde había estado alojado estos días. Vio la cara de su primo mayor, alargada y asintiendo a los chismorreos que le estaban contando.

Se cruzaron la mirada a unos veinte metros, Julio iba a ir a saludarles pero le devolvieron una mirada inquisidora y entonces se dio la vuelta. Enfiló calle arriba para calentar un poco las piernas. Notó que le subía la adrenalina y se fue enrabietando.

—Se van a enterar éstos —pensaba—; de salida les ataco y luego cuando me cojan abandono.

De salida todo el equipo Kas controlaba la carrera. Era un equipazo. Casi deberían vigilarse entre ellos, —pensaba Julio.

Los primeros kilómetros se rodaban tranquilos. La carretera se empinaba constantemente, pero Julio se iba encontrando cada vez mejor. Decidió atacar en la primera ocasión que se le presentase y luego abandonar cuando le cogiesen, tal y como tenía planeado y, para atacar, nunca mejor que ahora que se veía con fuerzas. Dicho y hecho. Estaban subiendo una de las rampas más duras en uno de los primeros puertos. Nadie quería hacer alardes. Todos esperaban a la última vuelta. Puso un piñón más pequeño, se levantó del sillín y forzó el pedaleo durante unos metros. Miró hacia atrás. Sólo le seguían tres o cuatro corredores. Volvió a forzar un poco más. De nuevo de pie sobre la bicicleta pero esta vez aguantó un tramo mayor. Se sentó sobre el sillín para recuperarse un poco y vio que unos metros detrás venía un corredor del Kas. Esperó a ver quién era. Oyó su respiración jadeante que se le colocaba a la espalda. El pelotón parece que les dejaba marchar. El ciclista del Kas era Martín Piñera.

—Martín, vas a ser campeón de España —le dijo—, porque yo voy a abandonar.

Martín Piñera le miraba sudoroso y desconfiado. Julio le hizo un gesto con la mano para que se pusiese delante de él.

—Tira un poquito tú... que yo voy a durar poco... Ahora no voy mal, pero de aquí a un rato pienso abandonar... Ya has visto qué preparación he hecho estos días...

Martín no se decidía a colaborar y Julio insistía:

—¡No seas tonto, coño...! Tira un poco, que si cogemos ventaja vas a ser campeón de España... ¡No ves que nadie se mueve!

Martín se puso de pie sobre la bicicleta y adelantó a Julio. Enseguida se oyó el motor de un coche acelerado con violencia, que llegaba hasta su altura. Dalmacio Langarika, el director del equipo Kas, asomó medio cuerpo por fuera de la ventanilla mientras gritaba:

—¡Martín...! ¡Ponte a rueda...! ¡No le des ni un relevo!

Martín obedeció la orden al momento y dejó de dar pedales para colocarse detrás de Julio Jiménez. Alguien les pasó una referencia de tiempo: tres minutos.

—¡Tres minutos, Martín! —le decía Julio—. ¡Qué pena...! Pudiendo ser campeón de España y que se te vaya a escapar... si colaborases un poquito, cogíamos más diferencia y luego te ibas tú solo... A mí me van a coger, porque ya ves qué preparación he hecho... ¡y a por ti no van a ir tus propios compañeros...!

Martín le miraba desconfiado.

—¡No puedo, coño...! Ya le has oído a Dalmacio.

—Anda, tira tú un poquito ahora que no está... no seas tonto.

Piñera miraba hacia atrás, veía que iban solos, con un coche de los árbitros y se animaba a tirar con fuerza. Julio seguía animándole.

—Yo en la próxima vuelta me bajo.

La diferencia había subido a los cuatro minutos cuando, de nuevo, llegó el coche del director del Kas. Langarika bramaba desde la ventanilla.

—¡Martín...! ¡Martín...! ¿Estás tonto... ?¡A rueda, coño!

Y Martín volvía a colocarse detrás de Julio. Fue en uno de los repechos más duros cuando Julio vio que Martín aumentaba el jadeo y desacompasaba la respiración. Miró hacia atrás. Martín se quedaba. No podía seguirle. Julio dudó un instante...

—¿Qué te pasa? —le preguntó.

El otro no contestaba. Mantenía la vista perdida mientras intentaba ponerse de pie sobre la bicicleta para poder seguir el ritmo de Julio, que puso un piñón menos y aumentó la velocidad. Martín se quedó definitivamente zigzagueando en la carretera.

El coche de Langarika, que ya no se había despegado de los dos corredores escapados, se acercaba al corredor del Kas.

—¡Bebe...! ¡Bebe y recupera, que le cogemos! —chillaba Dalmacio.

Pero Julio se había marchado solo y Martín Piñera no tenía aspecto de poder coger a nadie. Unos minutos después le cogió a él un pelotón de ciclistas encabezados por todo el equipo Kas que se lanzaron a la persecución de Julio Jiménez. Pero no le cogieron. Julio se había ido encontrando cada vez mejor y, aunque en los últimos kilómetros se notó ya muy justo de fuerzas, entró en Carvallín alzando los brazos para proclamarse campeón de España.

—Cuando bajaba del pódium —le decía Julio a Manolo Lama— Langarika les estaba diciendo a los del Kas: "Si es verdad todo eso que me habéis contado de la viuda, lo mejor es que dejéis la bicicleta todos".

Toda la mesa escuchaba con atención aquella historia que todos conocían ya, pero que les gustaba volver a oír en la voz de mi tío Julio.

—¿Y con Anquetil qué tal te llevabas? —le pregunté una noche que compartíamos habitación.

—Muy bien, José Ramón..., con Anquetil estuve dos años muy buenos...

—Es que le he visto hoy en la etapa con una mujer de pantalones muy ajustados...

—¡Ah! Sí... Esa es Jacqueline. ¡Menuda historia!

—¡Cuéntamela!

—No, ahora no, José Ramón, que tengo mucho sueño.

—¡Venga, coño! Cuéntamela.

—Mañana, de verdad.

Y se quedó dormido... o se lo hizo.

Pero al día siguiente cenábamos en Pamplona y ataqué desde el principio en la cena.

—Lama, guarda el sitio al tío Julio que nos va a contar una historia de Anquetil —me dirigí a Manolo.

—¡Que no, José Ramón...! ¡Que yo no te voy a contar nada...!

—¡Joder, qué enreda eres!

Jacques Anquetil había ganado el Tour con tan sólo veintidós años. En aquellos tiempos no existía el control antidopaje, que llegaría poco después, y los esfuerzos y los abusos eran brutales. Anquetil tuvo un problema en una rodilla y visitó a un médico que le habían recomendado. Se hicieron amigos, pero Anquetil intimó más con Jeanine, la mujer del médico. Intimaron tanto que decidieron irse a vivir juntos. Fue un mazazo para el médico desprenderse de su mujer y sus dos hijos. Annie, la niña de poco más de catorce años, y Alain, el niño, un año menor. En Francia apenas se comentó nada ni nadie pareció enterarse. Las revistas del corazón no tenían la competencia de ahora, pero además, Francia siempre ha sido muy respetuosa con la intimidad de sus estrellas.

Aquella noche, en Pamplona, en el hotel Ciudad de Pamplona, Lama y yo escuchábamos embobados al tío Julio proseguir su historia de Anquetil.

—Yo llegué al equipo Ford cuando Anquetil ya había ganado varios Tours... me llevó para que le ayudase en la montaña... y sí, nos hicimos muy amigos.

Anquetil vivía con Jeanine, bajo el reconocimiento oficial y general de toda Francia, y los dos hijos de ésta.

—La niña ya era mayorcita —dice Julio—, ten en cuenta que estábamos ya en el año 1966 y que llevaban juntos varios años... La niña puede que tuviera ya diecisiete o dieciocho años.

Anquetil y Julio se hicieron tan amigos que, cuando finalizaba el Tour y los organizadores de *criterium* se peleaban por contratar a Anquetil, éste exigía que contratasen también a Julio Jiménez.

—Gané dinerillo, José Ramón —se le iluminaban los ojos al tío Julio—. ¿Cuánto... ?¡Yo que sé...! Ya no me acuerdo... Pero se me dio bien aquel verano del 66...

—Jeanine iba delante con un deportivo rojo y se encargaba de contratar los hoteles en que nos alojábamos después de cada *criterium*... A Anquetil le gustaba que fuesen *châteaux*, y Jeanine los buscaba aunque nos pillasen un poco más lejos.

Jeanine se empeñaba en que Annie acompañase a Julio Jiménez en el otro coche pero a la chavalilla, que había cumplido los diecisiete años, le divertía más acompañar al campeón y pavonearse a su lado mientras éste firmaba autógrafos o se abría paso entre la gente para librarse de ellos.

—Annie —le indicaba su madre—, tú ve con Julio en su coche.

Annie aceptaba a regañadientes y en el trayecto apenas hablaba de otra cosa que no fuese de Anquetil. Cuando llegaban al *château* subía corriendo a la habitación de sus padres y comenzaba a bromear con Anquetil.

—Yo hacía como que no me daba cuenta —dice Julio— pero la chavalita estaba loca por Anquetil y su madre lo veía igual que yo... por eso me la metía en el coche a mí.

Julio cambió de equipo y marchó a correr a Italia. Apenas coincidió con Anquetil ese año en las carreras. Fue en uno de los *criterium* en Francia, después del Tour, cuando se vieron de nuevo con cierta tranquilidad. Julio observó a Annie a lo lejos, estaba preciosa y se había hecho una mujer. Más alta que su madre, que le pareció muy estropeada. Las arrugas comenzaban a invadir el rostro de Jeanine, que tenía un rictus de tristeza y un peinado más descuidado. Anquetil vino hacia Julio con una amplia sonrisa.

—¡Julioooo...! ¿Cómo estás... ? ¿Bien?

Julio le estrechó la mano mientras observaba a Jeanine que se hacía la distraída para perderse entre la gente. Anquetil le abrazaba alborozado.

—Ven, quiero que conozcas a mi hija... ¡Es preciosa...! Se llama Sophie.

El cinco veces campeón del Tour tomó a Julio por el brazo y le llevó hasta donde estaba Annie, que tenía un bebé en brazos. La niña era preciosa y Julio intentó hacerle unas carantoñas entre el rubor y la zozobra. Annie sonreía orgullosa y mostraba la niña a Julio mientras la quitaba el chupete para que pudiera contemplarla mejor.

—¿A que es igual que yo? —preguntaba Anquetil.

—Sí, sí se te parece —contestaba Julio.

Aquella noche, en Pamplona, Lama y yo manteníamos la atención en Julio más que en la deliciosa menestra de verduras del Ciudad de Pamplona. Al llegar a ese punto de la narración le preguntábamos:

—Pero... ¿Pero la hija era con su hijastra?

—¡Claro, coño! —levantaba la voz Julio—. No os dije que yo enseguida me percaté del lío —y nos guiñaba un ojo con picardía.

—¿Y luego qué pasó? —volvíamos a preguntarle, mientras nadie se movía de la mesa, aunque algunos ya habían terminado el café.

—Ufff... Luego... ¡Es muy largo, José Ramón!

—¡Cuéntanoslo, coño!

—Pues mira, luego él se fue a vivir con Annie, su hijastra, y Jeanine tuvo que aguantarse. ¡A ver qué iba a hacer, la pobre!

Anquetil estaba en plenitud de éxitos y compró una finca en la que puso como encargado a Alain, el otro hijo de Jeanine, hermano de Annie.

Alain se había casado con Jacqueline, una joven de pelo largo castaño, llena de curvas y redondeces insinuantes y sugerentes que para Anquetil no pasaron desapercibidas nunca; hasta el punto de que, un buen día, Jacqueline se marchó a vivir con el campeón.

Aquello ya sí fue un mazazo en la familia. Jeanine, la mujer que abandonó al médico, se encontraba con que su amante había hecho una hija a su propia hija y ahora se marchaba con la mujer de su hijo. Si bien Anquetil se mostró generoso económicamente con ellos y se preocupó de que no se quedasen en la calle, el dolor moral y de corazón de la mujer del médico y sus hijos fue demasiado profundo. Y se lo harían pagar caro a Anquetil, al que Jeanine había llegado a conocer bastante bien. Le prohibieron ver a su hija Sophie y eso le destrozó el corazón. Lo llevó tan mal que intentó llevársela por las bravas y al parecer llegaron a denunciarle.

Unos años después de su convivencia con Jacqueline, la mujer de su hijastro, nació el pequeño Cristopher, que devolvió la ilusión al vencedor del Tour.

—¿Y luego? —le atosigábamos a Julio.

—¡Joder, yo que sé...! Yo ya no he sabido más... Sé que vive con Jacqueline, que es ésa que has visto tú en la meta.

Después dio un sorbo a su infusión de manzanilla y me miró de reojo para terminar volviéndose directamente hacia mí.

—¡Oye, José Ramón...! No irás a contar nada de esto en la radio... ¡No me jodas!

—¡Que nooo! —le decía yo—. ¿Cómo voy a contar esto? De contarlo tendrías que contarlo tú, que eres el que te sabes todo el lío.

Aquel verano corrió el rumor de que Anquetil tenía cáncer de hígado a consecuencia de los medicamentos ingeridos en su época de corredor. Poco tiempo después hablaron de operarle y de ponerle un severo régimen para alargarle la vida un poco más. Anquetil preguntó con osada frialdad:

—¿Cuánto tiempo más?

—Uno... dos años a lo sumo.

—Ni hablar, prefiero vivir bien lo que me queda.

Durante el Tour de Francia de ese año, una tarde vi salir a Anquetil de la sala de prensa acompañado de Jacqueline, que vestía unos pantalones de malla ajustadísimos y un generoso y lucido escote. Yo estaba con Jorge Ruano y Javier Mínguez, que dirigía al BH. Nos quedamos mirando descaradamente a la pareja, que se subió en un automóvil sin prestarnos atención. Mínguez arrojó una bocanada de humo por la boca y dijo:

—¡Si ése tiene cáncer yo soy cura...! No te jode.

Anquetil murió unos meses más tarde, el 18 de noviembre de 1987. Recibí la llamada de Luis Ocaña, profundamente conmocionado, a primera hora de la mañana y lo dimos en *Matinal* Cadena SER. Era la época en la que además de Julio Jiménez llevábamos a Luis Ocaña como comentarista.

Luis Ocaña

A Luis Ocaña lo trajo a la Cadena SER el maestro Chico Pérez. Fue después de que abandonase la dirección del equipo ciclista del Teka, aunque yo creo que ni siquiera llegó a dirigirlo porque lo destituyeron antes de que comenzase la Vuelta. Ese año apenas pude conocerlo. Coincidimos esporádicamente y mi timidez hacia el gran campeón, al que yo veía en la televisión del bar de Javi, en aquellas tardes de verano, no me permitía acercarme demasiado.

Fue después de que le nombraran director del Fagor cuando comenzamos a intimar un poco más. Pero cuando verdaderamente nos hicimos amigos fue al quedarse sin equipo y vino a comentar la Vuelta Ciclista con nosotros.

Ocaña era auténtico. No tenía límites para nada. Para él no existían más barreras que las que le ponía su conciencia. Era libre para pensar y opinar sin ningún sentido del ridículo ni de la oportunidad y lo hacía con un tono afrancesado saltándose los acentos y diptongos del castellano, con lo que su pronunciación se hacía divertida. Pensaba en español pero quería explicarse en francés y decirlo en castellano, con lo cual, muchas veces, le costaba verdaderos esfuerzos decir lo que pensaba. Pero lo hacía.

Luis Ocaña emigró muy niño desde Cuenca al sur de Francia. Allí encontró trabajo su padre y allí hubiese acabado él trabajando en ebanistería si no se hubiese subido a una bicicleta... o tal vez no. Ocaña era un competidor nato. No se rendía nunca. Le podías desafiar a lo que fuese... que él aceptaba. Y como decía mi abuelo de mí:

—¡No ve el peligro!

Ocaña no veía el peligro nunca y lo desafiaba constantemente. Había sufrido serios y graves accidentes de coche y continuaba siendo un enfermo de la velocidad. En una ocasión cayó con el coche por un desfiladero de más de sesenta metros y sólo se rompió algunos huesos. Otra vez, cuando circulaba a gran velocidad, un tractor se saltó un stop y su vehículo se empotró entre las ruedas. Estuvo gravísimo, pero pudo contarlo y escribir una misiva a Chico Pérez el día que murió Agostiño en una caída de bicicleta: "He de reconocer... que he sido un hombre con suerte...". Aguantaba el dolor casi de forma espartana y no le daba importancia a nada. Una noche, en Barcelona, se quedó mirando la motocicleta de alta cilindrada que llevábamos en la Vuelta Ciclista. De repente se subió en ella y la arrancó. Metió una velocidad y aceleró con fuerza. La moto despegó la rueda delantera hasta ponerse de manos y salió a gran velocidad. Dio la vuelta e hizo como que nos atropellaba pero derrapó y cayó al suelo y la moto encima. Cuando se levantó, porque no permitió que le levantáramos, tenía un fortísimo golpe en el codo y sangraba abundantemente. Me acerqué y observé que se le veía el hueso. Quisimos llevarlo una casa de socorro pero se negó rotundamente. Estábamos en la puerta de un restaurante en Barcelona e íbamos a entrar para la cena. Ocaña se fue al servicio, se lavó la herida y se ató una servilleta en el codo. La herida no paraba de sangrar, pero él decía que no era nada y hablaba de otras cosas. Al cabo de un rato se desplomó al suelo. La servilleta blanca ya era totalmente roja. Lo llevamos a una casa de socorro, pero no consintió quedarse allí a pasar la noche.

Toda esa dureza física que le transformaba en un espartano contemporáneo se derretía cuando le tocabas el corazón con historias románticas de amores pasados, mientras en el casete del coche sonaba música de Johnny Halliday. Se sabía todas sus canciones y se emocionaba mientras me las iba traduciendo. Cuando coincidíamos en alguna etapa o en algún traslado con el tío Julio (Julio Jiménez), enseguida me provocaba para que a su vez yo arrancase alguna historia de ligues al tío Julio. Y cuando el tío Julio comenzaba desde el asiento de atrás con su historia de amor y yo le iba sacando los detalles con preguntas de lo más descaradas, le veía a él con los ojos enrojecidos de la risa, morderse los labios para no espantar la novela del tío Julio.

—¡Sí, José Ramón...! Pero eso fue en Italia hace ya muchos años —decía el tío Julio.

—¿Y cómo se llamaba el corredor? —le preguntaba yo a Julio.

—¡Mira, eso no te lo digo...! No te lo digo porque sé que vas y lo cuentas.

Yo me ponía muy serio y fingía disgustarme.

—Parece mentira que me puedas decir tú a mí eso.

—¡Joder que te lo digo...! ¡Como si no te conociera...! ¡No te jode! —se cargaba de razón el tío Julio.

Ocaña hacía de mediador.

—Bueno, tío Giulio..., es igual, no des el nombre, pero sigue.

—Si no hay nada más que contar...

Julio estaba corriendo el Giro en el final de la década de los sesenta. En varias ocasiones se había cruzado con la mirada de una joven de pelo pajizo y labios carnosos, siempre muy repintada. En una de esas ocasiones le regaló el ramo de flores de una etapa de montaña, si bien en ese Giro ya tenía pocas opciones de hacer nada. La joven apretó el ramo con un brazo contra sus senos esplendorosos que se marcaban en una blusa azul y con el otro atrajo hacia su cara la de Julio Jiménez y le estampó un beso en la mejilla pero muy cerca de los labios. Julio notó los flashes en su cara al tiempo que el beso y le dedicó su mejor sonrisa mientras se abría paso entre la gente detrás de su masajista. En dos ocasiones se volvió para ver si aún la veía, pero el bullicio ya la había envuelto aunque en una de ellas juraría haberla visto aún mirándole desde el mismo sitio en que le regaló el ramo. El masajista tiró de él:

—Venga, no te emociones... es la mujer de un ciclista italiano.

—No soy celoso, contestó bromeando Julio Jiménez.

Fue a los cuatro o cinco días cuando un ciclista italiano del Faema se dirigió a Julio en una de las llegadas.

—¡Giulo! ¡Giulio! —le llamó.

Julio le miró y se detuvo cuando se disponía a abandonar la línea de meta. Habían llegado al *sprint* y a él ese esfuerzo final del latigazo siempre le costaba más de lo normal. El público había invadido la meta y era difícil abrirse paso entre la gente.

—Giulio io vellio parlare con lui —le dijo el italiano.

—¡Pero yo no entiendo el italiano...!

—Es la mia mullere...¡Tu la piaces!

—Pero... yo... sólo le di el ramo porque no sabía... —se iba poniendo rojo como una guindilla.

Mientras, el italiano le hacía gestos de tranquilidad con las palmas de las manos extendidas hacia él.

—No, no, tranquilo io lo so...

—Bueno mira, —le dijo Julio—, luego si quieres me lo dices en el hotel.

Y pegó dos pedaladas mientras se abría paso entre la gente y se atemorizaba de haberse metido en un buen lío.

Acababa de regresar de la sala de masaje. No le quiso contar nada a su masajista. En realidad, estaba preocupado por las intenciones de aquel italiano. Estaban en el sur, cerca de Nápoles, allí no se juega con estas cosas. Él tampoco la había faltado en nada. Sencillamente le había regalado un ramo de flores. ¡Él qué sabía si estaba casada! Fue ella la que le dio el beso. Dos golpecitos en la puerta hicieron tintinear la llave colgada en la cerradura. No contestó. Los dos golpes volvieron a repetirse. Pensó en no abrir, pero se acercó hacia la puerta mientras se embutía la parte superior del chándal. Giró la llave y abrió un poco hacia sí la puerta. El italiano estaba allí. Notó cómo toda la sangre se le subía a la cabeza y estuvo a punto de pegar un portazo, pero atinó a decir muy entrecortado.

—Oye mira... estooo... ¡Voy ahora al masaje...! ¡Me están esperando!

—¡Por favor! ¡Aspeta un atimo...! ¡Es mi mujer! —y señaló a la rubia de pelo pajizo que estaba allí recostada contra la pared luciendo sus mejores volúmenes.

—Pero... ¿qué quieres?

—Tú la piaces... Ella quiere hacer el amor contigo.

Julio miraba a un lado y otro preguntándose dónde estaría la trampa en aquel juego, sin acertar a decir nada.

—¡Pero...! ¡Pero es... tu mujer!

—¡Lo so...! ¡Io so... ma no importa... ella volle faccere el amor contigo...!

—¡Coño...! ¡Ya te he oído, joder...! Pero es que las cosas no se hacen así...

—Nosotros sí, Giulio... a ella la piace, a mí, no me importa.

—¿A ti? ¿A ti no te importa?

—¡No...! Io vollo que tú hagas el amor con ella... ¿No te piace? ¿No te piace ella?

—Sí... sí... sí que me piace... pero no sé...

La rubia se había acercado hacia la puerta y le sonreía provocadora. El italiano insistía.

—Déjala pasar a la habitación... yo espero fuera...

—¡Ah! ¡No! ¡En la habitación no...! ¡No jodas...! ¡Me pilla el director y se forma aquí la de Dios! Además —pensaba Julio—. ¿Y si es una trampa? ¿y si aparecen periodistas? ¿o la policía? Ni hablar.

—Entonces, ¿dove quieres? —preguntaba el italiano.

—No lo sé, pero aquí no, desde luego.

Fue en ese momento cuando Julio, que ya no podía aguantar la tentación, tuvo una idea.

—Mira, mañana hay día de descanso... Si quieres, yo salgo a dar una vueltecita solo, para entrenar un poco, y nos vemos en algún sitio del campo...

—¡De acuerdo...! ¡Io la llevo en mi máquina!

—¡Tú no la llevas...! Qué coño la vas a llevar tú —le contestó Julio—; que vaya ella sola conduciendo y yo la sigo.

Aquella noche Julio no durmió apenas pensando en el italiano, su mujer y la cita.

Se levantó tarde y apenas desayunó. En la puerta estaban los mecánicos terminando de repasar las bicicletas. La suya estaba recostada en un árbol limpia y reluciente. Se dirigió a ella y echó una pierna por encima del sillín. Ajustó suavemente los calapiés mientras daba las primeras pedaladas. Oyó arrancar un coche detrás de él. Siguió pedaleando hasta la salida del pueblo cercano a Nápoles. Giró por una carretera comarcal más estrecha y peor pavimentada. Oía el coche seguirle detrás, no se atrevía a volverse para mirar. Era ella, seguro. Pero ¿con quién iría? ¿iría sola? ¿le seguiría alguien? ¿y si era una trampa? Dobló un poco el cuello y vio el coche, era un Peugeot blanco y parece que lo conducía una mujer sola. Le hizo una seña para que le adelantase. El motor del Peugeot se quejó del acelerón y, al instante, vio pasar aquella sonrisa provocadora por la ventanilla. Julio pedaleaba más deprisa, aprovechando el rebufo del coche. De repente, vio encenderse el intermitente de la derecha y luego los frenos. El coche giró por lo que parecía un camino forestal hasta detenerse bajo una gran arboleda. Julio iba mascullando:

—¡A que pincho...! A que todavía pincho por aquí y me tiene que llevar en su coche al hotel.

Cuando el ruido del motor se apagó, la rubia abrió la puerta del vehículo y salió con un pantalón verde muy cortito y ajustado. Los zapatos, con un poco de tacón, realzaban sus piernas y las hacían más largas y provocativas. Llevaba una blusa blanca con bastantes botones en la parte superior, premeditadamente desabrochados. Cerró la puerta y le dirigió una sonrisa que Julio devolvió de manera tímida y atemorizado.

—No sabía que eras tan bonita —le dijo con aquella sonrisa, ya un poco bobalicona.

Todo fue muy rápido. Apenas hubo prolegómenos. Cuando Julio estuvo seguro de que estaban solos y no les había seguido nadie soltó amarras a sus instintos básicos y todo fue una cuesta abajo al placer. De vez en cuando se asustaba al oír el paso de algún coche próximo a la carretera e hizo ademán de incorporarse, pero ella no se lo permitió:

—¡Me pinchaba, José Ramón...! ¡Aquello fue muy incómodo...! ¡Y tan deprisa...! Allí entre los arbustos y los pinchos...

Ocaña, que había seguido la conversación sin pestañear, comenzaba otra vez a enrojecer de la risa.

—¿Y ya no la volviste a ver más?

—¡Sí...! sí, sí, luego la pude ver dos o tres veces más... pero ya con más tranquilidad —nos decía guiñándonos uno de aquellos ojillos, desorbitados, con picardía.

No sé si fueron aquellas historias que nos contaba el tío Julio en aquel coche o los muchos kilómetros que recorrimos juntos, pero la temperatura de nuestra amistad fue subiendo. Ocaña era tímido e introvertido hasta que se abría. Cuando su corazón se abría, no dejaba espacios cerrados, podías entrarle por donde quisieras. Es más, aunque no le entraras, él te introducía en su corazón y te contaba sus glorias, sus penas y sus preocupaciones.

Tenía unos contrastes tremendos de sensibilidad. De pronto te parecía un tipo duro del salvaje Oeste, como le veías llorar desconsoladamente cuando uno de sus ciclistas se rompió una pierna al entrar en un pueblo de Galicia y estrellarse contra un tractor.

Porque Ocaña, después volvió a dirigir un equipo, el ADR. Estaba ilusionadísimo y soñaba con fichar a Greg Lemond, aunque aquello duró apenas un año y él continuó haciendo de comentarista.

En el Tour del 87, cuando Pedro Delgado quedó segundo detrás de Stephen Roche, solíamos compartir habitación. Le costaba dormirse. Entablábamos largas conversaciones hasta bien entrada la madrugada. Me contaba historias de Eddy Merckx que me entusiasmaban. Estuvieron tres años sin hablarse.

—¡El puto Merckx! —decía Ocaña, refiriéndose al gran campeón belga—. Cuando bajábamos aquel Col de Mênte, a toda hostia, yo sabía que nos íbamos a caer, llovía mucho, la carretera tenía un barrillo muy peligroso que se formaba del arrastre de tierra que traía aquel aguacero... Yo iba de líder ¿sabes?

—¡Me acuerdo...! ¡Llevabas más de siete minutos... ¡Eras el ganador del Tour!

—Lo habría sido porque andaba como nunca... pero me atacaron subiendo y no pudieron, y eso que compraron varios equipos; luego me atacaron bajando y fue cuando el puto Merckx y yo nos volvimos locos... Bajábamos a más de cien kilómetros por hora... dejamos atrás las motos... los coches... ¡a todo Cristo! ¡Nadie podía seguirnos a aquella velocidad! ¡Y con aquella lluvia...! Yo iba pensando "nos vamos a matar... pero tú no me ganas... " y él seguro que iba pensando lo mismo. Y llegó aquella curva... Yo entré primero... Él venía detrás pegado a mí... derrapé... Él derrapó... Los dos caímos a un pequeño barranco, pero el puto Merckx cayó encima de mí con la bicicleta y eso fue lo que me jodió.

Me contaba la historia cien veces y yo se la hacía repetir otras cien veces más.

—¿Y cuándo hicisteis las paces?

—Fue en Bélgica... habíamos corrido un *criterium*. Ese año yo había ganado el Tour y me dijo: "Louis... ¿Por qué no hablamos esta noche mientras tomamos unos vasos?". Y yo le respondí: "De acuerdo".

Ocaña y Merkx quedaron en verse aquella noche en un club cerca de la frontera belga. A Merckx no le gustaba salir de noche y menos aún cuando al día siguiente tenía que correr otro *criterium*, aun así aceptó el ofrecimiento de Luis Ocaña.

—Estuvimos bebiendo hasta las siete de la mañana. ¡Bueno...!

—Al puto Merckx se lo llevó su masajista a las seis, *mamao* perdido... ¡No se tenía...! Deberías haberlo visto... lo sacó a rastras y el Merckx diciendo: "¡Cómo me duele la cabeza"! ¡Nos bebimos dos botellas de vodka y una de ron! ¡Solos! Claro que él bebió la mitad que yo... A mí también me dolía la cabeza pero dije: "Si me meto en la cama no me levantan para el *criterium* ni con una grúa". Así es que decidí irme directamente a la salida. Cuando llegué... ja, ja, ja —Ocaña se reía mostrando aquella fila de dientes postizos perfectamente alineados—, ja, ja, ja... Tenías que ver al Merckx allí tirado mientras su masajista le frotaba la espalda y le masajeaba las piernas y Merckx quejándose: "¡Qué dolor de cabeza!" Ese día... bueno, aquella noche, fue cuando nos volvimos a hacer amigos.

Entonces Ocaña dio la luz, se incorporó un poco en su cama y me dijo:

—¡Por cierto...! ¿Sabes quién ganó aquel *criterium?* ¡El puto Merckx! ¡Y el cabrón decía que le dolía la cabeza!

Cuando subíamos al coche yo trataba de imponer mi música de Serrat y él la de Johnny Halliday.

—Es bellísima esta canción... ¡Mira, escucha...! —y comenzaba a traducírmela—. Es un padre que le explica a su hijita por qué se ha enamorado de otra mujer y cómo siente que el corazón se le desgarra.

Y entonces solía comenzar alguna de aquellas conversaciones de amor que casi nos hacían entrar en trance mientras buscábamos el hotel de algún equipo o esperábamos la próxima conexión. Ocaña era un romántico perdido.

El año que ganó el Tour de Francia 1973, Ocaña corría un *criterium* en el sur, muy cerca de la frontera española. En una curva derrapó y fue a dar contra un bordillo. Perdió el conocimiento y sangraba abundantemente. Lo recogieron unos campesinos, emigrantes españoles, y lo introdujeron en su casa. Cuando recobró el conocimiento sus ojos se toparon con otros muy profundos que le miraban sorprendidos. Eran unos ojos negros de mirada limpia que le reconfortaban. Aquella mirada era todo ternura, cariño y cierta dosis de admiración. El cóctel fue devastador. Ocaña sintió que aquella chiquilla morena le atravesaba el corazón. Le dirigió una sonrisa de agradecimiento mientras trataba de incorporarse, al tiempo que oyó una voz más familiar y conocida.

—¿Estás bien, Louis?

Era la voz de su mujer, Josiane, una rubia menudita y respingona que daba a entender que la situación la tenía controlada ella. Ocaña hizo una mueca de dolor y trató de incorporarse.

—Si estás bien —dijo Josiane—, nos vamos ahora mismo... no podemos molestar más a esta gente.

—¡No...! ¡Por Dios...! Por nosotros no se moleste —casi suplicaba aquel emigrante español al sur de Francia, que había recogido de la cuneta al vencedor del Tour y lo tenía metido en la cama de su habitación, mientras se recuperaba del tremendo golpazo después de que su mujer y su hija le lavaran los rasguños y le aplicaran hielo en la cabeza.

Ocaña se incorporó. Se puso la ropa de calle que le había traído su mujer y, a duras penas, subió al Jaguar que conducía Josiane.

Tomó nota del teléfono y la dirección de aquellos labriegos y se fue con los ojos de la muchacha clavados en el corazón. Habría jurado que, al darle un beso de despedida, estaban encharcados de lágrimas, aunque él hizo como que no lo notaba. Su mujer sí se dio cuenta.

—La cría no te quitaba ojo.

—¿Qué cría... ?¡Ah...! la chavalita... Han sido muy amables.

Ocaña comenzó a llamarla por teléfono. Se hicieron muy amigos. Un día decidió ir a visitarla y se lo anunció a sus padres, que no le pusieron problemas, aunque comenzaban a tener ciertas preocupaciones.

Aquella tarde pasearon por las afueras silenciosas del pueblo y él le cogió la mano mientras la muchacha enrojecía. Fue entonces cuando pareció darle un pronto. Se volvió hacia ella, le cogió las dos manos y le soltó a la cara:

—¡Quiero casarme contigo!

—¡Estás loco...! ¡Tú ya estás casado...! Tienes hijos...

—¡Quiero casarme contigo...! ¡Dejo todo...! ¡Pero cásate conmigo...! ¡Déjame que se lo diga yo a tu padre!

Ocaña se lo dijo a su padre, pero aquella gente se quedó tan asustada como sorprendida mientras la muchacha subía llorando a su habitación.

La música de Johnny Halliday ahogaba el ruido del coche que conducía a gran velocidad. Guardó unos minutos de silencio, hasta que yo le pregunté:

—¿No has vuelto a verla?

—No —movió la cabeza.

—¿Lo sabe tu mujer?

—Sí.

—¿Se lo contaste tú?

—Descubrió una carta de ella... Fue tremendo... Lloró, me amenazó... Fue terrible... En realidad las cosas, para nosotros, no iban bien y han ido a peor... pero...

Aquel mes de julio de 1987, Josiane vino a pasar unos días al Tour junto a su marido. Ocaña ya nos había avisado.

—Mañana viene el ama... así es que ponerme en una habitación doble para mí solo.

No fue fácil. Los hoteles del Tour en Francia suelen ser malos, antes peores que los de ahora. Si pides una habitación doble, no entienden que sea con dos camas y es fácil que te pongan una cama de matrimonio. Y eso fue lo que nos sucedió en varias ocasiones. Paco Nadal y Pedrito Collado ya estaban hartos de tener que hacer vida conyugal varios días y llamaban al hotel para decir:

—¡Una habitación doble...! Pero para dos periodistas... ¡coño!

Cuando llegamos al hotel, tenían una habitación doble... pero con una cama de matrimonio. Aquello ya fue demasiado. Paco Nadal se lo tomaba a broma, pero Pedrito Collado intentaba explicárselo a la mujer de Ocaña, que siempre daba la razón a los franceses.

—¿Acaso habéis dicho que queríais dos camas? —nos preguntaba Josiane de forma inquisidora.

—¡Pero si hemos pedido una habitación doble para dos periodistas!

—¿Y ellos qué saben si queréis dormir juntos o no? —contestaba ella cargada de razón.

—¡Anda, jódete! —me decía Paquito Nadal— encima tenemos pinta de maricones.

Josiane venía con una perrita Yorshire Terriere, a la que peinaba con dos coletas y un lazo y sentaba a cenar a la mesa con nosotros. Le pedía un plato de jamón de york que ella iba desmenuzando y haciéndole ingerir al caniche. Aquello era demasiado para Paquito Nadal, que me daba codazos por debajo.

—¡Dile algo...! Yo esto no lo aguanto... me joden los animales... ¡Pero encima en la mesa!

Yo trataba de calmarle.

—¡Cállate, coño! Te va a oír.

—¡Me da igual que me oiga...! Si no se lo dices tú, se lo digo yo.

Aquella noche cenábamos en Estrasburgo. Ocaña y su mujer debían estar enfadados. Apenas se hablaban. Ella estaba más preocupada del perrito que de nuestro esfuerzo por entendernos para pedir la cena. Pedro Collado y yo pedimos *foie-gras* y salmón ahumado. Ocaña nos sugirió:

—En esta parte de Francia preparan muy bien el codillo.

Y señaló una fuente inmensa por la que asomaba un codillo cocido de cerdo, entre salchichas, patatas y una montaña de verdura blanca.

—Va a ser mucho... eso —le contestamos—. Aunque podemos pedir uno para los dos.

—Aun así... es demasiado.

Pero Pedro se animó y pidió uno para los dos. El camarero tomó nota. Al cabo de unos minutos volvió y nos dijo que faltaba alguien por pedir. Hicimos recuento y estaba todo pedido. Él insistía, faltaba un segundo plato. Ocaña y Josiane comenzaron a hablar muy deprisa en francés con el camarero. Al fin Josiane se dirigió a nosotros en castellano.

—Los españoles siempre hacéis los mismo, veis que aquí las raciones son grandes y pedís una para dos. ¡Pues eso no se puede hacer! El camarero dice que si no pedís dos codillos, no trae ninguno.

Yo no acababa de creérmelo. Veía la inmensa fuente con aquel codillo y me parecía imposible que nadie pudiese comerse todo aquello solo. El camarero permanecía de pie, esperando una respuesta.

—De acuerdo... Traiga dos —le dije.

Ella continuó justificando la postura del camarero, mientras introducía trocitos de jamón de york en la boca del caniche.

Cuando trajeron dos codillos no cabían en la mesa. Colocó uno en el centro y el otro en una mesa auxiliar que había al lado. Pedro y yo no logramos terminar el primer codillo mientras el otro permanecía intacto en la mesa auxiliar.

—¿No os vais a comer ése? —preguntó Ocaña.

—Ni vamos a terminar éste —le contestó Pedro.

El camarero venía presto a llevarse la fuente de la mesa auxiliar con toda aquella comida que ni siquiera habíamos tocado. Entonces me levanté, fingí tropezar y le di un tremendo codazo a la fuente que cayó al suelo boca abajo con gran estrépito... mientras pisaba por encima de la fuente y las salchichas, fingiendo no querer caerme. Paco Nadal se reía a carcajadas, el camarero gritaba.

—*Mon Dieu! Mon Dieu!*

Josiane se dio cuenta. Lo sé. Al volver a sentarme a la mesa, fingiendo estar desolado, me clavó los ojos y supe que a ella no la engañé.

En enero de 1988, Ocaña me llamó por teléfono. Tenía una oferta de Supergarcía.

—Me da un millón de pesetas. Si me lo dais vosotros me quedo, si no...

El jefe de programas de la Cadena SER en aquella época no quiso ni tan siquiera contestar a esa propuesta.

Pocos días después se produjo la compra mayoritaria de la Cadena SER por el Grupo PRISA y nombraron jefe de deportes a Alfredo Relaño.

Una mañana del mes de febrero, de uno de esos días en que se hielan las calles en Madrid, Relaño y yo tomábamos un café en la cafetería Zahara de la Gran Vía con Simón Rufo, uno de los periodistas más cualificados de ciclismo.

—Es muy bueno —decía Simón Rufo—. Ocaña es de los que más se moja en sus comentarios, me parece un disparate que lo dejéis escapar.

—Es que yo me acabo de enterar ahora mismo —se lamentaba Alfredo mirándome.

—Yo pensé que te lo habrían dicho —me justificaba yo.

Simón Rufo comenzó a explicar su opinión sobre Ocaña como comentarista y terminó diciendo mirando fijamente a Relaño:

—Si yo fuese tú, ahora mismo le mandaba a Joserra a convencer a Ocaña para que se quede.

Entonces Alfredo me miró fijamente.

—Deberías irte.

Yo miré el reloj. Era casi medio día.

—Cualquiera sabe dónde está Ocaña.

Simón Rufo parecía que lo tuviese todo planificado.

—Está en los Pirineos concentrado con su equipo el ADR... es cuestión de enterarse dónde y marcharse para allá.

La mirada de Alfredo ya era una decisión y una orden.

—Joserra... deberías irte.

Llamé al Botas a Murcia y le convencí para que condujese un coche de Murcia hasta el aeropuerto de Barcelona y allí me recogiese para viajar hasta los Pirineos en busca de Ocaña.

Bajé a por algo de ropa a Brunete y marché hacia el aeropuerto. Antes de tomar el avión a Barcelona llamé a la Redacción. Habían localizado el hotel donde se concentraba el ADR en los Pirineos.

—Es una estación invernal... no te va a ser fácil encontrarlo.

Cuando llegué al aeropuerto de Barcelona, el Botas me estaba esperando con un Golf GTI.

—Esto vuela... ya lo verás.

—No me lleves volando, que te conozco.

Atravesamos La Jonquera y nos cayó la noche buscando por esas carreteras de los Pirineos el hotel, junto a una estación invernal, en el que se alojaban los ciclistas del ADR con Luis Ocaña. Ya dudábamos entre quedarnos a dormir en cualquiera de aquellos hoteles de carretera, Ibis, Sofitel, Mercure, con los que nos íbamos topando cada vez con más sueño y más cansados, o seguir adentrándanos por aquellas carreteras que se retorcían en interminables subidas y bajadas por los Pirineos. Al fin, un cartel: "Lezignan-Corbières" y más adelante "Pech de Bugarach".

—¡Por ahí es, Botas!

A media noche llegamos a un pequeño hotel de madera próximo a la estación invernal. Las luces aún estaban encendidas y pronto vimos los coches del ADR en la puerta. En la recepción del hotel pregunté por Luis Ocaña y me señalaron la cafetería. Un tipo con una cazadora del ADR nos explicó que Ocaña había salido por la mañana y que no sabía si iba a regresar a dormir. Nos sentamos en la cafetería cansados y derrotados y pedimos algo de comer. Nos trajeron dos sándwiches y un café con leche que el Botas miraba con desconfianza antes de dar el primer bocado.

—No te preocupes —le animaba yo—, mañana te voy a llevar a comer a un sitio cojonudo que conozco.

Levanté la vista y vi a Ocaña. Acababa de entrar por la puerta del hotel y sin duda le debían estar hablando de nuestra presencia allí porque miraba hacia nosotros. Me levanté de la mesa y corrí hacia él. Nos abrazamos.

—*¡Monsieur...!* —siempre le llamábamos así—. ¿Cómo estás?

—Jodido —contestó con aquella sonrisa irónica mostrando aquella fila de dientes postizos perfectamente alineados y pulidos.

—¿Qué te pasa?

—Vengo de verla.

—¿A quién?

—A ella... a la chavala que te conté.

Yo no caía bien en la cuenta de a quién se estaba refiriendo. Me echó el brazo por encima y nos fuimos a su habitación. Era una habitación con dos camas, y una escalerita de madera que subía hacia una especie de ático de madera donde había otra cama.

—¿Tenéis habitación?

—No hay, está todo completo.

—Es igual, puedes dormir aquí... El Botas que duerma ahí arriba —y señaló la cama que estaba en la parte superior de la escalera.

—Yo... Yo venía a convencerte para que no te vayas de la SER... quieren que te quedes y...

—Vengo de verla —me cortó con los ojos encharcados—. ¿Y sabes... ? ¡Tiene un hijo!

De repente comencé a recordar aquella historia que me contó con la hija de los campesinos emigrantes españoles, y que yo pensé que ya tendría absolutamente olvidada.

—¿Se ha casado? —le pregunté.

—¡No...! ¡Qué va...! Sólo quería tener un hijo y lo ha tenido... de otro.

—Y a ese otro... ¿le quiere?

—¡No...! ¡No...! —movía la cabeza—. ¡Dice que sólo quería tener un hijo! Pero yo le he dicho... si querías tener un hijo, ¿por qué no has llamado a Ocaña?

Ocaña, cuando quería referirse a él se llamaba a sí mismo Ocaña.

—Estaba preciosa —continuaba Luis Ocaña—, preciosa... además hemos estado paseando toda la tarde.

—¿Y tu mujer?

—Estaba decidido a contárselo todo... pero ahora... A mi mujer le habría dejado todo... ¿sabes... ? Siempre teníamos pactado que si uno de los dos se marchaba con otra persona, el que se marchaba debía dejar todo... Yo iba a dejar todo y empezar de nuevo.

—¿Y tus hijos?

—Tienen su vida... Louis sale con una tía mayor que él y me tiene jodido, su madre le apoya pero a mí me revuelve el estómago... un chaval tan guapo... tan alto... y con una tía tan mayor... y la chica también hace su vida...

A Ocaña se le encharcaban los ojos mientras dejábamos largos silencios sin pronunciar palabra. Fue entonces cuando se abrió violentamente la puerta de la habitación empujada por el Botas.

—¡*Monsieur* pijo...! ¿Has visto el contrato que te traemos? ¡Te vas a hacer rico, pijo!

Ocaña miró al Botas con aquella cazadora y aquellos guantes rojos que se ponía para conducir y no pudo aguantarse la risa. Yo aproveché para sacarle el tema que había motivado mi viaje. Me empleé a fondo. Recurrí a la amistad, le toqué la fibra sensible. Él se quedó pensativo.

—No sé si podré volverme atrás ya.

—¿Has firmado un contrato con García?

—No, no he firmado nada.

—¡Entonces no hay problema!

—Sí... sí lo hay, le di mi palabra y para mí eso es más que un contrato.

Conociendo a Ocaña, me di cuenta de que iba a ser muy difícil recuperarle para la SER.

—Lo único que podríamos intentar —me dijo él con la cabeza agachada— es que José María García me liberase de mi palabra... Si él me libera de mi palabra, yo me quedo.

—Bueno, pues ya está, mañana le llamamos y se lo decimos.

Nos dieron las cuatro de la mañana hablando en la habitación. El Botas emitía unos soplidos desde la cama de arriba que no llegaban a ser ronquidos aunque, de vez en cuando, se despertaba y se metía en la conversación. Dormimos un par de horas. Cuando me desperté Ocaña ya trajinaba por la habitación perfectamente aseado, vestido y recién afeitado.

—Nos vamos a mi casa —dijo mientras marcaba un número de teléfono.

Circulamos por una carretera estrecha entre montañas y valles junto a ríos que bajaban desbocados por el deshielo, detrás del vehículo de Ocaña. Fueron unos doscientos kilómetros hasta Mont de Marsant, el pueblo en el que Ocaña tenía una pequeña finca de viñedos. Llegamos a la hora de comer. Josiane tenía preparada ya la mesa con los cubiertos y servilletas pensando en nosotros. Nos recibió con cortesía pero con frialdad. A Luis le hablaba en francés y le reprochaba que hablase ahora con nosotros después de que ni siquiera le habíamos contestado cuando él nos habló de la oferta de García.

Josiane hablaba deprisa, mientras colocaba los últimos detalles sobre la mesa, para que yo no pudiese entenderla, consciente de mi mal francés. Ocaña contestaba a Josiane en francés, pero más despacio, aunque a veces observé que lo hacía malhumorado. Una de las veces se acercó a mí y me guiñó un ojo mientras me susurraba al oído:

—El Ama está como una puta cabra...

Ocaña a su mujer siempre la llamaba El Ama.

Durante la comida traté de ganarme a Josiane, pero fue imposible.

—¿Por qué... ?¿Por qué ahora... ?¿Porque el otro le hace una oferta mejor? ¿Por qué no respondisteis antes? —me acorralaba ella.

Yo no sabía qué decirle. Cuando terminábamos de comer le propuse a Ocaña llamar a García y pedirle que le liberara de su palabra. Le pareció bien. Encontramos a García en Gloria Bendita, un local próximo al Bernabéu, donde nos habían dicho que solía ir a jugar a las cartas. Su voz sonó sorprendida al otro lado del teléfono.

—¿Pero qué coño haces tú ahí? Yo le he hecho una oferta y él ha aceptado y no tengo más que discutir.

Tenía razón y yo no tenía argumentos.

—Ya... pero es que él preferiría quedarse con nosotros y si tú le liberases de su palabra...

—¡Pero qué coño le voy a liberar de nada! ¿Por qué no lo arreglasteis antes? ¡Anda, dile a Ocaña que se ponga!

Ocaña se puso y le vi asentir con la cabeza a todo lo que el otro le iba diciendo por el teléfono. Después de colgar, me estuvo explicando que habían quedado en que viajara a Madrid la próxima semana y allí resolver todo.

—Si me libera de mi palabra me quedo.

Nos llevó a tomar el café a una caseta de madera, contigua a la vivienda, donde Luis guardaba todas sus cosas y unas prensas artesanales de producir *armagnac*. Nos enseñó la bicicleta con la que ganó el Tour, *culottes*, *maillots*, gorras, fotografías... Aquello era un museo en el que yo alucinaba. Aquella bicicleta de color anaranjado era la que yo veía en el bar de Javi en blanco y negro en aquella televisión colgada encima del mostrador, mientras Javi tomaba el pelo al tío Perrero.

De repente abrió un cajón y nos enseñó un revólver. Luego sacó un rifle y nos apuntaba en broma, mientras se reía a carcajadas.

—Esto es para cuando el Ama me cabrea... ja, ja, ja...

Después nos estuvo enseñando las pocas botellas de *armagnac* que le quedaban.

—Perdí mucho dinero con el *armagnac*... era demasiado bueno y teníamos que venderlo a casi quince mil pesetas la botella... no lo compraba nadie.

Eligió una de aquellas cajas de cartón blanco con bordes marrones que contenían una botella de *armagnac* y nos alargó una a mí y otra al Botas... Después me la volvió a coger y dijo:

—Espera... que quiero dedicártela.

Y escribió en la caja con una letra pequeñita y todo muy junto, con un bolígrafo azul: “A mi amigo José Ramón, por los buenos días que hemos pasado juntos”.

Ocaña estuvo ese año comentando las carreras ciclistas con García en Antena 3. En varias ocasiones, una de ellas en el Tour, se dirigió a Jorge Ruano y a mí para regresar con nosotros. Siempre, era por alguno de los calentones que se pillaba en Antena 3 por cualquier chorrada. Hablábamos con menos frecuencia, pero lo seguíamos haciendo.

Una vez nos encontramos en el Tour y estuvimos cenando juntos. Su situación familiar le desesperaba. El Ama le había vuelto a encontrar otra carta de su amor platónico y la situación estuvo a punto de ser dramática.

—Un día voy a coger la pistola y le voy a pegar un tiro a ella y después me lo voy a dar yo.

—¡Anda ya!

—¿Que no... ? ¿Que no... ? Ya lo verás.

Le tomábamos el pelo con el tiro que iba a pegar al Ama porque nos lo repetía con cierta frecuencia.

En aquella vuelta de 1994 le vi en el vestíbulo del hotel en Málaga donde ellos estaban alojados y donde nosotros hacíamos el programa aquella noche. Había mucha gente en la puerta, gente joven mayoritariamente. Luis me dio un golpecito por detrás y me enseñó sus dientes luciendo aquella apretada sonrisa.

—¡Qué líos montas! —me dijo.

—¿Cuándo vamos a quedar un día? —le pregunté.

—Cuando tú quieras.

—Y el Ama... ¿qué tal?

—Eso ya está terminado...

—¿Qué dices?

—Divorcio... ya lo verás...

No pudimos volver a vernos hasta casi el final de la Vuelta. Le quise invitar a la cena que hacemos todos los años en Fuenterrebollo y se encogió de hombros echándose a reír.

—¡Y me armas otro lío como la otra vez!

Se refería a la cena del año anterior, cuando, en una de aquellas bromas suyas, me lanzó un vaso de vino —previa provocación mía— y todo el tinto fue a estamparse en el vestido de ante que lucía su mujer. Josiane nos fulminó con la mirada a los dos. Aquel viernes 13 de mayo de 1994 le vi un halo de tristeza.

—Además, este puto hígado me tiene jodido.

—Déjate de leches... vente mañana a cenar con nosotros.

—Si puedo voy... de verdad.

Pero no vino. El domingo por la mañana nos encontramos en el vestíbulo del Parador Nacional de Segovia. Me dirigí a él.

—¿Cómo no vinisteis?

—No pude... Acabamos la emisión muy tarde.

Se acercó el Botas.

—¡*Monsieur*, pijo...! ¡Te perdiste una buena el viernes...! ¿y el Ama, qué tal?

—¿El Ama? —y me miró a mí con aquella pena que parecía salirle por los ojos—. Eso ya *fini*... porque si no, veo que le voy a dar un tiro y luego me voy a tener que pegar yo otro.

Yo me eché a reír. El Botas también. Manolo Lama y Ruano estaban fuera preparando las motos.

—¿Qué dice el *monsieur?* ¿Por qué no vino a la cena? —nos preguntaron.

—Yo qué sé, pijo... Está más raro —contestó el Botas.

Cuando terminó la Vuelta, Ocaña marchó a su casa. Desconozco qué hizo ese jueves 19 de mayo, cuatro días después de vernos. No sé si volvió a tener otra discusión con Josiane, pero se encerró en aquella casa de madera donde guardaba la bicicleta naranja del Tour y las botellas de *armagnac*. Sonó un disparo y le encontraron ante un gran charco de sangre que manaba de su cabeza. Intentaron reanimarle, pero había muerto. Algún tiempo después estuve hablando con su hermano Miguel en Cuenca.

—Cuando se disparó estaba hablando por teléfono —me comentó— ¿sabes con quién?

—No...

—Con ella... con la chavalilla —me dijo, refiriéndose a la hija de aquellos emigrantes españoles.

Los hijos de Luis Ocaña llegaron a interponer una querella criminal contra su madre, que al final no debió prosperar.

A Ocaña le mató su rebeldía contra todo, contra el cariño que necesitaba y no le dieron, contra el mundo que le venía en sentido contrario, contra la salud que, por vez primera, comenzaba a fallarle; pero todo eso el *monsieur* lo hubiese curado con la paz personal, que nunca encontraba, y con el amor que se le negaba.

Luis pertenecía a esa especie de hombres que parecen necesitarlo todo y se conforman con nada cuando alguien les restriega un poco de ternura. La ternura era su antídoto... y la risa. Tenía una risa silenciosa que le humedecía los ojos hasta tener que quitarse las gafas y restregárselos con el dorso de la mano, cuando el tío Julio caía en alguna de nuestras pesadas bromas. Aquellas situaciones le producían un excelente humor. Ponía una cinta de Adamo en el coche y me decía:

—Anda, paleto, cuéntame alguna historia de esas de tu pueblo que estás escribiendo para el libro... Por cierto... ¿qué significa paleto?

—Ser de pueblo... supongo.

Aquella noche, 19 de mayo, sentí que una página de mi vida se pasaba con la muerte de Luis Ocaña. Puse una cinta de Adamo, *Sin malicia*, y vine pensando en aquella historia que le conté en una de esas interminables etapas del Tour... la historia de Azucena, con la música de Adamo en el coche, el tío Julio durmiendo atrás, y él escuchándome sin pestañear.

Azucena

La he visto esta tarde subir por la carretera. Paseaba del brazo de una señora enlutada, con el pelo blanquecino de canas anudado atrás en un moño. La verdad es que me ha costado trabajo reconocerla, pero era ella, era Azucena.

Azucena está ya un poco marchita, como esas rosas reventonas repletas de hojas que amarillean por las puntas, pero que aún huelen más, a pesar de haber perdido la esbeltez y la frescura. Porque Azucena, esbeltez... no, siempre fue rechonchita, pero frescura sí la tuvo, la natural de la adolescencia y... la otra más descarada que la adquirió con el Lagarto.

Azucena conoció al Lagarto en unas fiestas del mes de septiembre en que los dieciséis años se enamoran fácilmente de los primeros pantalones vaqueros que se arriman con una cabeza rubia, un cubata y un pitillo. Justo las herramientas que usaba el Lagarto en esos menesteres.

Feliciano González se quedó con el Lagarto porque en las horas de la siesta que disfrutábamos a escondidas, en las casas viejas, era el más rápido y eficaz cazador de estos bichos, por mucho que se escondieran entre las piedras y las retamas.

Azucena empezó bailando jotas aquella noche con el Lagarto en la plaza. Al día siguiente supo lo que era un beso de pasión entre los juncos del río. Y a la semana siguiente... ya lo sabía todo.

Al atardecer, se despedía orgullosa de sus amigas en las afueras del pueblo porque iba a venir su novio Félix a buscarla, que lo de el Lagarto a ella nunca le sonó bien.

Azucena empezó a sentir mareos extraños a los pocos meses.

—Ha cogido frío —decía su madre—. Hace un tiempo tan raro, ¿verdad?

Cuando la barriga ya era un barril, Azucena, con el color borrado y los ojos empañados, dejó de salir a la calle y el Lagarto dejó de venir por el pueblo. Dicen que su madre explicó a las comadres del barrio que, como su hijo era tan guapo, tan rubio y tan espigao, una pelandusca le había querido enganchar echándole la culpa de un roto.

—¡Que sabe Dios quién se lo habrá hecho!

Isabelita nació en invierno. Nació en la vieja casa de la esquina donde vivía Azucena, junto a la iglesia. Y nació con la asistencia de don Isidoro, el practicante y las palanganas de agua hirviendo que iba arrimando la que desde, entonces, iba a ser su abuela María.

Aquella misma noche también tuvo cachorros la perra de mi tío Ángel y, casi sin destetar, nosotros nos trajimos uno a casa porque su padre, el Llop, un lobo con raza y pedigrí, era precioso. Nosotros nos llevamos una hembra casi por equivocación, pero tenía los mismos ojos y el mismo color negro que el Llop.

El Lagarto no volvió a pisar por el pueblo. Ni siquiera conoció a Isabelita a pesar de que el cura, me consta, intentó hablarle, convencerle y ponerle al corriente de la situación. Pero no hubo forma. Su madre, la señora Tomasa, se encaró una mañana con el párroco:

—No enrede, don Pedro, no enrede, que usted sabrá de descosidos pero no sabe de rotos, ¡y a saber quién habrá hecho el roto *pa* que vaya a pagar ahora mi hijo!

Lo sabíamos todos, porque en cuanto pasaron dos años, la cara de Isabelita era una acusación cruel contra el Lagarto. El mismo pelo rubio y pajizo —Azucena era morena— los mismos ojos grandes, la boca chiquitita y la nariz respingona. Apenas algún rasgo de Azucena. Era como si la naturaleza, o la divinidad, hubiesen querido que la cara de Isabelita fuese la prueba palpable y esclarecedora de aquel roto... o descosido que decía la Tomasa.

A mi perra le pusimos de nombre Llopi, por llamarse su padre Llop, y se la llevó mi hermana aquel verano.

Azucena se marchó a servir a Madrid e Isabelita quedó con su abuela María. El Lagarto continuaba de fiesta y de borrachera en borrachera, aunque otro roto o descosido, que esta vez sí reconoció su madre, le había hecho firmar un acta de matrimonio... por la Iglesia, como Dios manda.

Un domingo, Isabelita se puso mala. Una subida de temperatura, cosa de chicos. Pero Azucena se asustó y, como no tenían médico y el practicante estaba fuera llevaron a Isabelita al pueblo de al lado, donde vivía el Lagarto. Fue la primera vez que la vio... y la conoció... ¡estoy seguro!

Estaban en la puerta del bar con una caña en la mano y el cigarro en la otra, la camisa desabrochada y unas gafas de sol. Azucena bajó del coche con Isabelita en brazos y preguntó dónde vivía el médico. El Lagarto se hizo el loco y uno de sus amigos contestó con la cabeza.

—Ahí enfrente.

Esa tarde, mi hermana nos devolvió a Llopi. Paseando por las eras nos encontramos al Llop. Vino corriendo y olió a Llopi. Los dos animales movían el rabo y se olisqueaban. Llop lanzaba gemidos de alegría y Llopi le seguía, corriendo detrás de él. Era la primera vez que mi perra veía a su padre.

Hoy estoy seguro de que Azucena es consciente de la suerte que tuvo de que el Lagarto no quisiera reconocer aquel roto o descosido con un certificado de matrimonio. Sólo... sólo me queda una duda, y es Isabelita, en el caso de que hubiera podido elegir ¿no habría preferido nacer... perra?

A finales de agosto de 1992 Clemente se hizo cargo oficialmente de la Selección española de fútbol. Vicente Miera había conseguido la medalla de oro en los Juegos Olímpicos pero estaba decidido ya que el seleccionador sería Javier Clemente. Juan Espino, vicepresidente de la FEF, se había dirigido a nosotros durante alguna conversación casual.

—A ver si es posible que todos lleguemos a entendernos, José Ramón... A Clemente se le va a decir que no busque enfrentamientos, el seleccionador nacional debe ser el seleccionador de todos.

Todo eso sonaba muy bien, pero yo tenía mis dudas.

Aquella tarde de agosto yo bajaba con Ruth al parque e iba escuchando la radio. Era un programa de Radio Nacional y lo llevaba Chema Abad. Entrevistaba a Clemente y le preguntaba por sus enfrentamientos con algunos periodistas:

—Que no esperen nada de mí... A mis amigos les atenderé cuando quiera... ¡a los otros ni agua! Hombre, en las ruedas de prensa tendré que hablar para todos, pero fuera de las ruedas de prensa que no esperen nada de mí... ¡Se van a enterar todos ésos!

Me di por enterado. Entendí que la situación no iba a ser fácil.

Septiembre es el mes que inicia también la temporada de la radio. Las emisoras lucen a sus estrellas y nuevos fichajes en los periódicos y yo siempre me sentía incómodo y desazonado en esas fechas. Te sientes extraño, tan extraño como cuando llegábamos de nuevo al internado y veías las caras asustadas y llorosas de los nuevos, intentando ubicarse en clase, en el comedor... en los dormitorios. Algo así. Sientes la zozobra y la inseguridad de lo novedoso. Sabes que algunas cosas van a cambiar pero no sabes bien cuáles ni en qué te van a afectar.

Nos mandaron subir a la planta novena, donde se iba a hacer la presentación de la nueva programación de la Cadena SER. Subí con Lama, Castaño y Paquito González. Entre los cuatro nos tapábamos mejor unos a otros. Ana Pérez, la secretaria de Augusto Delkáder, me miró de arriba abajo:

—Podías haberte puesto una corbata, ¿no?

Algunas caras nuevas, otras tantas, la mayoría conocidas y muchos saludos protocolarios deseando suerte. Aquello parecía el regreso a clase en el internado de los escolapios, aunque un suave suspiro me tranquilizó:

—No estaba el padre Basilio.

El padre Basilio

El padre Basilio vino de América. Llegó a mediados de uno de los inviernos más fríos que pasamos en el internado.

Alto, delgado, moreno, de pelo grasiento un poco ensortijado, siempre sonreía de una forma estúpida y maliciosa. Nunca podías adivinar el significado del cura Giocondo. Igual era preámbulo de una broma curiosa, como soltaba con todas sus fuerzas el brazo con la mano abierta sobre el rostro de alguno de nosotros porque íbamos hablando en la fila o cualquier delito parecido. Eso sí, siempre con esa sonrisa en los labios. Unos labios rojizos y como muy doblados hacia fuera. En el inferior del lado izquierdo tenía un bultito blanquecino que le resaltaba muchísimo en su gesto sonriente.

Comoquiera que en el internado de Suramérica, de donde él llegaba, el baloncesto era el deporte más en boga, el padre Basilio se dedicó a confeccionar el equipo de baloncesto. No era el entrenador, que eso ya teníamos, pero estaba siempre allí metiendo sus narizotas, explicando y dando órdenes desde un lateral de la cancha con un balón en las manos que, de vez en cuando, botaba un poco. A los dos meses mandaba más que el entrenador.

Ese año, con el baloncesto, los ejercicios espirituales y las clases de matemáticas a los de 4º B estuvo entretenido.

Fue al curso siguiente, cuando le hicieron jefe de sección. Llegábamos con la mala leche en el cuerpo y la maleta a rastras... y allí estaba. Con esa sonrisa estúpida y las manos caídas y entrelazadas.

—¿Qué hace ése ahí? —nos preguntábamos al verle en la puerta del dormitorio.

—Va a estar con nosotros este año... —sentenciaba alguien.

Algunos soltaban un taco, otros hacían un gesto despectivo y muchos ni se percataban de él, que seguía sonriendo.

—¡Bienvenidos! ¡Bienvenidos, jóvenes!

Y luego a las mamás con una reverencia.

—Buenas tardes, ¿qué tal? ¡Bienvenidas!

Los padres con la retahíla de siempre:

—Déle duro, padre, que está cerril.

—No le deje suelto y hágale estudiar.

—Si es necesario, padre, sacúdale sin miedo.

¡A él se lo iban a decir! Menudo corte le daba soltar el brazo. Sin embargo, sonreía.

—No será necesario, ya lo verá... —contestaba con ademanes finos y educados.

Fue un curso más o menos normal, sólo que hubo que tener más cuidado en las filas, en misa, en el estudio y en el comedor. Sus tortazos cogieron fama. Él siguió con el baloncesto dando la barrila al entrenador. Y por la noche, a las siete, cuando llegaba al estudio, nos tocaba a nosotros.

Pero fue por el mes de marzo, a comienzos de primavera, cuando se hizo pública y notoria su monomanía.

Todas las noches se llevaba a su cuarto a Bellón, Gallardo y Turinita, que era Turina pero, como era muy bajito, le decíamos Turinita. Según él, era porque andaban retrasados en álgebra y los estaba poniendo al día. Salían de su cuarto cerca de las doce, cuando todos estábamos durmiendo desde las diez.

Angelín decía que eran los chivatos de la sección y que había que tener cuidado con ellos.

Una tarde llegó muy pronto al estudio. Sacó un cigarrillo rubio sin filtro y lo encendió mientras cuchicheaba atrás con el señor Padilla. El señor Padilla nos cuidaba en el estudio hasta que llegaba el Giocondo. Al poco rato se despedían y, el Padilla, con la cartera bajo el brazo, salía del estudio. El padre Basilio continuaba fumando, ahora sentado en la mesa, con la barbilla apoyada en la palma de la mano y con la mirada fija en todos nosotros. De repente, lanzó una bocanada de humo hacia la mesa, aplastó el cigarrillo retorciéndolo en el cenicero y dio dos palmadas sonoras que retumbaron en la sala al tiempo que todos levantábamos la cabeza. Pero ninguno de nosotros estaba sorprendido, un sexto sentido nos decía a todos que algo sucedía o tramaba.

—Atiendan un momento —dijo.

Y comenzó a soltar un discurso con gesto grave y mirada dura y fría que cada uno interpretábamos destinada a nosotros.

Finalizó diciendo que cuando en un cesto de manzanas hay alguna podrida, lo mejor es tirarlas antes que estropeen a las demás; y eso era lo que iba a hacer él. Ninguno entendía nada.

Aquella noche llamó a su cuarto a tres o cuatro de los más mayores de la sección, que salieron soltando improperios de él. Al día siguiente otros tres o cuatro y así sucesivamente. A todos les preguntaba lo mismo. Si les gustaban las mujeres, si las deseaban, si tenían revistas de *Cine siete días* y si se masturbaban. Al final, te ponía un papel donde tú tenías que poner quiénes eran los tres del curso que más se masturbaban. Al principio nadie ponía a nadie, porque ¿quién iba a saber de eso? Pero el Giocondo se cogía tales cabreos cuando veía el papel en blanco que enseguida lo rellenaba él muy furioso, con los nombres de los dos o tres allí presentes y se los mostraba a ellos fuera de sí.

—¿Veis? ¿Veis? ¡Hala, fuera de aquí!

—Así que lo mejor —decía Muñoza— ¡es poner dos o tres nombres! ¡Y a tomar por culo!

Y así lo hacían. Se armó tal cisco que el internado vivía única y exclusivamente con la obsesión de quiénes eran a los que más veces habían apuntado. Se corrió el rumor de que

Carmelo y Aroca iban en cabeza. El Aroca era un chiflado del cine y siempre andaba con revistas de cine y el Carmelo era amigo suyo y siempre se las daba de ligar mucho.

Muñoza, una tarde que no vino el Bola a la clase de religión, porque se puso malo, se subió a la tarima y dijo que no pusiésemos a los mismos, porque el Basilio iba a expulsar del colegio a los dos más nombrados y que escribiésemos a los que menos se podía imaginar.

Angelín, que aún no se había enterado de qué iba la guerra, no hacía más que preguntarnos.

—Pero ¿a quién tengo que poner yo? ¿Qué revistas hay que decir que leemos?

Una tarde de ese mes de mayo, mientras paseábamos por el campo de fútbol esperando un examen de ciencias naturales, Angelín le dijo a Muñoza:

—Oye, eso de masturbarse, ¿qué es?

Muñoza se partía de risa y el Angelín, muy serio:

—¡Ah, ya sé!, lo de los ejercicios espirituales... ¿a que sí?

Habíamos tenido ejercicios espirituales antes de la Semana Santa con un fraile que no conocíamos que nos habló de las tentaciones carnales y de que, a veces, es mejor castigar el cuerpo, incluso flagelándose, para ahuyentar las tentaciones. De ahí, nos decía, que a veces sea tan bueno en estos casos el cilicio, que usaban antiguamente.

Al Angelín, a Valle y a mí nos llamó una noche el Basilio.

—Mira, Angelín —le decía Valle—, lo mejor es que te pongamos a ti; de ti nadie va a pensar nada.

Angelín no quería ni a tiros:

—¡Pero si yo no tengo revistas!

El padre Basilio fumaba nervioso.

—Señor Angelín —le decía arrastrando las palabras—, es mejor decir todo cuanto se sabe, de lo contrario me deja usted abocado a una medida dura... Piense en sus padres... fíjese que es usted uno de los más señalados —y le enseñaba la lista donde Angelín estaba entre los más escritos.

Y Angelín le quería contar lo de Muñoza cuando se subió a la tarima en clase de religión para decir que nombrasen a los menos sospechosos, pero no podía, las palabras se le atragantaban en un llanto asfixiante y entrecortado.

El padre Basilio le echó el brazo por encima, le acarició y siguió preguntándole:

—¿Cuántas veces te masturbas?

Y Angelín:

—Pues... pues, cuando me vienen malas tentaciones.

Y el Basilio:

—Y eso, ¿cuándo suele suceder?

—No sé, no sé... —sollozaba.

—Dime —y seguía acariciándole con aquella sonrisa estúpida y maliciosa—. ¿Cuándo fue la última vez?

Y Angelín, sorbiendo mocos y tragándose las lágrimas que le llegaban hasta la comisura de los labios:

—En Semana Santa con el cilicio.

—¿Con el cilicio?, ¿con el cilicio? ¿Quién te dio el cilicio?, pero ¿cómo te masturbas con un cilicio?

A aquel hombre se le salían los ojos. Angelín tiró el cenicero al suelo, los papeles, los bolígrafos y un montón de libros que el Giocondo tenía sobre la mesa y salió corriendo escaleras abajo.

Al Angelín le expulsaron de una forma tan diplomática como cínica, una carta a sus padres recomendando cambios de aire a su hijo, "dado que puede ser perjudicial para el resto de sus compañeros. Firmado: Basilio Roaneiro. Padre prefecto, internado de alumnos".

Cuando bajábamos de la presentación de programas de la Cadena SER, Paquito González venía mascullando una idea sin terminar de soltarla.

—Tenemos que sacar un pelotazo bueno para abrir la temporada...

Yo le miraba sorprendido y le decía que sí, pero ¿cuál?, ¿cuándo? y ¿cómo?

—¿Cuándo? —me miraba Paquito— cuanto antes... ¿cómo...? no lo sé... ¿y cuál... ? Lo estoy pensando y creo que lo tengo.

—Has venido fuerte, González —le palmeé la espalda.

Paco encendió un cigarrillo y puso los pies encima de la mesa del pequeño despacho donde nos reuníamos. Pensaba en voz alta mientras Bustillo y yo le observábamos en silencio sin disimular una descarada curiosidad.

—En los Juegos Olímpicos ha habido buen rollo con los futbolistas de la Selección... Buena gente... y Miera también es buen tío...

Nosotros no entendíamos a dónde quería ir a parar. Él seguía pensando mientras jugueteaba con las bocanadas de humo que trataba de que saliesen formando círculos.

—Había buen rollo... sí... y se comentaron algunas cosas...

—Por ejemplo... —le incité yo.

—Pues por ejemplo que el Tenerife recibió una prima del Barça por ganar al Madrid.

—No me extraña... pero lo único que vale ahí es probarlo.

—De eso se trata... de probarlo. Yo creo que podríamos probarlo.

Aquella noche le estuve dando vueltas a la cabeza hasta casi el amanecer. Cuando llegué a la radio, Paco estaba hablando por teléfono. Tapó con una mano el auricular y me preguntó:

—¿Has pensado algo?

—Algo —contesté.

Paco movía la cabeza a un lado y otro mientras fumaba deprisa.

—No sé... no sé... Yo no lo veo.

—¡Hazme caso...! Sale seguro... ¡Ya lo verás!

Terminé por convencerle.

—Vamos allá... aunque yo no creo que salga... ¿cómo has dicho que me llamo?

—Toni... Eres Toni, del *Sport* de Barcelona.

Paco apagó el cigarrillo contra la base del cenicero, dio un sorbo al bote de coca-cola y se fue directo a una de las cabinas de grabaciones. Colocó una cinta y probó el micrófono. Después marcó un número de teléfono y apretó el *play* de la grabación.

Se oyó una voz adormilada al otro lado del teléfono.

—¿Sííí?

—¿Berges?

—Sí.

—Hola —dijo Paco muy locuaz—, soy Toni del *Sport* de Barcelona, es que mañana salimos con una información sobre el final de la Liga, cuando a vosotros os ofrecieron aquella prima por ganar al Madrid y...

—No sé de que me estás hablando... Yo de eso no sé nada...

Paquito insistía, haciéndole ver como que sabía todo, pero el otro no quiso seguir la conversación y terminó por colgar.

Salió de la cabina reprochándome la idea.

—¡Te lo dije...! No va a resultar.

Me puso la grabación. La escuchamos juntos. Yo oía la voz asustada de Berges.

—Está asustado... ¡no lo niega...! dice que él no sabe nada... Vamos a probar con otro.

—Voy a llamar a Quique Estebaranz, que es amigo mío —dijo mientras marcaba un número.

Poco después volvió al despacho:

—¡Nada, tío...! Quique Estebaranz me ha dicho que no sea cachondo... Es muy listo.

—No los cojas tan listos —le dije.

—¿Y a quién cojo, eh... ? ¿A quién... ? ¡Dime uno...! He llamado a varios y unos no están, otros no se ponen, otros no saben...

Lo había intentado varias veces y empecé a verle desencantado. Yo leía otra vez la lista de jugadores del Tenerife que habían jugado aquel partido contra el Real Madrid. Me detuve en un nombre.

—Mira, Paco..., vamos a llamar a éste —subrayé su nombre.

—¿Dertycia... ? ¿Por qué éste?

—Porque éste acaba de llegar de vacaciones y no sabe qué es lo que se ha publicado aquí. Le diremos que se publicó todo pero que ahora le quieren complicar de otra manera...

Le expliqué detalladamente un plan que se me iba ocurriendo sobre la marcha y vi que a Paquito le gustaba.

Volvió a meterse en la cabina de grabación. Marcó un número telefónico y puso en marcha la grabadora.

—¿Dertycia?

—Sí —contestó el jugador.

—Hola, mira, soy Toni, del *Sport* de Barcelona.

—¿Qué tal... ? ¿Cómo le va? —preguntó Dertycia muy amable.

—Bien, bien. Mira, es que tú sabes que este verano se publicó que habíais recibido una prima del Barça por ganar al Madrid... que es normal, claro... pero es que ahora dicen que también os ofrecieron algo si perdíais.

—No, eso no es cierto —contestó Dertycia.

—Fue sólo por ganar, ¿verdad?

—Sí, fue un dinero que nos dio el Barça por ganar al Madrid... ¡Pero sólo por ganar!

Paquito, cuando vio que la presa había picado, comenzó a lucirse.

—Claro, si yo lo recuerdo, os dieron un millón a cada uno, ¿verdad?

—No lo recuerdo bien... pero sí, por ahí.

Dertycia fue detallándonos algunas cosas hasta que Paquito se despidió y colgó. La primera conclusión que sacamos es que cobraron más de un millón, porque si no Dertycia habría dicho que era menos. Al decir "sí, más o menos esa cantidad" estaba claro que era mucho más.

—¿Y ahora qué? —me preguntó Paco.

—Ahora entro yo en escena.

Llamé a Manolo Hierro desde un estudio de grabación.

—¿Manolo... ?

—Sí.

—Hola. ¿Cómo estás?

—Bien... bueno, bien jodido, no me dan ni bola, pero qué se le va a hacer.

Charlamos unos minutos sobre su situación en el Tenerife y le corté en un momento determinado.

—Oye, perdona, mira, te llamo porque ha salido un rumor de que alguien os llegó a ofrecer dinero por perder y yo sé que no, que fue por ganar al Madrid.

—Sí, el Barça nos dio una tela.

—Mira —continué—, yo estoy haciendo una encuesta de grabaciones a los jugadores del Tenerife y todos nos dicen lo mismo, que el Barça os dio un dinero por ganar al Madrid... pero sólo eso, por ganar.

—Claro, claro —asentía Manolo Hierro—; oye... ponme una de esas opiniones que dices que tienes grabadas.

—Ufff... tengo muchas y están mezcladas —contesté.

—Bueno, pues ponme una de ellas.

—Si quieres te pongo la última y luego te grabo a ti...

—¿Quién ha sido el último? —me preguntó.

—Creo que Dertycia... pero no estoy seguro.

—Es igual, ponme al calvorota a ver qué ha dicho.

Puse un trozo de la cinta de Dertycia en la que reconocía que el Barça les había pagado una cantidad de dinero y le pregunté:

—¿Has oído bien?

—Sí, ya lo he oído... aunque creo que el reparto no fue ése... pero es igual.

—Hubo quien cobró más, ¿verdad?

—Yo creo que sí, pero no lo sé.

A continuación le grabé una entrevista a Manolo Hierro en la que éste reconocía claramente que habían recibido ese dinero del Barça por ganar al Madrid y que Toño, el capitán del Tenerife, era quien había llevado las negociaciones.

—Fíjate —se reía Manolo Hierro—, luego invité a cenar un día a mi hermano Fernando y le dije: "Fernando, estamos comiendo con el dinero que nos dio el Barça por ganaros, ja, ja, ja".

Paquito daba brincos de alegría. Lama se frotaba las manos y comenzó a dar ideas mientras se movía de un lado a otro. Habíamos cogido la presa y ya no la íbamos a soltar.

—Hay que llamar a Xuancar —decía Lama.

—Y a Mendoza —proponía Paquito.

—Y al secretario de Estado para el Deporte —apuntaba Gallego.

Bustillo me miraba asombrado con un gesto de incertidumbre, porque todo había comenzado a rodar demasiado deprisa.

—Llama a Xuancar, dile que esté esta noche en casa de Toño, el capitán del Tenerife... ¡Ah...! Y llama también a Mendoza... Y no deis explicaciones a nadie de qué se trata, ¿eh?

A los pocos minutos sonó el teléfono. Bustillo había localizado a Mendoza, presidente del Real Madrid. Su voz sonó fría y distante, como si le interrumpiera en alguna reunión.

—¿Qué pasa, chaval... ? Me han dicho que es importante.

—Para mí sí... quiero tenerle esta noche en el programa, voy a destapar un asunto fuerte.

—¿Qué asunto?

—Un tema del Tenerife en el final de la Liga...

—¡Ah! Ya sé... La Milla de Oro, ¿verdad?

—Pues... sí... —me dejó sorprendido pero asentí.

—Eso es muy fuerte, chaval... vete con cuidado.

Me quedé pensando lleno de dudas... "La Milla de Oro... ¿Qué coño sería eso?"

Por la noche explotamos el programa cuando abrí con la grabación de Manolo Hierro y di paso a Xuancar, que estaba en el domicilio de Toño, el capitán del Tenerife. Toño, al principio, balbuceó un poco; después, reconoció todo y, finalmente, se inventó una historia para salir del paso, en la que nos contaba cómo había recibido el dinero de manos de un tipo que le esperaba en la puerta del estadio dos días después. Noté que me estaba mintiendo, pero no quise entrar en esa discusión.

Faltaba menos de una hora para que comenzase el programa. Los teléfonos de la redacción no paraban de sonar. Bustillo me pasó una llamada conocida:

—Te quiere pedir un favor —me dijo el Busti con una sonrisita desde la puerta— pero, a cambio, yo creo que también te va a aclarar algunas cosas.

—Pásamelo —le contesté con cierta incertidumbre.

—¡Joserra!

—Dime.

—Lo primero: esto es confidencial y, por tanto, te pido que mi nombre no aparezca en nada de esto, ¿de acuerdo?

—De acuerdo... pero Bustillo me ha dicho que tú sabes realmente cómo se hizo la entrega del dinero a los jugadores del Tenerife, ¿es cierto?

—El dinero se entregó a través de una transferencia que se hizo mediante un directivo del Barça que fue director de esa sucursal. La idea salió de una reunión de ex jugadores del Barça después de una comida.

—¿Tú por qué lo sabes?

—Coño, porque el plan se diseñó en mi oficina.

La voz de mi interlocutor suena grave al otro lado del teléfono.

—Te lo cuento para que sepas toda la verdad... Y a mí no me metas en eso... porque anoche vi que insinuaste algo en lo que me podía salpicar a mí y te pido por favor que no lo hagas... no conduce a nada... pero a mí me harías daño. A cambio, yo ahora te cuento toda la verdad, que es lo que te he contado, y si tienes alguna duda te la aclaro.

—¿Qué sabes de la Milla de Oro?

—¿La Milla de Oro? No sé... Eso es una urbanización de Gil en Marbella, ¿no... ? ¿Por qué?

—Por nada.

El escándalo salpicó las portadas de los periódicos durante varios días, pero era demasiado feo para que se profundizara seriamente sobre él. Las primas a terceros estaban prohibidas taxativamente y las sanciones serían gravísimas, pero la Federación Española de Fútbol escondió la cabeza bajo el ala y no quiso saber nada. Se limitó a enviar un cuestionario a cada jugador del Tenerife para que lo rellenase y lo devolviese firmado, reconociendo haber cobrado esas cantidades de dinero del Barça por ganar al Madrid. Ningún jugador fue tan estúpido y el asunto quedó aletargado hasta que se fue olvidando.

Manolo Hierro pasó unos días muy duros, porque en el vestuario del Tenerife le culparon de haber sido él quien destapó el asunto, amargado por la situación que vivía en el club. Fue injusto y me sentí tremendamente culpable. Me llamó por teléfono una tarde.

—Joserra, tienes que ayudarme... mis compañeros me culpan a mí de ser el chivato.

—No es así... fue todo un entramado de cabos hasta que sacamos la presa —le dije.

—Ya... pero tú a mí me pusiste una grabación de Dertycia que luego no pusisteis en el programa y yo, cuando lo cuento, el cabrón del calvo dice que es mentira.

—¿Qué quieres que haga? —le pregunté—. ¿Cómo puedo ayudarte?

—Muy fácil, mándame la grabación del calvorota, que la voy a poner en el vestuario para que se enteren todos.

El entrenador del Tenerife era Jorge Valdano que, en todo ese asunto les dijo a los jugadores, desde el principio, que él quería permanecer apartado y que obrasen de acuerdo con sus conciencias. Sin embargo, tal y como se fueron poniendo las cosas, Valdano llamó a la Redacción y se interesó por cómo se había destapado el asunto.

—Vale ya —nos dijo casi pidiéndolo como un favor—. Tengo el vestuario incendiado... si Joserra le da esa cinta a Manolo Hierro terminará por explotar... Vale ya, por favor.

La cinta desapareció de mi despacho esa misma tarde. Pregunté levantando la voz. No contestó nadie. Algunas miradas eran pura delación. Fue suficiente, comprendí que esa factura con Manolo Hierro tendría que pagarla yo solo. La cinta nunca apareció y Manolo y su hermano Fernando dejaron de hablarme. Lo entiendo, y especialmente a Manolo le sigo guardando un afectuoso cariño y en mí permanece una sensación de culpabilidad respecto a él, con la que tengo que convivir y asumir cada vez que se recuerda este asunto.

Por esas fechas, Amalio Moratalla me había insinuado alguna vez la posibilidad de escribir algún artículo en el *Marca*.

—¡No sé cuándo! —me justificaba yo—. Lo único que no tengo es tiempo.

Esa tarde me llamaron del taller de mi amigo Pedro Magdaleno.

—Se ha matado Carlos... Se ha estrellado con el camión...

Carlos era el mejor central que nunca tuvo Villanueva del Pardillo. Trabajaba en el taller de Pedro, donde yo solía llevar a que me remendaran aquel Seat 124. Recordábamos aquellos partidos de niños: Brunete-Villanueva del Pardillo, en los que José Ramón era el "reportajero", que decía Guillermo.

Por la mañana recibí una llamada telefónica desde el taller de Pedro:

—Queremos hacer un partido para cubrir algunos gastos y ayudar a la viuda.

Mi mente comenzó a visionar a gran velocidad todos aquellos partidos contra el Pardillo en los que Carlos era el cinco de El Pardillo y el Angelín decía:

—No le tengáis miedo.

Supe que alguno de aquellos chavales podría haber sido futbolista si hubiese tenido la mitad de suerte que yo para ser periodista... y decidí que El Reportajero estaba obligado a hacer algo... lo único que sabía... y escribí en honor de Carlos, sobre aquellos niños de ayer, hombres de hoy que, aunque sueñan, ya no creen en los sueños, porque la realidad les hace vivir permanentemente alerta y despiertos, simplemente para poder sobrevivir.

El Angelín

Después de las fiestas de septiembre, el pueblo se quedaba marchito, como arrugado por la resaca. En la plaza, el viento del otoño hacía remolinos con los últimos restos de las guirnaldas y banderolas que antes colgaban lustrosas de punta a punta de los soportales. Comenzaba el colegio y ya lo había hecho la Liga de Fútbol.

Por la tarde, cuando don Agustín con dos palmadas ponía fin a la sesión escolar, comenzábamos aquellos interminables partidos de fútbol. El inmenso campo de tierra se nos quedaba demasiado grande y la portería del fondo la acortábamos en distancia con una que formábamos nosotros con dos jerséis y una cartera.

El Angelín y Eugenio echaban a pies la elección de jugadores. Se colocaban uno enfrente del otro e iban pasito a pasito aproximándose entre sí hasta que a uno de los dos le tocase poner su pie en el último espacio que quedase entre los dos. Ése era el que elegía primero. Después elegía el otro y, así, nos repartíamos en dos equipos de seis cada uno o de quince, según cuantos fuésemos. Allí nadie se quedaba sin jugar. Aunque lo que se dice jugar sólo lo hacían dos o tres, el Angelín y Eugenio. Algunos incluso, en un rincón del campo, organizaban la partida de bolas, cromos y chapas y, cuando se aproximaba el balón, lo despejaban de una mala patada para un lado u otro —según el equipo al que perteneciesen— o según les saliera para uno u otro lado.

Entonces era cuando el Angelín y Eugenio se enfadaban y les chillaban:

—Pero vosotros, ¿jugáis o no jugáis?

Los de la partida de bolas se incorporaban al juego algunos minutos para después volver a lo suyo.

El Angelín era el mejor. Jugaba de defensa y llevaba el balón como cosido al pie, levantaba la cabeza buscando algún compañero desmarcado y observaba a casi todos levantándole la mano:

—¡Mira! ¡Mira! ¡Solo! ¡Solo!

Un enjambre de muchachos le perseguían empujándole por detrás. El Angelín llegaba hasta la portería del jersey y las carteras, hacía otros tres o cuatro regates más y miraba a quién pasar el balón. Todos seguíamos dándole voces a su alrededor:

—¡Aquí! ¡Aquí ! ¡Solo! ¡Mira!

Al final el Angelín lanzaba un zurdazo que pasaba pegado junto a la cartera que hacía de poste:

—¡Gol! ¡Gol! —gritábamos unos.

—¿Qué dices? ¡Ha sido fuera! —chillaban los otros.

Al final lanzábamos un córner.

Cuando empezamos a jugar contra algunos pueblos de alrededor, al Angelín, un señor que se pavoneaba con aires de entendido le llamó y le dio su tarjeta para que le visitase. Nosotros le preguntábamos:

—¿Te han *fichao?* ¿Te han *fichao?*

Mientras, el Angelín miraba con curiosidad y asombro aquella tarjeta.

Ni al tío Eusebio ni a la señora Pilar les hacía pizca de gracia que el Angelín tuviese que ir a Madrid a entrenar dos tardes por semana. Más que otra cosa porque el Angelín, con catorce años, había salido ya del colegio y estaba como aprendiz de ebanistería:

—¡Que es donde están sus garbanzos! —decía el tío Eusebio.

El Angelín habría sido futbolista. Era fino, elegante, rápido y tenía una capacidad de sacrificio inmensa. De ese sueño le despertó de repente el encargado de la fábrica, una tarde, cuando el muchacho corría hacia el autobús con la bolsa de deporte en la mano:

—¡Chaval! —le gritó—. Si te vas, no vuelvas mañana.

Angelín se paró en seco y se quedó mirando la bolsa de deporte que colgaba de su hombro derecho. El encargado estaba en la puerta de la fábrica y fumaba con chulería:

—Elige tú... el trabajo aquí... o la gloria del fútbol en Madrid.

Angelín no eligió la gloria y se hizo ebanista.

La otra noche, mientras televisaban el Juventus-Real Madrid, al Angelín se le nubló un poquito la vista y, de repente, volvió a soñar. Yo le vi, fue un instante, tan sólo unos segundos, pero le vi feliz en esa nube. Después, al abrir los ojos, se palpó con disimulo su actual barriga embarazada de cerveza y tiró al suelo un cigarro que aplastó con la punta del zapato.

Finalizado el partido, en el bar el griterío de discusiones era inmenso. Nadie le prestó mucha atención, pero yo sí, yo le vi que lloraba por dentro al salir.

Durante varios días estuve husmeando y fisgoneando sobre el asunto La Milla de Oro.

Una tarde acompañé a un amigo que quería que le presentase a Jesús Gil para hacerle un reportaje en un programa de TVE en el que él colaboraba.

Durante la charla en el despacho de Gil le pasaron una llamada. Era la señora Guadalupe, su madre.

—¡Pero Guadalupe! —le gritaba Gil divertido—. ¿Cómo voy a ir yo a la cárcel? No hagas caso.

Jesús Gil se pasó unos minutos tranquilizando a su madre, sobre algo que le habían contado, antes de retomar la conversación con nosotros. Lo hizo después de enviarle un beso y soltar otra risotada ante alguna ocurrencia de su madre.

—Que puñetera la Guadalupe —dijo mientras colgaba—; ¡menuda mujer ha sido! Se ve que alguien la ha asustado con que me van a llevar a la cárcel... la pobre.

Yo recordé: “La Milla de Oro... Marbella... algún lío... pero ¿qué será?” No lo asociaba por ningún sitio que no fuese ligado a Jesús Gil y Marbella.

Días después tuve que asistir en la sede de la Comunidad a la entrega de los premios al deporte Madrid Siete Estrellas. Saludé al secretario de Estado, Javier Gómez Navarro, y se nos acercó Ramón Mendoza. En un momento en que caminábamos hacia la tribuna de los premiados le susurré a Mendoza:

—Voy a sacar el asunto de la Milla de Oro... ya tengo casi todo averiguado.

—Ten cuidado, te va a ser difícil probarlo —me contestó él sin mirarme.

—Tengo pruebas acojonantes —le aseguré yo.

—Lo más importante es el testimonio del jugador... y no creo que hable.

—Sí habla —le contestaba yo cada vez más asombrado y, al mismo tiempo, más ilusionado en seguir tirando del hilo. Veía que acababa de coger una buena senda y no me separaba de Mendoza ni un milímetro. Pero me separaron. De repente apareció Poli Díaz, el boxeador:

—¡Mendoza, coño...! ¿Cómo estás, tronco?

Mendoza le estrechó la mano mientras Poli le palmeaba la espalda y le decía lo bien que estaba... Se me cortó el hilo.

Por las tardes, después de comer, me quedaba solo en el despacho dándole vueltas a la Milla de Oro. Cogía un folio y comenzaba a escribir datos intentando llegar a alguna conclusión hasta que me embarullaba y terminaba por aburrirme y dejarlo. Entonces aparecían Bustillo, Paquito, Lama, Gallego, el Lala... venían de comer, alegres, riéndose de la última que les acababa de contar Lama, y entraban en el pequeño despacho para diseñar un poco qué ibamos a preparar esa noche. Paco solía preguntarme.

—¿Sabes algo nuevo?

—Algo... pero estoy más liado todavía.

—¿Qué has averiguado?

—Esta mañana he visto a Mendoza...

Le conté a Paco mi conversación con el presidente del Real Madrid hasta que me interrumpió Poli Díaz, cuando había entrado en el camino bueno.

—¡El muy mongolo! —se cabreaba Paco cuando se lo conté—. ¿Y ya no pudiste preguntarle más?

—Imposible... Había mucha gente.

—¡Un jugador! ¿Un jugador... ? ¿Qué pintará ahí un jugador... ?

Una vez al mes solíamos reunirnos a comer un grupo reducido de periodistas que, por otra parte, era la única vez que nos veíamos. Era una tertulia agradable de periodistas amigos que trabajaban en diferentes medios.

Regresando de una de esas comidas, aquella tarde, caminábamos ya próximos a Gran Vía Amalio Moratalla y yo, que nos habíamos adelantado al grupo. Le comenté el follón que se había organizado con lo de la prima del Barça a los jugadores del Tenerife y que estaba detrás de algo más gordo, pero que no acababa de saber bien qué era.

—Hay mucha mierda —me decía Amalio—, pero no es fácil demostrarlo... Yo podía haber escrito un libro sobre el Madrid que habría sido la leche... pero tendría que retirarme. ¿Tú sabes que a un jugador del Madrid parece que le ofrecieron una cantidad importante de dinero para que perdiesen un partido?

—¡No jodas!

—Sí... Yo no estoy muy seguro, pero algo sí que he oído... lo que pasa es que no sé ni cuándo, ni a quién, ni cómo... ¡Igual es mentira...! Pero ese rumor yo lo he oído de muy buena fuente.

Llegué antes de lo esperado a la radio. La Redacción aún estaba prácticamente vacía y silenciosa. Di un vistazo al montón de cartas abiertas que me habían dejado sobre la mesa. Tomé una de las libretas amarillas con el membrete de la Cadena SER, donde maniática y sistemáticamente diseño el guión del programa todos los días, y escribí otra vez: "Milla de Oro, Gil, Mendoza, El jugador no habla". ¡Menudo rompecabezas! Oí llegar a Paco, Bustillo, Lalaguna y Lama que venían de comer.

—Qué pronto has llegado, ¿no? —me dijo Paquito a modo de saludo.

—¿Subimos a tomar un café?

En la cafetería le pregunté a Paco si él había oído algo de ese rumor que me acababa de contar Amalio Moratalla.

—Ni idea... nunca oí nada de eso.

—Pues si Amalio lo ha oído... algo debe de haber.

Después del programa, en el camino de regreso a Brunete, encuentro una terapia de relajación fabulosa mientras conduzco y oigo música o a Fina en el programa *Hablar por hablar*. Digo: "¡Dios! De cada diez personas, más de la mitad tenemos avería en el coco". Me voy preguntando actitudes, posturas, decisiones tomadas a lo largo del día. Disfruto el silencio de la noche y termino por perder el miedo a la soledad que tanto me ha preocupado siempre. Viajar solo, regresar solo, entrar a casa solo, cenar solo me ha hecho asumir esa soledad de la noche como algo para disfrutar, más que para padecer. Leo los periódicos del día siguiente en la cocina hasta que oigo el motor de la furgoneta de mi vecino, que es panadero y que se marcha a la tahona. Entonces sé que son las tres y media de la mañana y que debo dormir aunque no tenga sueño.

Subía las escaleras intentando no hacer ruido para no despertar a las niñas y procurando no tropezar con nada. Se me vino a la cabeza el paseo con Amalio Moratalla: "¿Tú sabes que a un jugador del Madrid le ofrecieron una cantidad de dinero, muy importante, para que perdiesen un partido?". Y, como un fogonazo, me acordé de Mendoza días atrás: "El jugador no va a hablar". Bajé corriendo las escaleras y di la luz del despacho. Garabateé estos datos en una hoja. Por la mañana se me suelen olvidar todas estas cosas que se me ocurren por la noche. Fui apuntando detalles, conjeturas, suposiciones. Me sentí mejor y muy ilusionado hasta que logré dormirme.

Llegué antes que de costumbre a la radio. Paco aún no había terminado el programa de las tres de la tarde. Cuando finalizaba y se iban a comer me vieron en el despacho. Bustillo tenía prisa. Siempre que tiene prisa es porque le espera su mujer. Llamé a Paquito.

—Mira —le mostré el papel—, ¿y si Gil no tiene nada que ver en esta historia y se trata de ese intento de compra a un jugador del Madrid el cual no quiere... o no se atreve a hablar?

—¡Y el jugador se llama Milla! —sentenció Paco.

—¿Por qué no... ?

Nos quedamos pensativos.

—Es el momento de lanzarnos... ¿vas a comer? —le pregunté.

—Sí, voy con éstos a Casa Perico... pero si quieres, me quedo.

—No, luego cuando subas llamamos a Mendoza y se lo soltamos todo, si nos sale bien, ¡bingo!

—¿Y si no... ? ¿Y si Milla, el pobre, no tiene nada que ver?

—Pues se jodió todo, porque se cerrarán en banda y ya no habrá manera de sacar nada.

Era jueves. Localizamos a Mendoza a última hora de la tarde en el club.

—Creo que sé cómo convencer al jugador para que hable.

Mendoza hizo como que no entendía nada, o tal vez no sabía realmente de qué le hablaba.

—¿De qué... ? ¿Qué jugador?

—¡Milla...! ¡La Milla de Oro...! La oferta que recibió para que se dejase ganar.

—Mira, chaval. Milla es un chico fenomenal, pero ahí no va a entrar... ¡No quiere! A mí me lo dijo el gerente y yo les dije que lo grabasen ¡y no quisieron! ¡No se atrevió!

—Pero ¿por qué?

—Pues porque no quiere líos. Era un ex compañero suyo. ¡Amigo suyo! No se atrevió... vete con cuidado, porque te puedes pillar los dedos y organizar un lío de mil pares de cojones.

Las conclusiones comenzaron a caer en cascada por pura lógica:

—Un ex compañero —decía Bustillo—. ¡Luego alguien del Barça!

—Amigo suyo; ¿quiénes eran los amigos de Milla en el Barça?

—Llamad a Oliveros y preguntádselo —decía Lama.

—¡No! No llaméis a nadie. Todavía no... Tenemos que averiguar en qué partido fue en el que le hicieron ese ofrecimiento.

—Sería un Barça-Madrid... claro —apuntaba Gallego.

—No creas, los dos partidos Barça-Madrid fueron demasiado pronto y aún no se jugaban nada.

—Pues como no fuese en el final de la Liga...

—¡Exacto! —lo vi claro—. Fue en el final de la Liga... Por eso, cuando llamamos a Mendoza la noche del lío con los jugadores del Tenerife pensó que íbamos a contar este asunto.

—Recapitulemos —decía Paquito todo convencido—: el Madrid da una prima al Tenerife por ganar al Barça, ¿no? Se enteran los jugadores del Barça en la Selección, lo comentan, y el Barça ofrece una prima aún mucho mayor al Tenerife por ganar al Madrid en el final de la Liga. ¡Pero, por si no es suficiente... llaman a Milla y le ofrecen una cantidad aún mucho mayor para que haga lo posible para que pierda el Madrid ese último partido en Tenerife! Esta clarísimo.

—Ahora falta saber quién llamó a Milla... y convencer a Milla para que cuente todo.

—Eso hay que hacerlo muy bien —decía Lama—. Tienes que pensártelo despacio, porque como Milla lo niegue todo, hacemos el ridículo.

Cuatro días después de muchas conjeturas, planes, suposiciones y discusiones, el martes 25 de enero de esa temporada 92-93 llamé a Luis Milla a su casa.

—Me gustaría traerte al programa mañana.

—Pero si no juego...

—Es igual... el sábado viene el Barça al Bernabéu.

—Bueno, vale... como quieras.

—Quedamos un poco antes para cenar, que quiero hablar contigo.

—Vale, vale —decía Milla bastante conforme y sin sospechar aparentemente nada.

Paco presenciaba la conversación. Cuando colgué meneó la cabeza.

—Yo no le traería en directo... te la juegas demasiado.

—¿Por qué?

—¡Joder, porque te lo niega y te pegas la hostia!

—No me lo niega.

—¡Ah! ¿No... ? O sea, tú le preguntas: "Milla, ¿es verdad que intentaron comprarte para que perdiese el Madrid en Tenerife?" Y el dice: "Sí, es verdad". ¡No me jodas!

Lama tampoco estaba muy de acuerdo conmigo.

—José Ramón, hazme caso, grábale... estará más tranquilo y le podrás sacar algo... si es que le sacamos algo.

Yo estaba convencido de lo que quería hacer y traté de convencerles a ellos.

—Mirad, es muy difícil mentir a palo seco y sin estar preparado, puede negar, pero mentir no, se lo notaríamos y sé que se lo sacaría.

—¡No se lo sacas! Te apuesto lo que quieras —decía Paco.

Terminaron por convencerme de que lo más seguro para todos era grabarle. Volví a marcar el número de Luis Milla.

—Estaba pensando que si te viene muy mal venir tan tarde, si quieres lo grabamos antes.

—Como tú quieras —contestó Milla.

—Pues igual es mejor... Mira, quedamos para comer a las tres y después lo grabamos. Así no tienes que trasnochar.

—Vale.

—De acuerdo, pues a las tres en Casa Venancio, ¿sabes dónde está?

—Ni idea.

Le di la dirección.

Lama y Paco asentían con la cabeza más conformes. Me dirigí a Lalaguna.

—Javier, tú mañana a las tres estás en Casa Venancio; es mejor que esté conmigo alguien en la comida, no sea que se ponga nervioso cuando le saque el tema. Si se pone nervioso, tú cambias de conversación y ya la retomaríamos después... Paco, tú tienes que dirigirte a mí cuando vayamos a grabar la entrevista y decirme que el *As* y el *Marca* salen en portada contando que fue Bakero el que le hizo la llamada para sobornarle.

Ese miércoles 26 de enero, a las tres de la tarde, coincidí con Luis Milla y su mujer en las inmediaciones de la radio, se dirigían a un pequeño restaurante en el que habíamos quedado y fuimos caminando juntos. Al llegar, compruebo que está cerrado. Dimos la vuelta y entramos en otro que hay en la plaza de Tudescos llamado El Arcón. Me acordé de Lalaguna; cuando llegase y viera el otro restaurante cerrado no sabría donde estábamos. Es igual, pensé, me las arreglaré solo.

Luis Milla es un tipo fenomenal. Retraído, tímido, sencillo, se le ve muy buena gente. Su mujer, guapísima, es más extrovertida y dicharachera. Estuvimos hablando de todo un poco. No veía clara su situación en el Madrid con Benito Floro. Pensaba que tendría que irse. Le habían dicho algo del Atlético de Madrid, aunque a él le hacía ilusión el Zaragoza. Comenzamos a hablar de la pasada temporada, la mala suerte que tuvieron en Tenerife, la huella tan profunda que dejó aquel partido en el equipo.

—Mucha gente no se ha recuperado todavía —me comentaba—. Fue un palo muy fuerte.

En ese momento, y como sin darle importancia, comenté:

—Por cierto, mañana el *As* y el *Marca* publican la llamada aquella que te hicieron...

Milla me miró muy sorprendido.

—¿Qué llamada?

—Coño, la llamada ésa que te ofrecieron cuarenta millones para que perdieseis...

—No fueron cuarenta millones —interrumpió su mujer.

Luis Milla miró fijamente a su mujer, que no se dio cuenta, mientras yo aparentaba no darle importancia a todo aquello.

—Bueno, lo que fuese —me hice el distraído—, yo sé que te llamaron y que tú no aceptaste.

—¿Y a qué viene todo eso ahora? —preguntaba Milla cada vez más sorprendido.

—Pues no lo sé... Yo te digo lo que publican mañana los periódicos... pero no creas que sé mucho más... a mí me lo ha dicho hace un rato Manolete, que por lo visto dan el nombre del que te llamó y todo...

—¿Y qué nombre dan?

—No lo sé... Si a lo mejor no lo sabes ni tú porque igual ni reconociste su voz, ¿verdad?

Su mujer volvió a intervenir.

—¿Qué no reconocimos su voz? ¿Qué no reconocimos su voz... ? Si a ti te llama uno de tus mejores amigos... ¿no reconoces su voz?

Yo seguía haciéndome el distraído y como no dándole importancia a todo aquel asunto.

—Hombre, si es uno de tus mejores amigos sí, claro... ¿Pero tú también lo escuchaste?

Le pregunté directamente a ella.

—¡Toma, claro...! Yo descolgué el teléfono de arriba y escuché toda la conversación... ¡Fue tremendo...! ¡Tremendo!

—¿Y qué hiciste? —le pregunté a él.

Milla no quería hablar sobre el asunto, pero le parecía que yo ya lo sabía todo y pretendió quitármelo de la cabeza.

—Oye, no me jodas, de esto no me vayas a preguntar nada.

—No... no te preocupes... ¿Pero qué hiciste después de esa llamada?

—Nada ¿Qué iba a hacer?

—Llamaste a Michel —contestó otra vez su mujer.

—Bueno, sí —contestaba Milla a duras penas y cada vez con menos ganas—, llamé a Michel y a Fernando Hierro... y por la mañana fuimos a contárselo al gerente.

—¿A Fernández Trigo?

—Sí.

—¿Y qué os dijo?

—Que había que hablar con el presidente.

—¿Y se lo contasteis al presidente?

—Sí... dijeron que contestara que sí y grabase la conversación... pero eso era muy fuerte, tú... Era joder a un tío para siempre...

—¿Por qué no le grabasteis?

—¡Es uno de sus mejores amigos, oye! —contestó de nuevo su mujer.

Noté que la conversación podía romperse en cualquier momento y que Milla podría asustarse y renunciar a grabar la entrevista. Pausadamente fui cambiando de tema hasta finalizar la comida y regresamos a la radio.

Luis Milla y su mujer atravesaron la Redacción, mientras les enseñaba un poco lo que eran las nuevas instalaciones de la Cadena SER. Buscaba a Paquito con la mirada pero no le encontré. Pregunté a Tomillo dónde había un estudio libre para grabar. Me señaló uno, al fondo del pasillo, porque los demás estaban todos ocupados. El futbolista y su mujer observaban divertidos las imitaciones de Javier Capitán y Luis Figuerola Ferreti en el programa de *La verbena de la Moncloa*.

Les llamé cuando el estudio estaba preparado. Entonces apareció Paquito.

—¡Joserra...! Oye, que llama Manolete y dice que en el *Marca* salen mañana diciendo que fue Bakero el que hizo la llamada a Milla...

—¿José Mari? ¿José Mari? —preguntaba la mujer de Milla asombrada.

—¡José Mari no tiene nada que ver con todo eso...! ¡Dios mío, que follón van a armar!

—No te preocupes —le tranquilice yo—, ahora te pregunto algo de pasada sobre eso y tú dices que Bakero no tuvo nada que ver y ya está.

Milla no estaba demasiado convencido.

—Yo preferiría que no hablásemos nada de todo eso.

—Ya, hombre, pero por dejar claro que Bakero no tiene nada que ver; es que si no, fíjate en que lío le meten...

Asintió con la cabeza sin estar demasiado convencido.

Comenzamos la grabación en un tono pausado, hablando del partido que el Madrid iba a jugar el sábado con el Barça. Se le notaba todavía un poco tenso. Sus contestaciones eran lacónicas y muy meditadas. En un momento dado decidí probar suerte con su sinceridad, aunque estaba convencido de que no iba a ser capaz de mentir. Le comenté con suavidad y sin poner tono escandaloso en la pregunta por aquella llamada de un compañero suyo del Barça, una noche a su casa.

—Sí... recibí esa llamada... —balbuceó Milla.

—Te ofrecía mucho dinero... para que el Madrid perdiese en Tenerife.

—Sí...

—Tú tenías que hacer un penalti... y que te expulsaran...

—Más o menos —contestaba Milla muy ruborizado y bastante incómodo—, pero no lo recuerdo bien.

Yo le miraba fijamente a los ojos. Me convencí que no mentiría. Di otra vuelta de tuerca a las preguntas.

—¿Reconociste la voz del que te llamó?

Milla dudó unos segundos, levanté la vista y vi en el control del estudio a su mujer que no perdía detalle de la entrevista. El jugador agachó un poco la cabeza antes de contestar.

—Sí... sí, claro que la conocí.

—¿Era amigo tuyo?

—Sí.

Le vi totalmente entregado y entonces me perdió mi sentimentalismo y mi sensiblería. Algo me decía que aquello iba a ser una bomba de neutrones pero, si le obligaba a dar el nombre, el alcance podría ser demasiado escandaloso. Sin embargo, sabía que tenía que preguntárselo. Estaba obligado. Vi las caras en el control. Me fusilaban con la mirada. Podía leer en sus ojos: "¿A qué esperas para preguntárselo?".

Miré fijamente a Milla, moví la cabeza en sentido negativo y con el dedo índice le hice un "no" con rotundidad, al tiempo que le preguntaba:

—¿Vas a dar su nombre?

Milla guardó unos segundos de silencio. Yo me sentí mal por haberle llevado al borde de aquel acantilado y moví la cabeza haciendo la señal del no. Respiró hondo y balbuceó.

—No... no lo voy a dar.

Aquella noche emitimos la entrevista sin advertir que estaba grabada, aunque avisamos al *As* y al *Marca*. Fue un escándalo. Los periódicos dedicaron sus portadas a todo este tema durante los días siguientes y luego páginas y más páginas. La FEF no supo qué hacer y se limitó a esperar las indicaciones que pudiera emitir José María García. El CDS pidió que se hiciese una investigación.

Fueron los efectos de la onda expansiva durante los primeros días. Esa onda, al primero que se llevó por delante fue a Milla. El diario *Marca* le acusó con una portada que a mí me pareció el colmo de la hipocresía. Era una portada con el rostro de todos los jugadores del Barça y un titular "Los has puesto bajo sospecha". Era una acusación feroz contra Milla, al que empezaron a caerle encima acusaciones de oportunismo, escándalo... Al final le impusieron una sanción de un millón de pesetas por negarse a dar el nombre del jugador del Barça que le llamó por teléfono ofreciéndole aquella cantidad de dinero. Esa multa Milla no la pagó, porque el propio CDS, después de muchas conversaciones mías con el entonces secretario de Estado para el Deporte, Rafael Cortés Elvira, le condonó la sanción un año después.

La Redacción vivió el temblor de la explosión que provocó aquella entrevista y el retroceso. Nos acusaron de oportunistas, de periodismo amarillo... Pero aguantamos bien. Yo sufrí por Milla. Le llamé. Intenté explicarle todo. Es tan buena gente que me llegó a entender y me perdonó.

Durante los días siguientes intentamos averiguar quién era el que hizo la llamada a Milla. Las pistas eran muy claras, íntimo amigo suyo y además vivió con él. Sólo conocíamos uno con esas características: Guillermo Amor. Fuimos a hablar con Amor y, sorprendentemente, no rehuyó el diálogo. Estuvo cortés y rotundo.

—Sí, soy amigo de Luis Milla, compartí piso con él, pero yo no hice esa llamada.

Le forzamos y no perdió la compostura nunca.

—¿Darías tu palabra de honor de que tú no hiciste esa llamada? —le pregunté.

—Te la doy ahora mismo. Yo no hice esa llamada.

Me dejó sorprendido. Tan sorprendido que yo, que estaba seguro de que había sido Amor, comencé a dudar. Después llegué a estar seguro de que no fue Amor... pero ¿quién si no... ?

La duda me estuvo corroyendo por dentro durante mucho tiempo.

Una tarde, durante una conversación con un amigo de Barcelona que conoce muy bien el Barça y que me solía aclarar bastantes cosas, salió este tema.

—Te faltó profundizar un poco más —me dijo.

—¿Profundizar más... ? No sabes lo que dices —contesté malhumorado—; fueron días durísimos, investigamos, preguntamos... fue imposible... Amor compartía piso con Milla y él no fue... ¿quién entonces?

Mi interlocutor esbozó una sonrisa y me preguntó:

—¿Quién te dijo a ti que el piso lo compartía sólo con Amor? ¿Acaso preguntasteis a Angoy, el yerno de Cruyff, que era la otra persona que vivía con ellos en el piso?

Yo soñaba ser periodista en la terraza de mi madre, mientras estudiaba Teoría de la Información, las tesis de Fattorello, McLuhan y la Galaxia Guttenberg. Me costaba aprenderme todo aquel entramado de apuntes mal tomados y llenos de tachones. Dudaba de que todo aquello sirviese para algo. Dudaba, porque a mí lo único que me interesaba era cómo y dónde encontrar trabajo. Soñaba con que me contestasen a alguna de aquellas cartas que yo enviaba a infinidad de periódicos solicitando trabajo en prácticas para el verano. Nunca llegaban, pero yo seguía esperando.

Los días que tenía examen solía ponerme a estudiar en la terraza hasta el mediodía. A esa hora, los viejos, que llevaban toda la mañana discutiendo en el banco de piedra que hay justo debajo de la terraza de mi madre, ya comenzaban a alborotarse. Levantaban la voz y discutían más fuerte entre ellos. Me encantaba escuchar aquellas conversaciones sin que sospecharan siquiera de mi presencia. A ese rincón del pueblo lo llamábamos el mentidero, porque decía mi abuelo Nicasio que allí no se oían más que embustes.

Cuando el alboroto ya me tenía totalmente distraído me gustaba recostarme en la barandilla de la terraza y observar con atención el espectáculo del mentidero. Levantaba la vista y veía venir por la carretera al tío Braulio.

Braulio

Braulio es perfecto para una caricatura, se diría que se lo dejó olvidado Walt Disney en alguno de sus vuelos fantásticos y alguna de sus sirenitas le dejó caer en este campo castellano, detrás de unas cuantas vacas, sucias y mal cuidadas, dicho sea de paso. Pero eso sí, las quiere...

—*¡Más que to las cosas, José!*

—*¡Quiá!*

—Lo que yo te diga, José, *pa mí* la Amapola es como una hija.

—*Pos* es una vaca.

—Te digo que como una hija, ¡coño!

Dudo que pase del metro sesenta, y no le echo más de cuarenta y cinco kilos. Los pantalones vaqueros se los quitará esta noche cuando acabe de aviar a las vacas y baje al bar a perder la partida, la caña y los veinte duros. Lo que no se quitará es la gorra de visera. Ni siquiera sé si tiene calva en la coronilla, siempre la lleva puesta y bien calada, hasta casi los ojos.

El tío Braulio suele parar en el mentidero, donde los viejos pasan la mañana sentados al sol, escuchando al Jaque hablar de la Feria de Sevilla y de lo bien que han estado Luis Francisco Esplá y el Yiyo, y de cómo Manzanares no acaba de convencerle. Los otros escuchan atentos, porque eso es verdad, el tío Jaque ha estado en la Feria de Sevilla. Se va todos los años con la Inés a casa de unas amistades, pero también saben que las mentiras vendrán luego, cuando les digan cómo eran los toros y cómo uno que estuvo a punto de darle un disgusto a Esplá le recordaba a otro que mató él cuando tenía veinte años, en no sé que pueblo.

A todo esto aparece Braulio, por la carretera, con una carretilla en la que lleva tres paquetes de alpacas. Siempre el mismo recorrido, a la misma hora y la misma cantidad de alpacas. ¿De dónde las traerá? Es algo que nunca he averiguado.

El Jaque empezaba a aburrir al personal porque de la faena de Esplá se había ido a la suya con un toro parecido en el año 32 y, con la garrotita, que hacía de muleta, simulaba el pase perfecto. Fue al volverse cuando vio al tío.

—¡Coño, Braulio!, ¡Brauliooooo!

Y ya todos empezaban a llamarle :

—¡Brauliooo!, ¡Brauliooo!

Pero el tío Braulio a lo suyo: carretilla, carretera y alpacas pasito a pasito. Cuando llegaba a la altura de los jardines donde los viejos estaban sentados en los bancos del mentidero de nuevo todos empezaban a llamarle. El tío Jaque, con sombrero, chaleco ajustado y levantando la garrota señalándole con ella, le imponía más la atención.

—¡Buenos días , Braulio!

Le saluda teatralmente

Y el tío Braulio empujando la carretilla

—*¡Güenos* días!

—Ven un poco a charlar con los amigos

—No, que tengo prisa

Y entonces todos empezaban a convencerle a coro:

—¡Venga, Braulio!

—¡Anda que no tienes tiempo!

—Pero si no paras en *tol* día...

A todo esto, Braulio había soltado la carretilla y se estaba secando el sudor de la cara con el dorso de la mano. Había sacado un pitillo y lo estaba encendiendo.

El tío Jaque se había adelantado unos metros hacia él.

—Anda, ven, que dicen éstos que no has sido lince tú *pa* los negocios.

Y Braulio, ya totalmente convencido:

—*Güeno*, pero en lo que echo el pitillo, ¿eh?, que tengo mucho que hacer.

Estos viejos, como los niños, mezclan en dosis parecidas la ternura con la crueldad y, cuando necesitan diversión y la tienen cerca no escamotean esa crueldad.

—Pues les decía yo a éstos... —y se echaba atrás su sombrero el Jaque— que has sido un lince para los negocios.

—Hombre, *mu* lince, *mu* lince...

—Nada, Braulio, no me digas que no, acuérdate cuando lo de la cabra.

Los viejos retorcidos de risa por dentro, serios por fuera:

—¡La cabra...!, ¿qué cabra...? ¡ah!, ¡ya sé! Jo, jo, jo.

—¡Cómo me engañaste, bribón! —sonreía el Jaque mientras guiñaba un ojo a la concurrencia.

Y el tío Braulio, mordiendo el cigarro con una risita ignorante:

—¡Anda!, cuéntaselo a éstos —le animaba el Jaque.

—*¡Quiá!*

Y el tío Jaque:

—Fijaros qué lince... —los otros habían oído la historia mil veces—. Tenía una finquita ahí arriba, *¡ná!*, un cachito que no valía para nada porque no lo tenía ni *labrao* —el cachito hoy en día es una urbanización de chalés— y se me antojó a mí un día y le dije : "Oye Braulio, ¿quieres venderme ese cachito del cruce?". Y él me dijo: "Te lo cambio por las ovejas que tienes en La Laguna". Yo tenía pastando en La Laguna veinte ovejas y una cabra, y claro, le dije: "¡Coño, Braulio!, no seas abusón, ¡si son cuatro retamas que no valen ná!". Y él, erre que erre, que si no era por las ovejas de La Laguna que no me lo daba.

Los viejos ya no se tenían y apenas si podían contener la risa viendo al tío Braulio orgulloso, recostando la cabeza sobre las manos y éstas sobre el garrote, escuchando embobado cómo contaban una historia en la que él era el protagonista. Entonces se reía, echaba otra calada al pitillo y les guiñaba un ojo a los viejos.

—¡Nos ha jodido!, me iba yo a dejar engañar por éste —señalando al Jaque.

Pero el Jaque seguía:

—Pues después de mucho discutir me dio la finca, ¡pero se llevó las veinte ovejas!

Y el tío Cano enseguida saltaba:

—¿Y la cabra?, ¿quién se llevó la cabra?

Y el tío Braulio, agachando la cabeza, descargando la ceniza de su pitillo, decía:

—Ésa se la regalé. A mí no me gusta abusar...

El tío Braulio volvía a su carretilla y a sus alpacas emprendiendo la cuesta calle arriba, mientras el mentidero disfrutaba alborozado el rato de risa que habían pasado. Aun antes de doblar la esquina hasta llegar a sus soportaleras donde le esperaban sus vacas encendía otro pitillo, se rascaba el cogote y pensaba:

—*Pos* tampoco creo yo que le timase al Jaque, el cachito era bien majo.

Y cogiendo de nuevo la carretilla decía:

—Y si no, que no se meta a negociero, ¡coño!

Finales de junio de 1993

—¡Ponte!, ¡cógelo!, dice que es una noticia que te va a interesar.

Cuando Bustillo me pasa una llamada con esa media sonrisa angelical sé que merece la pena dejar todo y ponerse al teléfono.

—¿Sí? —pregunté con curiosidad.

—Joserra —conocí la voz—, ¿no te mosquea que la Selección de Albania esté de gira por España?

—Pssssss, pues no...

—¿Sabes que tenemos que jugar en septiembre contra Albania y que si no ganamos allí es fácil que no nos clasifiquemos para el Mundial de Estados Unidos?

—¡No me jodas! ¿No vamos a ganar a Albania? —pregunté casi escandalizado.

—¡Cuidado, tú! Los albaneses tienen gente jugando por ahí bastante buena. Además...

—¿Qué?

—Están de gira por Canarias... es curioso, de ahí es el vicepresidente de la Federación Española de Fútbol, Juan Padrón.

—¿Y qué?

—Pues que ¿quién ha traído de gira a los albaneses y a cambio de qué?

—No lo sé.

—Yo sí. Los ha traído un tal Carlos Uriarte... buen elemento.

—¿Quién es ése?

—Ése fue presidente del Badajoz, amigo de Juan Espino, el vicepresidente de la Federación Española de Fútbol, y ahora vive en Bakio, un pueblecito de Bilbao. Allí tiene un restaurante y se quiere dedicar al trapicheo de futbolistas.

Cuando colgué el teléfono me sonaba de algo el pueblo de Bakio pero en esos momentos no recordaba de qué. En unos segundos conseguí recordar. Bakio es un pueblo precioso en la costa de Vizcaya, donde el año pasado habíamos estado cenando al regresar del Tour de Francia con Jorge Ruano, mi amigo Carmelo Zubiaur —que veraneaba allí— y Andoni Goicoetxea.

Llamé a Carmelo Zubiaur.

—Carmelo, ¿tú conoces a un tal Carlos Uriarte? —dudó unos segundos.

Yo le apunté.

—Me han dicho que es de Bakio y que tiene un restaurante.

—¡Claro que lo conozco! Y tú también. Es el dueño del restaurante donde cenamos el año pasado con Andoni Goicoetxea cuando regresabais del Tour.

—¿El tipo bajito de pelo rizado?

—¡Ese mismo!

—¿Es verdad que se dedica a trapichear con jugadores del Este?

—No lo sé... No he oído nada. Si quieres, pregunto.

—Creo que es el que ha traído a la Selección de Albania de gira por España. Si te enteras de algo, me llamas... ¿vale?

Dos días después, mientras preparaba la maleta para viajar hacia el Tour de Francia, de nuevo volví a recibir la misma llamada.

—Hazme caso, el tal Carlos Uriarte ha hablado con Juan Espino, le ha dicho que el partido de Albania se puede arreglar, los albaneses están dispuestos...

—¿Por qué estás tan seguro?

—Hazme caso, Joserra... Carlos Uriarte tenía problemas económicos, tiene una salida para conseguir dinero fácil y los albaneses hacen lo que él les diga... ¡Joder, él es quien está manejando la gira que están haciendo por España!

Llamé a Carmelo Zubiaur. Le cogí un poco descolocado.

—No sé, no he tenido tiempo de hablar mucho con él... Fíjate que estuve en Bakio el otro día y le vi... pero se me olvidó... aunque sí me dijo algo de los albaneses.

—¿De la Selección de Albania? —pregunté.

—No, no, fue algo sobre jugadores de Albania que iba a traer al fútbol español.

Antes de marchar hacia el aeropuerto pasé por la radio. Quería despedirme de Augusto, posiblemente ya no lo vería hasta septiembre. Tenía muchas visitas e hizo un hueco para hacerme pasar. Nos dimos un abrazo. Cuando me marchaba le comenté:

—Hay un asunto raro... que ya te comentaré.

—¿Otra Milla de Oro? —me guiñó un ojo sonriendo.

—Igual peor... no lo sé.

—Pues ya me comentarás —me dijo a modo de despedida.

Cuando bajé a la Redacción pregunté por Paco y Lama. Paquito estaba escuchando unas sintonías para el *Carrusel*, Lama estaba de vacaciones. Me dirigí al estudio donde Paco escuchaba músicas que pretendía fuesen nuevas sintonías para el *Carrusel.* Estaba muy enfrascado en lo suyo pero salió un momento.

—¿Te vas ya?

—Voy hacia el aeropuerto.

—¿Gana otra vez este año Induráin?

—Estoy seguro... Pero escucha: el Tour tiene muchos kilómetros, el verano es largo... hay algo que quiero que sepas, por si me pasara algo... Es una gilipollez, te vas a reír, a lo mejor no significa nada, pero me han dicho que hay un tipo que está ofreciendo a la Federación arreglar el partido con Albania...

—No creas que es ninguna gilipollez —me dijo Paco con aire pensativo.

—El tipo se llama Carlos Uriarte, vive en Bakio, tiene un restaurante, fue presidente del Badajoz y parece que el ofrecimiento se lo ha podido hacer a Juan Espino.

Induráin volvió a ganar el Tour de 1993. En alguna ocasión volví a llamar a Carmelo Zubiaur desde Francia, para que preguntase a Carlos Uriarte, pero Carmelo se hacía el loco o no quería comprometerse.

—Yo no sé, Joserra... no creas que para mí es tan fácil... Habla tú con él.

—¡Claro! —me cabreaba con Carmelo—. Voy y le pregunto: "¿Estás intentando arreglar el Albania-España?" y él me dice: "Sí... ¿pasa algo?". ¡Joder, Carmelo, tienes cosas de perogrullo...! ¡No me jodas!

Aun así, se me iban ocurriendo ideas, algunas cada vez más descabelladas. Cuando regresábamos de Francia le comenté a Jorge Ruano en aquellos larguísimos tramos de autopista desde París:

—Jorge... ¿tú podías meter un micrófono en un bolígrafo?

Ruano me miró con gesto sorprendido.

—¿Un micrófono en un bolígrafo...? No te entiendo... explícamelo bien.

Lo bueno que tiene Jorge Ruano —una de sus mil cosas buenas— es que nunca te pregunta para qué, sólo qué necesitas.

—Sí, coño —le dije un poco nervioso—, un bolígrafo con un micrófono para poder grabar una conversación... ¡Está clarísimo!

—No, mira, una cosa es un micrófono, y otra una grabadora... Te puedo poner un micrófono en un bolígrafo que, a través de un cablecito, iría conectado a una pequeña grabadora.

—¡Cojonudo! ¿Y cuándo lo tendrías?

—No lo sé... para hoy no, desde luego... ¿Para cuándo lo necesitas?

—Cuanto antes.

—Tendré que llegar a Madrid y ver qué tenemos... y qué necesito.

Durante el mes de agosto observé que la Selección de Albania mantuvo su gira por España y bajó a jugar a Canarias.

No sabía cómo entrar en contacto con Carlos Uriarte. Después de mucho pensarlo decidí hacerlo a primeros de septiembre. Para el día 8 de septiembre estaba previsto el partido entre Albania y Dinamarca y para el 22 de ese mismo mes se jugaría el Albania-España.

Una tarde me encontré encima de la mesa de mi despacho un sobre amarillo.

—Lo ha dejado Ruano para ti esta mañana —me explicó el Busti.

Rasgué el sobre y observé un pequeño bolígrafo de plástico verde, del que salía un cable negro que estaba conectado a una grabadora, no más grande que una caja de cerillas.

El bolígrafo verde tenía unos agujeros del tamaño de la cabeza de un alfiler, hechos en la corona del capuchón, donde se escondía un diminuto micrófono.

Sonreí satisfecho, mientras alargaba el cable para comprobar dónde podía esconder la grabadora. La introduje por debajo de la camisa y pincé el bolígrafo a la altura de la solapa. Apreté el *play* de la grabadora y hablé despacio unos minutos. Luego entró Paquito y continué con él la conversación. La grabadora, al ser tan diminuta, no tenía altavoz para reproducir, con lo que fui hasta un estudio para comprobar si realmente aquel micrófono recogía sonido alguno.

El técnico introdujo un pequeño *jack* en una de las salidas de la grabadora y lo conectó a la mesa de control. Apretó un botón, subió dos regletas y por los altavoces del estudio escuché, con perfecta nitidez, la conversación que había mantenido segundos antes con Paquito. Pensé en Ruano y Pedrito Collado.

—¡Qué cojonudos son! —le dije a Bustillo y a Paco que me miraban muy sorprendidos sin entender nada.

—Voy a ir a Bilbao a hacer una visita al tal Carlos Uriarte.

La Selección danesa había ganado en Albania 0-1, pero con muchísimos apuros. En el último minuto los albaneses pegaron un tiro al palo y, en la segunda parte cuentan las crónicas que les corrieron a patadas hasta encerrarles en su área.

Me costó convencer a Carmelo Zubiaur.

—Sólo te pido que me lleves a comer a casa de Carlos Uriarte. Sólo eso... Tú estarás en Bakio el sábado porque me has dicho que tienes que recoger a tu familia, pues quedamos a comer y vamos allí.

Carmelo no estaba demasiado convencido.

—Si me pregunta a qué vienes, ¿qué le digo?

—Es fácil... tengo que ir a una charla-coloquio en Deusto.

El viernes comenzaban las fiestas de Brunete. Me pasé el día entero probando la pequeña grabadora con el bolígrafo-micrófono pinzado en el bolsillo de la camisa. El cable iba por dentro hasta el bolsillo del pantalón, en el que había hecho un pequeño agujero para conectarlo a la grabadora. Ensayaba cientos de veces: arriba grabando, abajo apagado. El problema era cuando cambiaba de postura la grabadora en el pantalón y dudaba si el *play* de grabar lo había colocado en posición de arriba o abajo. Son los nervios, —me decía a mí mismo.

No comenté nada a nadie. En el pueblo fuimos a ver los fuegos artificiales aquella noche con Robinson y Relaño que vinieron a cenar a Brunete. Yo no les dije que tenía que madrugar. El avión para Bilbao salía muy temprano. Apenas dormí en toda la noche. Llegué pronto al aeropuerto. Cuando fui a pasar el control de metales me acordé de la grabadora.

—¡Me cago en diez...! —empezó a pitar el chivato de la policía bajo el arco de madera. Saqué la grabadora aparentando despiste y se lo mostré al guardia civil mientras la colocaba encima de la cinta transportadora.

—Es una grabadora... se me había olvidado.

El guardia la miró con curiosidad pero me la devolvió sin hacer comentarios.

En el aeropuerto de Bilbao me esperaba Carmelo. Tomamos café tranquilamente aunque él se mostraba preocupado.

—Exactamente, ¿qué es lo que buscas... ? ¿Qué pretendes?

No le dije nada de la grabadora ni le quise confesar todas mis sospechas, pero sí entendí que debía ponerle sobre aviso.

—Ese Carlos Uriarte... tiene buenos contactos en Albania —le dije—, no es de extrañar que esté ofreciendo arreglar el partido contra España.

—¡Eso es un disparate! —protestaba Carmelo—. Si no ganamos a Albania... ¡Ya me dirás!

—Pero si tenemos seguro que sí ganamos mucho mejor... ¿o no?

—Me tendrás que explicar con más detalles qué es lo que buscas, Joserra; si no, no cuentes conmigo para ir allí.

Yo trataba de ser convincente, pero me dolía la cabeza al no haber dormido y posiblemente tomé alguna copa después de los fuegos artificiales. No me encontraba fuerte. Enseguida me irritaba.

—¡Joder, Carmelo...! ¿Qué quieres que te cuente... ? Ese tío ha ofrecido a Juan Espino arreglar el partido de Albania... ¡Lo sé...! Y no puedo contarte más... porque no sé mucho más.

Dimos un largo paseo. Viajamos a Bakio. El pueblo es precioso. Se esconde tras una concha, en el acantilado, dando forma a la playa que se extiende en una panza de arena fina frente al Cantábrico. Por allí veranean viejas glorias del Athletic a las que Carmelo me llevó a saludar, como se rinde devoción a los santos en una parroquia.

—Ven, mira... ¡aquel es Arieta...! ¡Y aquel Carlos... el que fue pichichi! ¿Te acuerdas?

A las dos y cuarto de la tarde entendí que era el momento de dirigirnos hacia el restaurante de Carlos Uriarte. Fuimos dando un paseo. Hacía un día espléndido. El restaurante es una antigua discoteca, con pista de baile, reconvertido en cafetería-restaurante.

Nos recibió su mujer, aunque Carlos Uriarte no tardó mucho en salir.

—Perdonad... había ido a ver si conseguía unos percebes... pero ha estado el mar muy picado y es imposible.

Carlos vestía una camisa blanca de manga corta y un pantalón oscuro. De baja estatura, pero complexión fuerte, su musculatura y su abdomen planchado me hicieron pensar que dedicaba horas al gimnasio y al *footing*. Tenía el pelo negro rizado, con profundas entradas por delante y muy largo por detrás, a modo palmero de tablao flamenco.

—¿Qué vais a querer comer, José Ramón? —se dirigió a mí con familiaridad—. Tengo unos besugos que los puedo mandar preparar ya.

—Por mi parte, perfecto —Carmelo también asintió.

Durante la comida mantuvimos una conversación muy futbolera, sobre jugadores de Albania que Carlos Uriarte quería colocar en España. Fundamentalmente había uno, al que él había tenido en su casa bastante tiempo, cuidándolo como si fuese un hijo suyo, Stroni.

—Es muy bueno, y muy buen chaval, le falta mala leche... en la gira ha sido el mejor.

Carlos hablaba de los albaneses con familiaridad y comprensión. Conocía bien la problemática de sus gentes y las necesidades que pasaban. Gesticulaba moviendo las manos, unas manos muy pequeñas que no paraban en ningún momento.

—Son una pobre gente —decía Carlos— y los engañan como a chinos, pero ya están muy hartos y yo les estoy abriendo los ojos... En la gira tuve que parar los pies al tipo que traen como delegado, un tal Jenssen, que es como el secretario general de la Federación Albanesa... ¿Tú te crees que hay derecho a robarles... ? ¡Pues el cabrón les roba! ¡Te lo juro! Cuando fuimos a jugar a Toledo les dije a los chavales: "Diez mil pesetas para cada uno si ganáis...". Ganan y le doy la pasta a Jenssen para que la reparta en el autobús y les da cinco mil pelas a cada uno y les va diciendo que las otras cinco mil son de impuestos... ¡Tasas de aeropuerto! ¡Les decía el muy hijo de puta!

Fue en esos momentos cuando vi la ocasión de entrarle a mi tema.

—O sea, que sería fácil arreglar el partido con España —le dije mientras apretaba el *play* de la grabadora.

Carlos Uriarte hizo como que no me oía y siguió hablando del buen equipo que pueden formar y de las penurias que pasan. Me puse nervioso. Apagué la grabadora. Al rato la volví a encender cuando supuse que la conversación podía ponerse interesante, pero hube de apagarla otra vez. No decía nada, ni insinuar lo más mínimo, ni un pie para que yo pudiese volverle a entrar. Con tanto encender y apagar, ya comencé a dudar si tendría la grabadora encendida o apagada. ¿Y si está encendida? ¿Y si está apagada? ¿Y si me quedo sin pila... ? Sólo lleva una pila y con el trajín que me traigo igual ya la he gastado... Pedí disculpas y me levanté al servicio. El bolígrafo estaba perfectamente prendido y el cable llegaba a la grabadora por debajo de la camisa, pero la grabadora estaba encendida y la cinta continuaba corriendo. ¡Maldita sea! Pensé, la pila estará consumida. Cambié la pila y rebobiné toda la cinta. Apagué la diminuta casete y volví a colocarla en el bolsillo del pantalón.

Cuando llegué de nuevo a la mesa la conversación ya era más animada.

—Mira, Joserra —decía Carmelo—, dice Carlos que los albaneses nos pueden dar un disgusto muy serio si las cosas no se hacen bien.

—A los daneses ya se lo dieron, ¿eh?

—Bueno, bueno... —sonreí yo—, los daneses ganaron a Albania.

—Sí, ¿pero cómo... ? ¿eh? Ganaron 1-0... pero, en el último minuto, éstos pegaron un tiro al palo que si entra les jode la eliminatoria.

—Perdieron, Carlos, es lo único que cuenta —le provoqué otra vez.

Carlos Uriarte se descompuso por vez primera.

—¡Sí, perdieron...! ¡Pero a España se lo van a poner muy jodido... que se anden con cuidado!

—¿Por qué se lo van a poner tan jodido? No tienen nada que ganar.

—A lo mejor hay prima de alguien —me contestó mientras se llevaba un trozo de pescado a la boca.

—¿De quién?

—No lo sé... de alguien.

—Tú podrías hacer un favor grande a la Federación, ¿no?

Carlos no contestaba. Bebió un poco de vino y se limpió con la servilleta. Yo insistí.

—Siendo amigo de Juan Espino, deberías hablar con él... otra vez. Ya sé que habéis hablado, pero deberías concretar más.

Levantó la vista y me observó despacio y descaradamente. Yo no me atrevía a meter la mano para darle al clic de la grabadora.

—¿Quién te ha dicho a ti que hemos hablado?

—¡Joder, Carlos... qué cosas tienes! Yo conozco a Espino, no me he caído de un guindo, sé que tú eso lo podrías arreglar... pero él no se fía —bajé la mano y le di a la grabadora.

—¿Que no se fía... ? Joder, que pregunte a los jugadores de Albania... ¡Que le digan quién soy yo! Soy el único que puede arreglar eso... pero, claro, si no se fía, allá él...

—Hombre —suavicé mi tono—, no es que no se fíe de ti... es que no sabe si podrás garantizar que todo salga bien.

—Mira, yo conozco a los jugadores, sé cómo han estado apañando los partidos, ¿sabes? ¿Sabes lo que hacen... ? Les envían un cargamento de víveres y medicinas que recoge el cabrón ése del Jenssen y que luego vende él en el mercado negro, pero a los jugadores no les llega ni un duro... ¡Y están hartos! Con Dinamarca pasó eso y los jugadores se enteraron y, en la segunda parte, salieron a comérselos... ¡Si entra ese tiro al palo!

—O sea que los daneses iban sobre seguro.

—¡Claro...! Pero casi les sale mal... Ellos van con el rollo del cargamento de víveres, ropas, medicinas... que luego desaparece y, a cambio, sacan una selección muy flojita alegando que no tienen dinero para traer a tres o cuatro futbolistas buenos que juegan en Alemania.

—Pues con España pueden hacer lo mismo —le provocaba otra vez yo.

—¡No les va a valer...! ¡Se lo he dicho a Espino...! ¡Con seis millones de pesetas eso lo arreglo yo...! y a lo mejor con menos... Pero que no hagan gilipolleces de víveres y cosas de ésas, porque a los jugadores eso no les llega y saben que se lo queda el Jenssen ése y van a salir a morir.

—¿Y qué te dijo Espino?

—Que sí, que iba a hablar con Villar y con Gerardo González, pero no me dan la pasta.

—¿Cuánto les has pedido?

—Yo les he dicho que me den tres millones por delante y con eso lo arreglo... y luego que me den a mí otros tres; ¿te parece mucho?

—No, está bien —le contestaba yo aparentando absoluta normalidad.

—Se juegan mucho... ¡muchísimo dinero...! ¿tú sabes lo que es participar en un Mundial...? y no lo tienen fácil ¿eh...? Como pierdan en Albania se les jodió el Mundial.

—Si son listos te darán ese dinero —le aseguraba yo.

—Fíjate —me decía Carlos abriendo las manos—, yo esto ya se lo dije a Clemente hace tiempo y el tío me dice: "¡Ah, eso díselo a Villar...!" ¡Joder, Javi, que tú te vas a llevar una pasta!, le dije... pero el tío se hizo el loco.

—¿Y qué más te dijo Clemente?

—¡Nada...! eso, que se lo dijese a Villar... ¿y sabes una cosa...? si Clemente fuese listo, la pasta me la tenía que haber dado él... pero me dijo que se lo dijese a Villar.

—¿Y a Villar no le has dicho nada?

—No, me ha dicho Espino que se encarga él de todo.

—Entonces estáte tranquilo, te la darán.

—Sí, pero ¿cuándo...? Fíjate que hoy es 14 de septiembre, el partido es el día 22... a mí, si no me dan la pasta por delante no hago nada, que luego sé lo que pasa.

Noté que estaba sudando. Me preguntaba si todo aquello habría quedado recogido. Estaba seguro de que sí, pero tenía ganas de comprobarlo. ¿Y si había fallado algo? Me dolía muchísimo la cabeza. Pedí dos aspirinas con el café.

—¿Cuándo vas a ir a Madrid? —le pregunté en tono de complicidad.

—Hoy es sábado... no sé... el lunes a lo mejor.

—Pues llámame, a lo mejor me he enterado de algo, no vaya a ser que te líen y al final no cobres un duro.

—Si no me pagan por adelantado yo no me muevo, eso está claro.

A Carlos Uriarte, de repente, le entraron las prisas. Jugaba el Athletic de Bilbao en San Mamés y quería ir a verlo. Carmelo le propuso dejarme a mí en el aeropuerto y luego irse juntos a ver el partido. Así lo hicimos. Durante el trayecto de Bakio hasta el aeropuerto no hubo otra conversación que esa misma del dinero para arreglar el partido contra Albania en Tirana. No apagué la grabadora. Me estallaba la cabeza. Comenzó a llover cuando llegamos al aeropuerto de Bilbao. Me despedí de Carmelo y de Carlos Uriarte, reiterando a éste que me llamase si iba el lunes a Madrid.

El avión salió puntual. Intenté dormirme pero no podía. El dolor de cabeza iba a más. Recuerdo que era el día del Cristo en Brunete y que Javi había organizado una cena con todos los amigos. Miré el reloj, llegaría a tiempo, pero me notaba cansadísimo.

En Madrid no llovía. El tiempo era bueno, casi caluroso. En mi casa no había nadie. Las niñas estaban en el baile de la plaza. Otro café, otras dos aspirinas y una ducha.

La orquesta que tocaba en el escenario desparramaba la música casi hasta las afueras del pueblo, aunque se mezclaba con la sirena del carrusel de los caballitos, los coches de choque y las voces del tipo de la tómbola.

Javi, Luciano, Paco, todos estaban de punta en blanco y encorbatados haciendo honor al Día del Cristo.

—¿Dónde te has metido? —me preguntó Javi.

—Por ahí...

—Pensé que hoy no ibas a la radio.

—¿Están todos? —le pregunté para cambiar de tema.

—Todos... han venido todos... hasta el Quili y los panaderos con las mujeres.

Javi llevaba tiempo intentando organizar una cena con todos los amigos de la infancia, a poder ser en las fiestas del pueblo, y al parecer lo había conseguido.

Desde el restaurante nos llegaban los ecos de *Paquito el chocolatero*, último pasodoble de aquella noche en el baile. Para esa hora Javi y yo ya nos habíamos puesto nostálgicos. Él apurando un Ducados y yo rompiendo palillos en el cenicero y ambos moviendo una copa de orujo de hierbas en la mano.

—¿Sabes un personaje que te podía valer para el libro ése que estás escribiendo? —me preguntó Javi.

—No sé... ¿cuál?

—Sí, coño, Aurelio el de la bomba... ¿te acuerdas?

Aurelio

Fue como si, de repente, Javi hubiese arrojado una piedra a las aguas mansas de mis recuerdos, donde la figura del Aurelio empezaba a reflejarse con cierta claridad y ahora se fuese diluyendo con los vaivenes de las ondas.

Aun así, recuerdo un pozo de piedra; una piedra de granito de una sola pieza y, subido en el borde, el Aurelio, la camisa desabrochada, el pantalón remendado con retales de otros colores y unas sucias deportivas rotas y mal atadas.

El Aurelio, subido en el borde del pozo, brincaba con soltura de un lado a otro. El pozo apenas tendría un metro y medio de ancho, pero la profundidad nos impresionaba porque la desconocíamos. Era un pozo que había junto a las casas derruidas y abandonadas después de la guerra y donde crecía un pasto fresco en el que pastaban las ovejas del Aurelio.

Al salir de la escuela solíamos acercarnos por allí y, entre las ruinas de las casas, organizábamos feroces dreas con los tiradores que siempre arrojaban un saldo de tres o cuatro escalabrados.

El Aurelio seguía dando brinquitos de uno a otro lado del pozo y se golpeaba el pecho desnudo con fuerza mientras, con la otra mano, en la que sostenía un cigarro, nos señalaba uno a uno acusándonos.

—¿Quién se atreve? ¿tú? ¿tú? ¿tú? —y soltaba unas risotadas pendencieras.

—¡Sois unos cobardes!

Había que atreverse a pelear con él en el borde del pozo. Nosotros no movimos un músculo porque no interpretara que nos atrevíamos. Le mirábamos con ojos de asombro como si fuese el mismo Capitán Trueno en persona, algo que nos desencantaba cuando, de repente, el Aurelio se bajaba de un brinco y comenzaba a soltar blasfemias, improperios y cantazos a alguna de las ovejas que se había metido entre las ruinas de las casas viejas. Cuando lograba hacer salir a las ovejas decía justificando los gritos:

—¡Si se cae la casa me las mata...! ¡y luego mi padre me mata a mí...! Ja, ja, ja.

Y soltaba aquella risotada suya. Nosotros le acompañábamos con una sonrisa sin pararnos a pensar que, al poco rato, estaríamos corriendo a cantazos entre las ruinas, con el propio Aurelio dentro; y que el peligro de quedar aplastados era aún mayor, pero al Aurelio lo que le preocupaba eran sus ovejas.

Fue en una de éstas cuando, al volver a subirse al pozo, el Miguelín le dijo:

—¡Yo!

El pastor se le quedó mirando como si no creyese lo que había oído.

—¿Tú...? ¿tú qué?

—¡Que me atrevo a subir! —dijo el Miguelín. Y subió. El Aurelio se reía, hacía como que le empujaba mientras el Miguelín temblaba al ver de pie, y en el mismo borde, la profundidad del pozo. En un instante el Aurelio hizo como que tropezaba y apunto estuvo —o nos lo pareció— de caer para dentro, pero lo que hizo fue coger de un brazo al Miguelín y retorcérselo por detrás mientras reía con grandes carcajadas. El Miguelín ya ni se movió, no quería forzar ningún movimiento por miedo a verse en el fondo de aquel agujero de agua, y se dejaba hacer mansamente. El pastor había conseguido sentarse en el borde con las piernas hacia dentro y sujetaba al Miguelín por la cintura con la cabeza hacia abajo.

—¿Te rindes?, ¿te rindes? —el Miguelín no contestaba y, si lo hacía, nosotros no le escuchábamos. El Aurelio se volvió hacia nosotros con aquella risa.

—¿Le suelto?

Le mirábamos aterrados y Raúl, el más mayor, de trece años, que ya iba a salir de la escuela, le dijo asustado:

—¡No jodas, tú!

Entonces el Aurelio sacó al Miguelín y nos lo devolvió. El muchacho tenía la cara blanca, los ojos llorosos y algunas telarañas pegadas en el pelo.

El Aurelio saltó del borde del pozo y se fue tirando cantos a las ovejas que, de nuevo, habían comenzado a meterse entre las ruinas.

A medida que avanzó el verano esa zona se fue poniendo amarilla, y el único pasto, por llamarlo de alguna manera, estaba detrás del cementerio junto al depósito de agua, por donde corre un arroyo. Allí pasaba las tardes el Aurelio cazando pájaros y tirando cantos a las ovejas. Por esa zona cuentan los viejos que fue la batalla en la guerra y que hay miles de soldados muertos bajo la tierra. Nosotros solíamos ir a buscar balas para sacarles la pólvora con la que luego hacíamos mil perrerías. A veces, mientras buscábamos balas, encontrábamos alguna bomba de piña como las que veíamos en las películas de la televisión. Entonces la enterrábamos y poníamos un palo de señal. Después, en la escuela, intercambiábamos descubrimientos.

—¡Me sé dos nidos!

—¡Y yo dos de piña!

—¡Y yo un obús!

—¡Y yo un nido de perdiz!

Algunos se hicieron verdaderos especialistas. Recuerdo que una tarde encontramos un obús tan grande que, asustados, decidimos contárselo al maestro. El obús estaba totalmente corroído, asomaba entre la tierra su vértice de la cabeza y, con las manos, lo fuimos descubriendo hasta casi desenterrarlo. Don Agustín, el maestro, se lo explicó al alcalde y éste al cabo, pero la realidad es que todos sabían que esa zona estaba llena de bombas sin explotar.

—¡Y lo mejor es no tocarlas! Decía el cabo.

Aquello se puso más interesante al quedar prohibido y, en las horas de la siesta formábamos cuadrillas que rebuscaban bombas y balas por toda aquella zona. El Aurelio era el que más se sabía, puesto que estaba desde el amanecer dando vueltas por allí con las ovejas.

Una tarde, cuando nosotros, ya aburridos, nos íbamos a marchar, el Aurelio llegó corriendo con un papel entre las manos. El papel enseguida vimos que era un sobre viejo y arrugado, en el que dentro se perfilaba algo. El Aurelio ya lo había abierto porque no necesitó rasgarlo para sacar su contenido: un gran fajo de extraños billetes.

—¡Mirad! ¡mirad! —decía—. ¡Un tesoro!

Nosotros observábamos aquellos extraños billetes marrones sin acertar a saber qué eran.

—¡Serán dólares! —dijo uno.

El pastor tiró el sobre y se los metió entre la camisa y salió corriendo unos metros, luego se volvió hacia nosotros.

—¡El que me siga cobra!

Nosotros nos subimos por la escalerilla del depósito hasta lograr encaramarnos en lo alto de la plataforma y, desde allí, le vimos agachado, examinando algo con detenimiento. Después, comenzó a golpearlo con la garrota. Paró de dar golpes. Volvió a examinarlo y levantó la cabeza mirando a uno y otro lado. A lo lejos, divisamos la furgoneta Citroën Dos Caballos del fontanero que venía hacia el depósito. La estela de polvo que iba dejando nos hizo entender pronto que venía a gran velocidad. Si nos pillaba subidos allá arriba nos la íbamos a cargar. Precipitadamente, todos queríamos bajar aunque la altura del depósito era respetable y nos hacía tomar precauciones.

Cuando bajamos la escalerilla oímos de nuevo dar golpes al Aurelio. La garrota golpeaba algo metálico a juzgar por el ruido que nos llegaba:

—¿Qué habrá encontrado? —nos preguntábamos—, cuando ya estábamos a punto de alcanzar el suelo.

El último tramo de escalerilla lo bajamos más deprisa. El ruido del motor de la furgoneta se escuchaba ya cerca, pero de repente escuchamos una explosión. Fue un ruido seco, casi como el de una escopeta de caza, pero nos pareció mucho más fuerte. Dimos corriendo la vuelta al depósito y nos asomamos con miedo; el fontanero se había bajado de la furgoneta, dejó la portezuela abierta y corría hacia donde estaba el Aurelio. Había una gran polvareda, no veíamos nada. El fontanero hacía gestos y gritaba, miraba a uno y otro lado pero no nos vio. Corrió de nuevo hacia la furgoneta, se subió en ella y fue dando marcha atrás hasta colocarla junto a las piedras donde había estado dando golpes el pastor. Se volvió a bajar del coche, el humo y el polvo ya se habían levantado un poco y vimos cómo se agachaba y levantaba a duras penas algo que tardamos en identificar como el cuerpo del Aurelio. Lo introdujo a rastras por la parte de atrás con las portezuelas abiertas de par en par y arrancó deprisa levantando de nuevo otra estela de polvo. Cuando pasó junto a nosotros, las portezuelas de atrás, que iban abiertas abanicando el polvo, nos dejaron ver un pie del Aurelio sin zapatilla. Alguien dijo:

—¡Se mueve!

Ninguno contestamos. Fuimos hasta el lugar de la explosión y vimos algunos billetes por el suelo, las piedras tiznadas de negro y un gran charco de sangre.

Cuando bajamos al pueblo, el revuelo era ya general. Vimos la furgoneta con las portezuelas de atrás abiertas de par en par en la puerta de la casa del médico y a algunas mujeres arremolinadas, preguntándose entre ellas que quién era y qué había pasado. El aguacil salía con unas toallas en la mano. Eran toallas blancas y no estaban manchadas de sangre. Con cierto temor le preguntamos:

—¿Qué tal está?

Él nos miró y suspirando dijo:

—Ya no le duele nada.

Recuerdo que a mí eso me dejó más tranquilo, pero enseguida comprendí la realidad de la frase cuando las mujeres comenzaron a llorar y don Ángel hizo sonar la campana de la torre en morse: un toque seco y dos repiques.

Dijo luego el cabo, que estuvo observando la zona con unos militares artificieros que vinieron de Madrid, que el muchacho debió encontrar una bomba alemana de las pequeñas, que tenían cierta similitud con un tintero, incluso con una hucha, y que debió intentar abrirla dándole golpes, sin saber de qué se trataba. Los billetes eran dinero republicano, ya sin valor, pertenecientes a la paga de alguna compañía que nunca cobró y que tal vez descansaba bajo aquella tierra rojiza que se extiende detrás del cementerio y del depósito de agua.

Paquito y Lama me escuchaban asombrados contarles mi viaje a Bilbao mientras les mostraba, orgulloso, la pequeña casete que se escuchaba con ruidos unas veces, pero con perfecta nitidez en otras muchas.

—Hay que hablar con Stroni —decía Paco—, ése debe saber algo.

—Está en Toledo —señalaba Lama—, no hay más que ir allí y hablar con él.

Yo no lo veía tan fácil. Me preocupaba que el tal Stroni, el albanés que Carlos Uriarte había colocado en el Toledo, marcase el teléfono de Uriarte y le dijese que alguien le había estado haciendo preguntas extrañas. Si espantábamos la liebre ya no la cogeríamos. Aun así, Paco dijo estar dispuesto a marcharse esa tarde a Toledo.

—Mira —decía Paco—, yo me hago pasar por alguien de la Federación y le sondeo un poco a ver qué hay... lo mismo no sabe nada. ¡Ah! déjame el chisme ése para grabar todo, pero explícame bien cómo funciona, ¿eh?

No le resultó complicado a Paco colocarse el bolígrafo y la grabadora entre la camisa y el pantalón antes de marcharse a Toledo.

Manolo Lama era partidario de no perder el contacto con Carlos Uriarte y sugirió que le volviese a llamar con el pretexto de preguntarle si iba a venir el jueves. Carlos cogió el teléfono después de varios intentos en los que su mujer nos explicó que había salido a hacer *footing*.

—Sí, sí, el lunes por la mañana estoy ahí.

—¿Has hablado con Espino otra vez?

—Sí... sí. Si él lo ve bien.

—¿Te dan la pasta?

—Dice que no me preocupe, pero yo hasta que no lo vea no me lo creo.

—Que no te líen —le decía yo—. ¿Cuánto de dan?

—No sé... no se aclaran... dice Espino: "¡Coño, Carlos, fíate de mí... ya me conoces, a estas alturas no nos vamos a asustar tú y yo de estas cosas..." Pero yo no lo veo claro todavía.

—¿Tú vas a viajar a Albania?

—Si me pagan ellos el viaje sí.

—¿Y se lo has dicho a Espino?

—¡Claro... Dice que sí, que me meten en el vuelo *charter*... pero no sé...

Cuando salí de la cabina de grabación Lama me advirtió:

—Todo esto hay que tenerlo grabado y ordenado, ¿eh?

A última hora de la tarde nos llamó Paquito González desde Toledo. Estaba preocupado y un poco nervioso.

—¡Qué putada macho...! ¡Joder!

—¿Qué te ha pasado?

—¡De todo...! ¡Qué mala leche...! Resulta que encuentro al Stroni, el chaval majísimo, le digo que soy de la Federación, que quería preguntarle algunas cosas de la Selección de Albania, y el tío fenomenal... Nos sentamos en una cafetería, empezamos a hablar... el Stroni se abre sin problemas; me dice que los albaneses las están pasando putísimas y que si les ofrecemos algo no pondrán problemas a nada. Además —seguía Paco— me cuenta que los jugadores saben que las selecciones que han ido a jugar a Albania les llevan un cargamento de víveres, ropa y medicinas, que luego los caciques de allí venden en el mercado negro y que a los jugadores no les llega un duro, por eso dice que lo mejor es hablarlo con los jugadores.

—¿Lo tienes grabado?

—Creo que sí... pero calla, que me dan por detrás y es el director de la SER en Toledo que salta: "¡Coño, Paco! ¿Qué haces por aquí... ?" Yo cortadísimo, el Stroni mirando sin entender nada y el otro que va y dice: "¡Bueno, supongo que ya os conocéis! Paco González es el director de *Carrusel Deportivo...* " ¡Me cago en la puta! Yo no sabía dónde meterme... Menos mal que yo creo que a Stroni le ha dado lo mismo o no se enteraba de nada, porque ha seguido hablando sin problemas.

—Lo malo es que le diga algo a Carlos Uriarte, creo que hablan por teléfono todos los días.

—Yo le he dicho al chaval que si quiere ser comentarista nuestro para el partido... Como él conoce bien a Albania... Podíamos llamar a Carlos Uriarte y decirle que hemos hablado con Stroni para decirle eso... Así si hablan por teléfono no se mosquearán tanto.

Me preocupaba que Uriarte llamase a Stroni y éste le comentase que se le habían acercado unos tipos y le habían estado hablando de si la Selección albanesa pondría muchas dificultades a la española en Tirana, y si eso se podía arreglar. Carlos Uriarte se mostraba cada vez más desconfiado. Le volví a llamar esa misma noche.

—¿Carlos?

—Sí, ¿qué pasa?

—Oye mira, que mi gente de Toledo se ha encontrado esta tarde con Stroni y le han dicho si no le importaría ser comentarista del partido Albania-España y me he dicho: "Voy a consultárselo primero a Carlos".

—Le daréis algo, supongo...

—Sí, hombre, claro...

—¿Qué os ha dicho el chaval?

—Que lo que tú digas —le mentí.

—Bueno, a mí no me parece mal, porque es una buena publicidad, pero tenéis que pagarle algo.

Les tranquilicé a Paco y a Lama. Ahora si hablan, hablarán de que le hemos ofrecido comentar el partido y no de otras cosas.

Uriarte llegó el lunes a Madrid. Por la tarde le dijimos que se pasara por la radio. No nos aclaró bien a qué había venido. Supuse que a prepararse el viaje a Tirana. Le insistí en que volviese a hablar con Juan Espino.

—Ten las cosas bien atadas para que no te la jueguen.

Él se resistía, pero logramos convencerle para que llamase a Espino desde una cabina de grabación.

—Este sitio es seguro para hablar —le decía Paquito—, aquí no te escucha nadie.

Uriarte llamó al vicepresidente de la FEF.Juan Espino le hablaba con familiaridad y tratando de tranquilizarle cuando Carlos mostraba sus dudas de que Villar diera el visto bueno a la hora de pagarle. Espino le insistía:

—Tú estáte tranquilo, hombre, a Ángel déjamelo a mí... No te preocupes.

Lama controlaba todas las cintas y grabaciones.

—Cuando esto explote vamos a necesitar muchas pruebas —decía.

Hubo un detalle más que vino a añadir Manolo a aquella suma de sospechas constantes que se iban acumulando.

—Joder, qué raro... —decía Lama—. ¡El Butano va también a Albania...! Lleva más de diez años sin viajar con la Selección... y va a Albania... precisamente en este viaje.

—Eso es la tripulación del barco de *La isla del Tesoro* —nos reíamos.

—Un poco extraño sí resulta, pero de eso me entero yo, no os preocupéis —resolvía Manolo.

—Sobre todo no pierdas de vista a Carlos Uriarte —le insistíamos.

El lunes 20 de septiembre la selección se preparaba para embarcar en el aeropuerto de Barajas rumbo a Tirana, la capital albanesa.

Desde el aeropuerto me llamaron Paquito y Lama.

—Oye, éste —refiriéndose a Carlos Uriarte— está más tranquilo que un ocho... lo han incluido en la lista de la Federación.

—¿Estáis seguros?

—¡Toma, claro! Lo hemos comprobado en la lista oficial, nadie sospecha nada, no le conoce la gente... lo único... que lleva un buen rato ahí, hablando con Roberto Gómez y empezamos a mosquearnos.

—No os preocupéis. Roberto le debe conocer porque éste fue presidente del Badajoz.

—Pero si le saca algo podemos estropear todo.

—No lo creo... supongo que García ya sabrá todo. La duda está en si saben que nosotros también lo sabemos.

—Yo creo que no —me aseguraba Lama—. Están todos muy tranquilos.

—¿Lleváis el teléfono vía satélite?

—Sí, lo trae Quiroga. ¡No veas que armatoste... Nos va a ocupar media habitación.

—Llamadme en cuanto lleguéis para probarlo —les volví a repetir.

El teléfono vía satélite nos era fundamental en todo el plan que teníamos preparado. Las comunicaciones con Albania sabíamos que a veces se hacen imposibles y no podíamos arriesgarnos a quedar incomunicados aquella noche aunque, si todo salía como yo estaba pensando, nos aprovecharíamos de esas malas comunicaciones con Albania.

A las tres de la tarde, y cuando la Selección ya estaba volando hacia Albania, llamé a Ángel Luis López, jefe de Deportes de Extremadura, y le dije que se fuese a casa de Juan Espino.

—Dile que quiero hablar con él.

Juan Espino debió mostrarse un poco extrañado, porque a las diez de la noche Ángel Luis me llamó de nuevo.

—Oye, que dice que qué quieres, que le llames.

Telefoneé a Juan Espino de nuevo desde un estudio de grabación. Lama y Paquito me habían llamado desde el teléfono de parábola, vía satélite. Como suponíamos, las comunicaciones con Albania eran imposibles y no había forma de conseguir que entrase una llamada.

—Juan, buenas noches.

—¡Hola, hombre! ¿Qué pasa?

—No, que te quería preguntar: ¿qué es esa historia que han estado comentando en el aeropuerto?

—¿Qué historia?

—La que ha comentado Gerardo González, que un tipo te ha ofrecido a ti arreglar el partido con Albania... pero que tú le has dicho que no.

Yo sabía que si le hacía creer esa historia terminaría por contarme todo, aunque estaba seguro que renegarían de Carlos Uriarte.

—¿Y quién dices que ha dicho eso?

Noté que Espino se había quedado sorprendido y fuera de sitio. Observé su nerviosismo en el carraspeo y el titubeo de la voz. Supuse que quería ganar tiempo, pero yo sabía que le tenía cogido y no podría hacer comprobaciones. Todos habían partido en aquel avión a Tirana y era imposible comunicar con Albania, aunque estaba seguro que era lo primero que iba a intentar.

—¿Por qué no me llamas en unos minutos...? Voy a hablar con Gerardo a ver qué es lo que ha dicho.

—¡Ya te lo estoy diciendo yo...! que un tipo te ha ofrecido arreglar el partido con Albania y que tú le has dicho que no.

Yo quería darle una versión creíble, en la que él saliese bien parado. Aun así se le notaba muy nervioso.

—Bueno, pero déjame que hable con Gerardo... .

—Pero ¿eso es cierto, sí o no?

—Sí, bueno... déjame diez minutos nada más.

Le dejé esos diez minutos para que no se sintiese agobiado, sabiendo que le iba a ser imposible hablar con Albania. Aun así le advertí a Lama a través del teléfono vía satélite:

—Estáte atento en recepción, no vaya a entrar la llamada de Espino... si logra hablar con Gerardo González la hemos jodido.

Lama se bajó a recepción, seguro de que no entraría la llamada, pero, por si acaso, allí estaba él.

Veinte minutos después volví a llamar a Espino. Supuse que cuando le dijese de qué se trataba primero intentaría llamar a Albania y después se quitaría de en medio, por eso le dije a Ángel Luis López que estuviese él en su casa.

—¿Juan?

—Sí, dime —le noté aún más nervioso.

—¿Has hablado con Gerardo González?

—¡Nada chico...! es imposible.

—Ya lo sé, nosotros tampoco lo hemos conseguido... pero no te preocupes, si sólo es para que me cuentes qué ha sido de ese ofrecimiento que han dicho que te han hecho a ti.

—Pero ¿quién ha contado eso? —seguía intentando ganar tiempo.

—Te he dicho que Gerardo González, por lo visto ha sido un tal Carlos Uriarte.

Me estaba imaginando cómo le cambiaban los colores.

—Bueno, sí... eso fue hace algunos días... ¡pero yo no le di importancia!

—¿Y qué te dijo?

—Pues eso... que él podía arreglar el partido... ¡pero yo no le hice caso!

—Ya, ya... ¿Tú le conoces, a Carlos Uriarte?

—No... bueno, sí... Éste fue presidente del Badajoz... pero hace mucho... si yo casi ni me acuerdo de él.

—Bueno, pues nada, no te preocupes... son las once, a las doce te llamo, ¿vale?

—Bueno... vale, como quieras... a ver si mientras puedo hablar con Gerardo.

Ya me ocupé yo de que Lama no se separase de la recepción para que Espino no pudiera hablar con Gerardo. Si se ponían de acuerdo no dirían la verdad. Pero si lográbamos escuchar primero a uno y luego a otro podríamos averiguar qué es lo que estaba pasando allí.

Minutos antes de las doce de la noche del lunes 20 de septiembre teníamos pinchado en la mesa del control a Ángel Luis López desde el domicilio de Juan Espino. El vicepresidente de la Federación Española de Fútbol no estaba muy animado con su participación en el programa pero debió entender que era la solución menos mala de las que podía elegir.

En Tirana, Albania, la habitación del técnico de la Cadena SER, Paco Quiroga, estaba invadida por cables y micrófonos que terminaban en una maleta metálica plateada, donde había improvisado una pequeña mesa de control, de la que salía un grueso cable que conectaba con aquel teléfono en forma de paraguas, instalado en la terraza del hotel. El aparato, hasta el momento, se portaba y nos mantenía conectados con la incomunicada Albania.

En la habitación de Quiroga, Paquito González jugaba con el micrófono amarillo de la Cadena SER sentado encima de la cama, mientras Gerardo González, el ex jefe de prensa de la FEF, y ahora nuevo secretario general, observaba todo aquello con un aire de curiosidad.

Advertí a Paco que Gerardo no escuchase el principio de Juan Espino, para ver si incurrían en contradicciones.

Dejé sonar la sintonía unos instantes. Hice una seña para que me abriesen el micrófono y di las buenas noches a la gente. Anuncio que había un asunto extraño, que podría ser muy grave, en torno a la Federación Española de Fútbol, su vicepresidente, Juan Espino, y el partido que dos días después tenía que jugar la Selección en Albania.

Explico que alguien ha llamado al vicepresidente de la FEF, Juan Espino, ofreciéndole arreglar el partido contra Albania. Saludo a Ángel Luis López en el domicilio de Juan Espino y le pregunto al vicepresidente de la FEF si ha recibido esa llamada.

Lo que reproduzco a continuación es el texto íntegro de la grabación de *El Larguero* en esa conversación con Juan Espino aquella noche del 20 de septiembre:

Espino: Sí, yo recibo una llamada y me hablan de que habría la posibilidad de arreglar el tema éste y yo, lógicamente, no entré al tema y le dije que nada, que no estábamos por el tema de ese tipo.

José Ramón: ¿El tema era el partido de pasado mañana?

Espino: Sí, efectivamente.

J. R.: Y exactamente, ¿qué es lo que ofrecen?

Espino: Me ofrecen resolver el partido, porque dicen que el campo es malo, que la situación está mala, y que, lo que ha comentado antes, y que esta gente está necesitada de dinero.

J. R.: ¿Lo que le ofrecen es que el portero haga un penalti antes de los quince o veinte primeros minutos?

Espino: A mí, de esos pormenores no me dicen absolutamente nada.

J. R.: ¿Usted a quién se lo dice?

Espino: Yo llamé a Gerardo González, le puse en antecedentes, porque esta persona —se refiere a Carlos Uriarte— iba a llamar para un *transfer* que tenía de un futbolista, creo que para llevarle al Toledo, y de paso aprovecharía para hablarle del asunto.

J. R.: ¿Lo consultan con el presidente Villar?

Espino: No. Yo me olvido del tema, porque el tema de la Selección yo no lo llevo y creo que Gerardo lo resolvería de la forma más oportuna posible, claro está, con la negativa.

J. R.: Usted... ¿esto se lo transmite al secretario general, Gerardo González?

Espino: Sí.

J. R.: ¿La llamada era desde España o desde Albania?

Espino: Desde España.

J. R.: ¿Usted llega a conocer al interlocutor o no está seguro?

Espino: Sí, vamos, yo se quién es.

J. R.: ¿Y usted qué le contesta?

Espino: Pues que la Federación Española no entra en estos temas. Además, a nivel personal, pienso que si la Selección española, para clasificarse y ganar a Albania allí, tiene que pasar por una situación de este tipo no merece la pena ni estar en Estados Unidos.

J. R.: ¿No puede dar el nombre?

Espino: No, porque en una llamada telefónica, que damos nombre, puede ser esa persona, puede no ser y no me parece prudente decirlo.

J. R.: ¿A usted le pide una cifra concreta?

Espino: No, a mí nada más me habla del planteamiento del partido. No entra en más detalle porque yo tampoco se lo pido.

J. R.: ¿No le dice si esto lo han podido hacer con otras selecciones?

Espino: Sí, me comenta que parece ser que lo han hecho con otras y que para este partido podría haber primas de otras selecciones, pero yo esas cuestiones... se hablan, se comentan... y pueden ser sólo elementos para endulzar el tema.

J. R.: O sea, que usted le dice que lo han hecho con otras selecciones... ¿con Eire o con Dinamarca?

Espino: No me concretó. Pero supongo que sería con algunas de las selecciones que aspiraban a clasificarse. ¡No iba a ser con Lituania...!

J. R.: ¿Y le dice que posiblemente mañana los albaneses tengan prima de otras selecciones, que se supone deben ser Dinamarca o Eire... ?

Espino: Sí, efectivamente.

J. R.: ¿Y no le dice ni cuánto, ni nada?

Espino: No. Que tenía noticias, porque él tenía relación allí, porque ha traído a algunos jugadores y ahora estaba pendiente del *transfer* de uno de ellos.

J. R.: ¿Ustedes no han averiguado nada?

Espino: Pues ese tema no sé si el secretario general estos días habrá hecho alguna investigación, porque ha tenido estos tres últimos días un poco ajetreados y supongo que algo habrá hecho... pero yo, en un tema de la selección absoluta, le dije que hablara para lo del *transfer* y me dijo que lo hablaría.

J. R.: Don Juan..., ¿ustedes se lo dicen a la Federación Albanesa?

Espino: Es imposible hablar con ella, porque lo hemos intentado dos o tres veces para ultimar temas de éstos y es imposible comunicarse con la Federación Albanesa.

J. R.: ¿No han hecho más averiguaciones?

Espino: Es que no le puedo contestar, porque no sé si Gerardo ha hecho alguna investigación en estos últimos días, pero me imagino que habrá intentado aclarar por dónde va el tema, aunque sólo sea para recabar información.

J. R.: Ustedes tuvieron una reunión de la junta directiva esta semana, ¿no?

Espino: Esta semana o la anterior, no recuerdo ahora mismo.

—Y en esa reunión ¿comentan algo?

Espino: No, es que eso se ha producido después...

J. R.: ¿Pero usted la primera llamada que recibe es antes de la junta directiva?

Espino: No, creo que no... no le puedo precisar... a lo mejor sí, pero es que me ha llamado varias veces luego y no me ha localizado.

J. R.: Pero la primera llamada que recibe es antes de la junta directiva... ¿Por qué no se lo comentó a la junta directiva?

Espino: No, porque tampoco le he dado más importancia al tema. Como no me interesa, ni se va a entrar en el tema, pues fuera. Yo tampoco le he dado mayor trascendencia porque la Federación no iba a entrar en ello ni le interesaba... no le presté mayor interés.

J. R.: ¿Y después no le ha preguntado a Gerardo cómo estaba el tema?

Espino: No, porque con Gerardo he hablado últimamente para lo del *transfer.* Cuando ya se le dijo esto, no ha insistido más en el tema.

J. R.: ¿O sea que ustedes saben quién es?

Espino: Sí, lo conozco porque estuvo hace algún tiempo aquí en Badajoz, por lo menos con el nombre con el que se ha identificado.

J. R.: ¿Lo saben los jugadores?

Espino: Los de la Selección no lo sé, porque yo no he estado en Madrid estos días.

J. R.: ¿Y el entrenador?

Espino: Tampoco lo sé. Yo con la Selección no tengo un trato directo.

J. R.: ¿Y con el presidente, no ha hablado usted del tema?

Espino: Al presidente se lo he comentado de pasada en Madrid personalmente.

J. R.: ¿Y qué dijo?

Espino: Que no quería hablar de eso.

J. R.: ¿Lo denuncian a la FIFA?

Espino: No sé si Gerardo habrá hecho algo. Es que esto se ha producido hace tres o cuatro días, porque poco puede hacer la FIFA si se lo dice una persona que está al margen de la disciplina deportiva.

En ese momento miré al control. Bustillo me levantó el pulgar hacia arriba confirmándome que manteníamos la conexión con Albania. Saludé a Paquito González que, muy tranquilo y dicharachero, me dejó a la escucha a Gerardo González. Entendí claramente que Gerardo no había podido escuchar a Juan Espino.

Reproduzco también íntegramente el texto de la conversación mantenida con Gerardo González en *El Larguero*.

J. R.: ¿Usted recibe también esa llamada en la que le hablan de la posibilidad de arreglar el partido de Albania?

Gerardo: Yo no recibo una llamada en ese sentido.

J. R.: ¿Entonces con quién habla?

Gerardo: Bueno, yo recibo la llamada de, quiero entender, una persona, que no sé si está en esa línea y me habla de un problema que tiene con un jugador del Toledo, porque tiene problemas con el *transfer.* Yo le digo que por supuesto, que ya está solicitado a la Federación Albanesa y nada más. En el transcurso de esa conversación me pregunta que cómo está el ambiente... yo le digo que es bueno y que nos jugamos mucho... ¡Nada más...! Se me dice en un momento determinado que, quiero entender, son gente que tienen una situación difícil, que incluso les cuesta reunir a todo el equipo y, evidentemente, sólo contesto que si somos incapaces de ganar a Albania, no merecemos estar en Estados Unidos. Y ésa es toda la historia.

J. R.: ¿Pero Espino no le comenta que hay esta posibilidad, que ha recibido una llamada?

Gerardo: Él me habla de una persona que se ha puesto en contacto con él. Me dice que me va a llamar, que tiene mi teléfono. Yo sé que me llama dos o tres veces... a la tercera me pongo y el planteamiento mío es clarísimo... en ningún momento hacerme eco de ninguna cuestión y punto. Esa es toda la historia... la conversación va por esos derroteros.

J. R.: Pero a usted, en un determinado momento, Espino, el vicepresidente, le comenta que ha tenido una llamada en la que le han dicho que se puede comprar este partido.

Gerardo: Yo estoy en guardia, porque esa persona no me hace ninguna insinuación clara. Me habla de problemas y creo recordar ahora mismo que me llama una segunda vez para decirme, más o menos, lo siguiente: si es posible y está permitido por la reglamentación internacional que lleven en sus camisetas publicidad, a lo que le digo que no. Esta segunda llamada es así de clara. La primera pudo durar tres minutos. La segunda minuto y medio.

J. R.: ¿Pero en esos tres minutos él no le dice que el partido se puede arreglar?

Gerardo: No, él siempre me habla de dificultades. No me dice que el partido se pueda arreglar con esa claridad. Yo, porque esté alerta y mosqueado hasta el punto de que pregunto quién es ese señor, se me dan algunos detalles y punto y final de la historia.

J. R.: ¿A usted, qué le dice el vicepresidente?

Gerardo: Que le han llamado, que es una persona que ha conocido en su día, porque tuvo su vinculación con el fútbol y que ya le ha dicho que se olvide de la historia.

J. R.: ¿Pero qué le dice?

Gerardo: No lo recuerdo exactamente.

J. R.: ¿Cómo no lo va a recordar?

Gerardo: Es que no es como lo cuenta el vicepresidente. Él tiene una vinculación con la Federación Albanesa, porque mueve jugadores, y le ha llamado en repetidas ocasiones. Al final, y él me puede corregir, para quitárselo de encima y cortar el tema, le da mi teléfono.

J. R.: Pero Juan Espino le cuenta que le han dicho que sería fácil arreglar el partido e incluso recibirían primas de otras selecciones.

Gerardo: No quiero llevarle la contraria. Lo que le estoy diciendo es la verdad y usted no tiene motivos para dudar de mi palabra. A mí me parece, desde el primer momento, y yo se lo hago saber al señor Espino, que es una chorrada supina y además entiendo que el señor Espino le da mi teléfono para que yo me lo quite de encima y yo es lo único que hago. En ningún momento ese señor me hace ningún planteamiento claro de que hay una posibilidad, siempre me habla de que tienen problemas.

J. R.: Pero, vamos a ver... ese planteamiento a usted no se lo hace, pero, sin embargo, sí se lo hace al señor Espino...

Gerardo: Eso se lo tiene que decir el señor Espino.

J. R.: Pero ya lo ha dicho... entonces yo le digo a usted... ¿El señor Espino le dice eso a usted?

Gerardo: Si es que no recuerdo exactamente cómo me lo dice. Me dice que ha recibido una llamada de ese señor, o dos o tres, no recuerdo exactamente, y que le habla de la posibilidad... porque él tiene una serie de contactos en base a que tiene un acercamiento o una serie de relaciones y que ha venido a Albania o que ha estado en Albania o ha tenido tratos porque ha llevado jugadores a España... y que ésa es la conexión que tiene... pero a mí, a mí ese señor, el primer planteamiento que me hace es pedirme ayuda para que nosotros les demos el *transfer* para un jugador.

J. R.: Espere, que a lo mejor no me estoy explicando bien... si yo lo que le quiero decir es si el señor Espino le transmite a usted que hay esa posibilidad... que ha llamado un individuo diciendo que se puede comprar el partido de mañana.

GERARDO: No así con esa claridad... que hay una persona que le llama y que le ha... pues no sé expresarme, a lo mejor no me expreso con la exactitud que quisiera y que requiere el momento... de que ha recibido esa llamada y que no sé si son insinuaciones... es decir, no tengo ahora mismo en la mente claramente cuál fue el término que se empleó.

J. R.: Pues no sé pero me da la sensación de que hay un poco de contradicción. Este programa se está grabando porque luego se repite de madrugada, pero don Juan Espino, y está por ahí... a lo mejor lo que pasa es que usted no recuerda muy bien lo que le dijo don Juan Espino... ¿Usted no se escandalizó?

GERARDO: Yo me lo tomé a coña... es que eso a mí me parece un planteamiento absolutamente ridículo... un planteamiento que desde la doctrina, desde la filosofía de la Federación Española, es absolutamente inconcebible.

J. R.: Bueno, si en eso estamos de acuerdo, sí. Yo lo que estoy diciendo es que la Federación Española de Fútbol teóricamente y en principio, según parece, ha actuado con toda honestidad. Usted ha dicho que no y don Juan Espino...

GERARDO: Yo tampoco quiero apuntarme ninguna medalla... es que a mí ese señor nunca claramente me dejó de manifiesto: “Oye, yo puedo hacer doscientas gestiones para arreglar un partido”... siempre me hablaba de la problemática de los albaneses... hasta el punto de que me hace una segunda llamada..., en atención al señor Espino, que me pide que le quite a ese señor de encima y que es lo único que hago... ni más ni menos.

J. R.: Yo no voy a dudar, ni mucho menos, de su educación... Don Juan, ¿con usted es más explícito, no? —me dirigí a Juan Espino, que escuchaba por otro teléfono.

ESPINO: Sí, sí... a mí me comenta que hay posibilidad de llegar a un acuerdo con los jugadores.

J. R.: ¿Con los jugadores?

ESPINO: Sí, sí... siempre con los jugadores.

J. R.: Pero usted me dice que eso se lo trasladó al secretario general de la Federación Española de Fútbol...

ESPINO: Yo llamé a Gerardo para alertarlo... pero yo me tomé el tema sin darle importancia.

J. R.: Gerardo... ¿le ha escuchado ahora? —volví a dirigirme a Gerardo González, que escuchaba desde la habitación de Quiroga en Albania.

GERARDO: Fíjese si no hay ninguna contradicción de esta conversación en concreto. Yo hoy he puesto en antecedentes de ella al presidente... fíjese qué importancia tendrá la cuestión, qué importancia le daríamos que, evidentemente, de las cincuenta y ocho o sesenta llamadas que se reciben en la Federación o que me pasan todos los días, se lo he dicho hoy.

J. R.: Pero... ¿antes no se lo había dicho al presidente?

GERARDO: No.

J. R.: ¿Y el presidente no sabía nada?

GERARDO: No... hoy ha sido el primer día.

J. R.: Pues le ha mentido, porque Juan Espino me ha dicho que se lo había comentado él.

GERARDO: Pues yo al presidente se lo he dicho hoy... le he dicho...

J. R.: ¡Pero si Juan Espino ha dicho anteriormente que él se lo había dicho a Villar...!

Gerardo: Yo ese detalle lo desconozco.

J. R.: Si, don Juan, ¿usted se lo había dicho a Villar...? —pregunté a Juan Espino.

Espino: Sí, claro, pero yo le hice un simple comentario...

J. R.: ¿Pero entonces, cómo le va a decir Villar hoy a Gerardo que no sabía nada?

Espino: No, es que fue una conversación tan insignificante y tan corta que probablemente el presidente ni la habrá tenido en cuenta... porque fueron dos segundos.

Ahí interviene Gerardo González.

Gerardo: Vamos a ver una cosa... —dijo el presidente—, y me consta porque estoy convencido, lo conozco y puedo dar fe de ello, se entera por mí del nombre y el apellido de la persona que ha llamado hace cinco, seis o siete días a la Federación Española de Fútbol... ni más ni menos.

J. R.: Pero... ¿cuándo se entera?

Gerardo: Esta misma tarde.

J. R.: O sea... que usted le conoce.

Gerardo: ¿A quién?

J. R.: Al que hace la llamada...

Gerardo: Conozco su nombre y su apellido. Físicamente no le conozco.

J. R.: ¿Y quiere decir cómo se llama o no se atreve?

Gerardo: Yo no tengo porqué, porque me parece que es jugar con cuestiones que a mí no me van y además es echar lodo sobre el nombre de una persona. Insisto a Gerardo González, en la primera conversación de no más de tres minutos, y en la segunda conversación, de no más de un minuto y medio, le hace el siguiente planteamiento, clarito: "Tengo problemas con el *transfer* del jugador..."

J. R.: ¿Se está enfadando usted?

Gerardo: No, no... yo es que defiendo las cosas con convicción y, sobre todo, cuando tengo la conciencia muy tranquila.

J. R.: Pero si de eso estoy seguro, Gerardo, de eso estoy segurísimo...

Gerardo: No es que, José Ramón, yo no puedo faltar a la verdad... Es decir, yo podría decir ahora, dentro de esta historia, que este señor entró diciéndome que yo tengo la oportunidad de amañar un partido, yo tengo la no se qué, yo puedo hablar...

J. R.: Pero es que a usted no se lo dice, se lo dice a Espino...

Gerardo: Fueron un montón de insinuaciones por la problemática que tienen y demás, pero insinuaciones que además, Gerardo González deduce, porque además recuerda que alguien le ha advertido, que en este caso es el señor Espino, que le ha hecho a él una llamada... que me va a llamar a mí y que, posiblemente, me haga un planteamiento en ese sentido... y que yo tengo, además, la obligación, en nombre de la Federación Española, de cortar con el tema. Y en el transcurso de esa conversación, esto de manera muy personal, Gerardo González repite esas palabras. Esta Federación tiene las cosas muy claras y lo que está absolutamente claro es que no valen disculpas de no puntuar, de no sacar dos puntos en Albania. Si en Albania no se gana no estaríamos, ni tendríamos ningún derecho a estar en el Mundial. Nosotros tenemos que ganar allí, nos quedan seis puntos y tenemos que sacar cinco como mínimo. Y ésa es la conversación, ni más ni menos.

J. R.: Ya, lo que pasa es que a mí me ha parecido encontrar una contradicción. Juan Espino dice que él se lo ha dicho al presidente hace ya unos días y usted me dice que se lo ha dicho esta mañana...

Gerardo: No, no, perdone... para ser más concreto. Yo se lo he dicho hoy. No se lo he dicho esta mañana... concretamente esta tarde en Tirana.

J. R.: ¿Y él no le ha dado importancia?

Gerardo: Él simplemente ha dicho una expresión que quiero reproducir: "Estamos locos. Este mundo o estamos locos o somos todos unos locos...” Más o menos, eso es lo que ha dicho.

J. R.: ¿Y no han pensado ustedes en que igual esto que han hecho o han propuesto los albaneses lo podrían haber hecho otras federaciones, otras selecciones?

GERARDO: Yo, ahora hablo personalmente, nunca nos lo hemos planteado y, si lo han hecho, allá cada uno con su responsabilidad. A mí me parece que estas historias sólo llevan a una pérdida de credibilidad de un deporte, al que todos estamos obligados por defender. Y si no estamos de acuerdo con él, lo único que tenemos que hacer es coger y marcharnos. Yo creo...

J. R.: Pero escúcheme un momento. No me puede decir eso, porque parece que soy yo el que está...

GERARDO: No, me ha pedido una explicación y yo se la he dado. He advertido que era una opinión muy personal...

J. R.: No, hombre, yo lo que le he preguntado es que si no han tenido ustedes, como defensores, como responsables de la Federación y de la Selección española, miedo de que esto lo hayan podido hacer otras selecciones. Haber dicho, por ejemplo, ¿lo han denunciado a la FIFA?

GERARDO: ¿Nosotros? No, en absoluto.

J. R.: ¿Por qué?

GERARDO: Porque es que esta historia, personalmente a mí, no me merece ningún tipo de credibilidad. Me parece una chorrada y es una opinión muy personal.

J. R.: Pero llega un individuo que dice que tiene mucha mano con Albania, con los albaneses, que considera que se han podido comprar otros partidos de la Selección de Albania, pues por ejemplo, con Dinamarca o Eire, y si ustedes quieren, lo pueden hacer con España. Y se lo dice al vicepresidente primero. El vicepresidente primero se lo dice a usted y usted dice que es una chorrada.

GERARDO: No, pero a mí el planteamiento, y quiero que quede absolutamente claro, que me hace Juan Espino es que él no le ha dado importancia a la historia, en el sentido de que no quiere ni oír hablar de la cuestión y que...

J. R.: Pero, ¿cómo que no quiere hablar de la cuestión si se lo dice a usted y le da su teléfono?

Gerardo: Pero textualmente para que me lo quite de encima. Lo que no puedo saber es si su etapa anterior...

J. R.: ¿Y por qué no mejor denunciarlo a la FIFA?

Gerardo: Pero, ¿qué voy a denunciar yo si no tengo ninguna prueba y a mí, en concreto...?

J. R.: Pero eso es tan fácil como haber hablado con él y haberle preguntado qué hay de verdad en eso. Decirle: "Mire, no nos interesa este asunto, pero sí nos interesaría que, por ejemplo, nos dijera si Dinamarca lo ha hecho".

Gerardo: Pero ése no es un tema nuestro.

J. R.: ¿Cómo que no es un tema nuestro si, a lo mejor, Dinamarca nos va a quitar el paso al Mundial?

Gerardo: Perdón, en todo caso, es una cuestión opinable. Usted piensa que sí y nosotros que no. En la Federación en ningún momento se le ha dado valor. Ni nos hemos sentado en una mesa a discutir la posibilidad de que en tal partido se ha podido hacer esto. Ni nos lo hemos planteado, ni lo hemos discutido, ni hemos pensado sobre el tema ni nada por el estilo. Nosotros, simplemente, la llamada que recibimos en la que estoy sobreaviso que me lo tengo que quitar de encima, y a mí, de entrada, me hace un planteamiento de un *transfer* internacional. Es más, tengo testigos de esa conversación porque hay gente en mi despacho y hago una llamada a un señor y le digo que quiero saber cuál es la situación exacta del *transfer* de este jugador. Me dicen en qué fecha se ha pedido y que no hay respuesta. Y lo único que le advierto a este señor es que cuando vayamos a Albania podemos hacer ante la Federación Albanesa una gestión para agilizar ese *transfer*. Punto y final.

Yo me preguntaba dónde estaría Carlos Uriarte, y qué habría sido de Manolo Lama. No sabía nada de ellos.

Paquito González debió de pensar que el tema estaba comenzando a embarullarse y soltó otra liebre, y vuelvo a reproducir íntegramente el texto de la charla, copiado literalmente de la grabación del programa:

PACO: José Ramón, según mis noticias, este señor está aquí y ha venido en el *charter* de la Federación. Con lo cual, uno acaba por preguntarse...

J. R.: ¿Cómo?

PACO: Sí, sí, que según mis noticias, este señor está aquí. Me gustaría que Gerardo me lo ratificara o me lo desmintiera.

GERARDO: Sí, este señor, al que físicamente no conozco, sé que ha venido porque me he informado de ello. Sé que llamó a la Federación, que habló con Julián del Amo y le dijo que iba a venir a intentar resolver él personalmente el tema. Punto y final. Y ayer, yo en la concentración, pregunté a los miembros de la Selección, en concreto a dos, que no voy a quedar por embustero, quién es este señor, qué referencias hay de él, a dos personas que viven en la misma localidad. Si está aquí, que efectivamente parece ser que sí, yo, personalmente, no sé quién es físicamente.

PACO: Sólo un dato más: según la agencia nos ha comunicado, entre los cincuenta y dos viajeros que aparecen bajo el nombre de Federación Española de Fútbol está este hombre.

GERARDO: A ver si me he explicado bien y, después, como queda grabado, podemos comprobar. Julián del Amo, miembro de la Federación Española de Fútbol, me dice que este señor va a venir. Yo no sé si la gestión la hace directamente...

PACO: Y lo debe meter Julián del Amo, porque se lo pide él...

GERARDO: Exactamente. Pero yo no lo sé hasta ayer.

PACO: Quiero decir que, para que lo entiendan nuestros oyentes, que las agencias suelen poner prensa, invitado, aficionado, tal... y luego, grupo federativo.

J. R.: O sea, ¿que ha ido con el grupo federativo?

Gerardo: No, con el grupo federativo ha venido como un miembro más como pueden venir los periodistas. No está...

J. R.: No, los periodistas van como periodistas.

Gerardo: Perdón. Él viene como un señor más. Además, hay una cosa muy clara. Si con todo esto se quiere demostrar dónde está la verdad...

J. R.: No, la única verdad hasta el momento es que se ha hecho una oferta y que la Federación ha dicho que no; no hay más, ¿no?

Gerardo: No, no, perdón. Aquí, a Gerardo González nadie le ha hecho una oferta.

J. R.: A Gerardo González, no. Al vicepresidente primero.

Gerardo: Bueno, pero el vicepresidente primero, al que yo no he escuchado antes y no sé qué explicación ha dado, supongo que lo único que ha dicho es que ha recibido esta llamada, que le conocería de sus muchos años que lleva en el fútbol y que ratificará todas y cada una de mis palabras. Para quitárselo de encima le da mi teléfono. Me advierte de ello y yo lo único que hago es quitármelo de encima con esa llamada. Ni más ni menos.

J. R.: Muy bien, Gerardo, muchas gracias. Don Juan, buenas noches.

Juan: Gracias, buenas noches.

J. R.: Gracias, Ángel Luis.

Después de despedir al vicepresidente de la FEF, Juan Espino, Gallego apareció en aquella habitación de Paco Quiroga, con el director general de Deportes, que no entendía nada de lo que estaba ocurriendo. Entró sorteando cables y se sentó sobre la cama mientras se colocaba los auriculares y escuchaba los comentarios de Alfredo Relaño y Santi Segurola, cada vez más escandalizados de todo el asunto.

Rafael Cortés Elvira, como director general de Deportes, se mostraba prudente, pero al mismo tiempo se le exigía una respuesta a todo aquello, y su problema era que no la tenía. Lo único que tenía eran dudas, como todos.

¿Por qué la FEF no había denunciado el caso a la FIFA?

¿Por qué habían incluido a Carlos Uriarte en el viaje oficial?

¿Por qué Gerardo González niega que Villar sepa nada cuando su vicepresidente dice habérselo dicho hace días...?

Pero sobre todo:

¿A qué iba Carlos Uriarte en ese viaje...?

¿Y dónde estaba Carlos Uriarte?

Manolo Lama no perdió de vista en ningún momento al intermediario de los futbolistas albaneses. Temía que al llegar a Tirana se perdiese en la ciudad en busca de alguna cita que no controlásemos. Pero no. Uriarte llegó al hotel y se encontró que para él no tenían habitación. Lama, que no le perdía de vista, le ofreció la suya diciéndole que a la Cadena SER le sobraba una, y él se fue a dormir con Paquito González. Era una forma de tenerle controlado. Uriarte cogió la llave y se subió a la habitación. Después bajó a cenar y salió a dar un paseo por Tirana. Manolo se hizo el encontradizo con él en el vestíbulo del hotel y le estuvo acompañando durante el paseo, que era justo cuando comenzábamos el programa.

Sólo faltaba un detalle por añadir, que no se le escapó a Lama.

Mientras el autobús de los jugadores y el de los periodistas partía hacia el hotel, un cargamento de víveres, ropa y medicinas se bajaba de la bodega del avión y se entregaba a la Federación Albanesa de Fútbol... allí estaba el tal Jenssen para recogerlo.

Recordé la advertencia de Carlos Uriarte cuando me indicaba que los jugadores albaneses estaban muy mosqueados con ese tipo de regalos, porque a ellos no les llegaba nada y que, a cambio, la Federación de Albania lo que hacía era prescindir de algunos jugadores importantes. Pensé en Stroni, que se había quedado en España. Le preguntamos que por qué no le habían seleccionado y nos contestó que no le podían pagar el billete. A otro jugador, que era la estrella de los albaneses, De Molari, que jugaba en Alemania, tampoco le habían convocado, justificándose con esa misma razón: no podían pagarle el billete a Albania.

Al día siguiente preguntamos quién había enviado ese cargamento de víveres a la Federación Albanesa, y ¡oh, sorpresa!: la Federación Española de Fútbol dice que ellos no, que ha sido cosa de la compañía del vuelo *charter*. Preguntamos en la compañía del vuelo *charter* y nos dicen que ellos no tienen nada que ver ni saben nada, simplemente alquilan el avión para que haga ese vuelo, pero que ellos no han enviado nada. Al parecer, el cargamento de víveres, ropas y medicinas no lo había enviado nadie, pero el tal Jenssen lo recogió en el aeropuerto y no supimos más, por mucho que preguntamos.

Se armó un gran revuelo. Los periódicos de toda Europa recogieron la noticia. Nadie sabía dar una explicación concreta a todo aquel cúmulo de dudas y sospechas.

La Selección española ganó el partido por goleada: 1-5. No tuvieron problemas. Los problemas comenzaron al regreso de Albania. Gallego me trajo un banderín rojo de Albania, en el que escribió: "Qué noche la de aquel día" y luego me explicaba:

—¡Tenías que haber visto las caras de Gerardo...! ¡de Villar...! ¡del Butano...! ¡El Butano paseándose por todo el hotel con un puro más grande que él y reuniéndose con Gerardo, Villar y Padrón hasta las tantas de la madrugada!

—¿Y qué pintaba él ahí... ? ¿A qué fue a Albania?

—Llevaba más de doce años sin viajar con la Selección, pero apareció allí... ¿Por qué...? Sólo él lo sabe.

Cuando el jueves regresó la Selección a Madrid, Clemente trató de acusarnos de haber querido ensuciar el nombre de la Federación, y en ello estuvo durante algún tiempo. Pidieron ayuda a la FIFA y dieron varias ruedas de prensa. Optaron porque Villar hablase lo menos posible, dada su incapacidad para poder explicarse mínimamente con alguna coherencia. A Juan Espino lo escondieron y nadie pudo dar con él.

El sábado, el vicepresidente económico de la FEF, Juan Padrón, daba una rueda de prensa en la que se rasgaba las vestiduras de una forma cínica e hipócrita, acusándonos de mentirosos y de haber tratado de hundir la credibilidad del fútbol español, señalando que todo había sido una farsa y una invención de la Cadena SER, y que ellos nunca habían entrado en contacto con el tal Carlos Uriarte, al que decían ni siquiera conocer.

A Carlos Uriarte lo investigaron hasta descubrirle algunos problemas económicos de su familia. Un famoso periodista le llamó por teléfono.

—Carlos, ¿cómo se enteraron en la Cadena SER de todo esto?

Uriarte se mostraba asustado y huidizo.

—No lo sé... no tengo ni idea.

El periodista parecía tener un informe suyo sobre la mesa.

—Carlos... estoy viendo que tienes algunos problemas económicos... debes lo que no está en los escritos.

—¿Yo... ? No, eso ya está solucionado... no sé a qué te refieres.

El periodista insistía.

—Sí, sí lo sabes... y puedes tener problemas serios... ¿por qué no haces memoria? Anda dime: ¿quién les cuenta a esos chicos de la Cadena SER todo esto?

Carlos Uriarte se mostraba cada vez más asustado.

—No lo sé... de verdad...

Esa tarde hablé con el director general de Deportes; Cortés Elvira me estaba explicando que la situación se había enrevesado mucho y que era peligroso.

—Además... este Carlos Uriarte no es un tipo de fiar... si quieres, te mando un informe que tengo aquí de él... .¡que es la leche!

—¡Coño! —pensé—. Ya sé quién le ha dado el informe al otro.

El domingo, los periódicos aparecieron con las bocanadas de cinismo que arrojó Juan Padrón en la rueda de prensa del sábado. Aquello fue demasiado y estallé por dentro.

Me fui muy temprano a la radio. Estuve poniendo en orden todas aquellas cintas con las escandalosas grabaciones que habíamos ido guardando. Bustillo me miraba sin decirme nada. Yo estaba fuera de mí.

Recibí una llamada de Augusto Delkáder. Sólo quería darme ánimos y decir que estaba orgulloso de tener periodistas como nosotros. Me preguntó cómo estaba la gente.

—Bien, bien —le contestaba yo.

—¿Qué te pasa? —me debió notar algo raro.

—Nada, nada.

—Espérame diez minutos que voy a tomar un café contigo... ¿De acuerdo?

—Sí, claro.

—Pues en diez minutos me esperas en la cafetería Zahara.

Terminé de colocar las cintas en el orden que había ido diseñando. Paquito y Castaño seguían dando sonido a los goles de *Carrusel*.

—Ten todo esto preparado —le dije a Bustillo—, vamos a reventar el polvorín.

—¿Estás seguro?

—Segurísimo.

Era un domingo 26 de septiembre y hacía una tarde espléndida. Las cafeterías de la Gran Vía aún mantenían las mesas fuera, la gente paseaba tranquila. Crucé la Gran Vía y entré en la cafetería Zahara. Augusto estaba allí, sentado en una banqueta frente a la barra, con un pantalón de pana clarito y una cazadora de cuero. Fumaba aparentando tranquilidad y queriendo inyectármela. Yo le debí de entrar como un torbellino, soliviantado por todas las acusaciones que me llovían en los periódicos. Me dejó hablar. Esperó a que me desahogase. Fumaba relajadamente mientras me escuchaba. Luego carraspeó y dio un sorbo al café. Apagó el cigarro y comprendí que me estaba haciendo entender que ahora me tocaba escuchar.

—¿Y qué piensas hacer... me has dicho?

—¡Reventar todo...! Esta noche abro con las cintas que demuestran todo y...

—Eso es un delito, Joserra.

—¡Me da igual...! ¿voy a consentir que me llamen mentiroso...? ¿que digan que todo es un montaje...? ¿que todo era mentira...? ¿que todo era una invención?

—Yo no lo haría, desde luego

Augusto hablaba muy pausado... como invitándome a reflexionar. Su voz, tranquila y pausada, contrastaba escandalosamente con la mía, acelerada, nerviosa y violenta.

—¿Y qué hago...? ¿eh...? ¿qué hago...? ¿me callo...? ¿dejo que sigan llamándome mentiroso...? ¿para eso nos hemos pegado la paliza a trabajar que nos hemos dado...? ¡Reviento todo y que cuenten ellos qué ha pasado allí...! ¡Cuando oigan esas grabaciones vamos a ver qué dicen en la FIFA!

Augusto movía la cabeza negativamente.

—En caliente nunca tomes decisiones. Se suele fallar... Vamos a ver, Joserra, ¿qué consigues con montar otro escándalo esta noche?

Yo ya había bajado un poco el tono de mi voz y me iba tranquilizando.

—¡Joderles...! y dejarles en evidencia.

—Eso ya lo has hecho... ¿qué más consigues? No consigues nada más —insistió Augusto— ¿sabes lo que consigues...? yo te lo diré... si la FIFA, por alguna razón, descalifica a la Selección española y no vamos al Mundial, cuando llegue el mes de julio dirán: “No estamos en el Mundial por culpa de esos gilipollas”... y te señalarán a ti.

—¿Entonces debo callarme...? ¿aguantar todo?

—Haz lo que quieras... yo te digo lo que yo haría.

—¿Y qué harías tú?

—Sentarme a esperar.

Bustillo se sintió más tranquilo cuando le dije que guardase todas aquellas cintas y que esa noche diese un carácter más deportivo al programa. Había perdido el Madrid en el Bernabéu por un gol a cero frente al Oviedo y había que explicar al personal todo aquello. Mejor así. En el fondo necesitábamos también cambiar el aire de la Redacción, empezaba a ser asfixiante.

Siempre he sido un desastre para manejar el ordenador. Escribo a mano con bolígrafos de punta suave y no quiero que haya intermediarios entre mi corazón, mi memoria, la mano, el bolígrafo y el papel. Nadie más. Tengo una letra pequeñita y muy entrelazada que sólo entienden Bustillo, Feito y Elena.

Bustillo le ha debido comentar a Paquito González que estoy escribiendo una serie de historias de la Redacción, que Feito y Elena transcriben al ordenador.

Paco ha venido escandalizado esta noche, después de *El Larguero*, con algunos folios en la mano.

—¡No puedes publicar todo esto!

—¿Por qué no?

—¡Joder...! ¿por qué no...? Porque son cosas privadas.

—Pertenecen a los oyentes... las necesitan para recuperar el rompecabezas de dudas que algunas veces les hemos provocado.

—¿Y te queda mucho?

—Lo acabo de terminar, estoy muy cansado.

—Es que hay un tema precioso, pero nos tendríamos que poner a investigarlo bien, ¡sacarías otro libro!

—Pasa, no te quedes ahí...

—No, recoge todo y vámonos... Si quieres, te lo cuento por el camino... ¡Pero todavía no puedes decir nada...! ¿eh?

(Quizá continúe)

Epílogo

Es curioso, termino de escribir este libro en el otoño-invierno de 1998. Mis hijas han comenzado ya el curso y ahora, mientras yo escribo, las he visto a cada una de ellas enfrascadas en la lectura de mi libro, de mi primer y único libro. Me hace gracia y las miro de reojo con curiosidad... ¿Qué pensarán? De vez en cuando, levantan la cabeza del libro, se acercan a mí y me preguntan alguna cosa que no entienden bien. Me pongo serio aunque por dentro me dé la risa, pero les digo con gesto grave:

—Estáis autorizadas a leerlo pero no a preguntarme.

Entonces vuelven otra vez a la lectura hasta que se cansan y dejan el libro en cualquier sitio. Yo me cabreo porque olvido que sólo son dos niñas de doce y trece años recién cumplidos. Javier está haciendo ruido con un sonajero y gorgojea grititos. A sus seis meses sólo entiende de biberones. Suficiente. Quizá algún día él también lea todo esto. Por eso quería terminar pensando en ellos, pedirles perdón por las malas formas en que les pedía a todos que me dejasen tranquilo cuando, escribiendo estas líneas, solían interrumpirme con cualquiera de estas frases:

—... que dice mamá que a comer.

—... que te llaman por teléfono.

—¿Qué estás escribiendo?

Hubo muchas interrupciones con muchas otras frases, éstas fueron las más corrientes. Las mías fueron exabruptos malhumorados como contestación.

Me pongo muy borde cuando escribo. Es como si soñara y me despertasen de golpe. Es como si de repente alguien desconectase mi corazón del papel y me cortase la respiración. Les contestaba de mala manera. Perdonadme, pero os quiero y por eso comencé pensando en vosotros y pensando en vosotros quiero acabar.

Siempre soñé con jugar en un equipo como este, en el que no sabes dónde acaba el compañerismo y don empieza la amistad porque van entrelazadas.
Quiero enseñaros esta foto de familia que nos debimos hacer el día de la boda de alguna, porque si no, es imposible verles tan "apañaetes".
Faltan Segurola —que no sé dónde se metió el día de la foto—, David, Lala, Antonio Romero, Sampedro, Hevia, Manu, Esther y mi Anita del Toro, y es que somos muchos pero cuanto más nos peleamos más nos queremos.

Quiero mostraros mi agradecimiento por dejarme trabajar con vosotros, además de divertido.. ¡es apasionante!

José Ramón

Este libro
se terminó de imprimir
el día 16 de noviembre de 1998
en los talleres gráficos Palgraphic
de Humanes, Madrid.